公元787年，唐封疆大吏马总集诸子精华，编著成《意林》一书6卷，流传至今
意林：始于公元787年，距今1200余年

意林®轻文库

轻小说 青春最美，梦想出发
中国式优质轻小说第一品牌

连城赋

Lian Cheng Fu

洁尘/著

下

北方妇女儿童出版社
·长春·

图书在版编目（CIP）数据

连城赋. 下 / 洁尘著. -- 长春：北方妇女儿童出版社, 2016.11
（意林·轻文库. 绘梦古风系列）
ISBN 978-7-5385-9883-4

Ⅰ.①连… Ⅱ.①洁… Ⅲ.①长篇小说-中国-当代 Ⅳ.①I247.5

中国版本图书馆CIP数据核字(2016)第265974号

连城赋（下）
Liancheng Fu（Xia）

出 版 人	刘 刚
总 策 划	安 雅　张 星
特约策划	师晓晖
责任编辑	吴 强　张 旭　孟健伊
图书统筹	安小纪　三木卷卷
特约编辑	黄佳佳　雷凌云
绘　　图	饼子会飞
书籍装帧	胡静梅
美术编辑	赵艳红
作家经纪	卢晓凤
开　　本	700mm×1000mm　　1/16
字　　数	270千字
印　　张	15
版　　次	2016年11月第1版
印　　次	2016年11月第1次印刷
印　　刷	北京嘉业印刷厂
出　　版	北方妇女儿童出版社
发　　行	北方妇女儿童出版社
地　　址	长春市人民大街4646号 邮编：130021
电　　话	0431-85678573
定　　价	25.00元

版权所有　侵权必究

如发现印装质量问题，请与印务部联系退换，电话：010-51908584

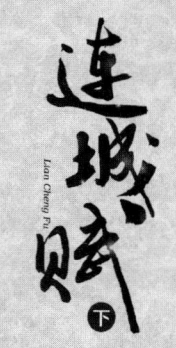

第二十三章	逢生	001
第二十四章	虞诈	015
第二十五章	炼情	029
第二十六章	龙潭	047
第二十七章	虎穴	061
第二十八章	惊雷	075
第二十九章	重逢	089
第三十章	死亡	105

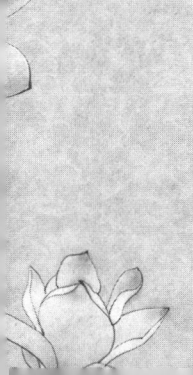

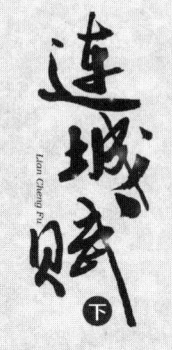

章节	标题	页码
第三十一章	惊梦	117
第三十二章	夺魄	129
第三十三章	惊魂	145
第三十四章	离心	159
第三十五章	焚情	173
第三十六章	狂澜	189
第三十七章	尘土	203
第三十八章	江山	217
第三十九章	曲终	231

逢生

第二十三章

一辆并不起眼的马车行驶在通往隆成的阳关大道上，赶车的车把式扬着鞭子吆喝着，回头问道："公子，前面不远就是柳林镇了，咱们要不要下车休息休息？"

车内人回应道："那柳林镇大吗？"

"不大也不小，千把人的小镇子，咱们今晚不留宿在那里，再往前就是柳溪城，那里更方便打尖歇脚。"

"就直接去柳溪城吧，天黑前能赶到就好。"车内另有一个清冷的声音发话。

车把式犹豫着："可是眼看就到晌午了，好歹要吃点东西吧？"

"是啊，你不饿，马也饿了，就在柳林镇歇歇好了。"车内起先问话的那个声音主动说道，"正好我们也下来活动活动筋骨。"

于是马车一径赶到柳林镇，车把式随便找了一个挂着酒幌的店家门前停下，大声问道："店里有饭菜吗？"

"有！有！菜肉干净，桌椅整洁，客官要不要到里面来歇歇脚？"

随着店伙计热络的招呼，从车内率先跳下一个穿蓝棉布长衫的年轻公子，虽然衣着朴素，但是容貌俊美，神采飞扬，他笑眯眯地问店伙计："你们店里都有什么好吃的？"

"烧刀子、熟牛肉，公子想吃什么都有。"伙计一眼看出这公子气质不凡，点头哈腰地招呼，"公子一路辛苦，进小店来用些酒菜，歇歇脚再赶路。"

于是这蓝布公子笑着对车内喊："你也下来吧，从早上赶路到现在，我的筋骨都酸疼了，你也该出来活动活动，晒晒太阳了。"

他的话音刚落，从车上又走下一名黑衣公子，容颜俊秀，五官精致，只是顾盼中自有一种冷冷的高贵，似是不善与人亲近。

蓝衣公子凑过去，挽着他的肩膀小声说道："你看那马乏的，只会喘粗气了，我们总要让马也歇歇腿儿，坐下来喝杯茶再赶路，不会耽误时辰的。"

黑衣公子拨开他的手，冷冷道："车内就不老实，既然现在以这样的面目示人，你最好老实些。"

这两个人自然就是"逃亡在外"的玉连城和楚若溪。

两个人走进这间小酒肆，两层的小阁楼，一楼的大堂也就四五张长条桌子，没什么客人。

楼上传来叮叮当当敲击的声音，像是在用菜板剁菜。

楚若溪向楼上看着，笑道："还挺热闹，伙计，我不喜欢喝烈酒，有甜酒便给我弄一壶。"

"好嘞，客官您稍等！要吃面吗？小店的猪肉面汤头浓郁，是用老汤熬制的，特别入味！"

玉连城淡淡道："不用什么面，我们坐坐就走。"

楚若溪却说道："来一碗面也好，我们俩分吃就行。"

玉连城瞪他一眼："都什么时候了，你还有心思吃？"

楚若溪一边从筷筒子里抽筷子一边说："我听别人说，无论什么时候，宁可亏待了朋友，也不能亏待自己的肠胃，因为朋友随时有可能亏待你，而肠胃却是要跟自己一辈子的。"

他正笑着，一眼看到筷子，忽然变了脸色，按住玉连城的手，"这家店不大对劲，要小心。"

玉连城不解地问："怎么了？"

"你看这筷子……"楚若溪使了个眼色，"这筷子是柏木的。"

"那又怎样？"玉连城还是不解。

楚若溪敛起神色道："柏木的谐音是'白目'，意指什么都不懂的白痴。一般在江湖上只有黑店才会用这种材质的筷子，若是有客人不懂，用了这筷子，便是他们要下手的肥羊了。"

这时候有两个大汉走进来，目不斜视地问伙计："生意如何？"

伙计迎上去笑道："有一对儿盘儿摄的孙食，二位要不要尝尝？"

"好嚼烂吗？是空子还是攒儿亮？"其中一人问。

伙计又笑道："瞧您说的，咱这是多少年的老店了，这不是正安根呢？您想怎么下瓢都行啊。"

那俩大汉哼了一声，就一屁股坐了下来。

楚若溪唇角玩味地一笑，贴在玉连城耳边说道："果然是间黑店。"

玉连城听那两个人说话简直是云里雾里，根本听不懂，用手一掐楚若溪的大腿，"把话说清楚了！"

楚若溪将桌上茶壶里剩下的残茶倒了点在桌上，用筷子点着写字，给她解释："'盘儿摄'是说长得好看，'孙食'是男人。'空子'是不懂江湖规矩的，'攒儿亮'是懂的。'安根'是吃饭，'下瓢'就是下嘴。所以……"

玉连城登时便明白了，这伙计其实是在给两个大汉打暗语，意思是："这里有一对正在吃饭的长得漂亮的小伙子，不懂江湖规矩，你们随时可以下手。"

玉连城霍然站起身要往外走，楚若溪急忙拉住她，笑道："饭还没上来呢，你急什

么?咱们马都累得喘粗气了,还能走哪儿去?"

玉连城盯着他,见他只是笑,想他这个人向来胆大包天,这几个强盗蟊贼也奈何不了他们,只得哼了一声坐回去。

这时候伙计端了酒壶过来,笑道:"这是小店自酿的酒叫'三杯倒',虽然是甜酒,但是酒劲儿可大,客官可不要喝多了,三杯就好。"

楚若溪拉过酒壶来,打开壶盖闻了闻,笑道:"闻着味道真不错,你们这名字起得也唬人,'三杯倒'?我酒量很好,别说三杯,就是三壶也喝不倒我们啊。"

伙计高兴地说:"那好啊,客官您先喝着,这一壶喝完了我再给您备一壶。"

玉连城蹙着眉看他,想他难道真的要喝酒?眼角的余光瞥着那两名大汉,那两个人看起来是自顾自地吃吃喝喝,但实际上也在偷偷瞟着这边。

楚若溪倒出一杯酒来,对玉连城说道:"你身子不好,我就不勉强你喝了。"说完竟然真的一口饮下。

玉连城大吃一惊,想他就算是故意逗弄那些强盗,也不至于真拿自己的性命开玩笑,万一这酒中有什么迷药……

只见楚若溪喝下之后表情很是古怪,玉连城小声问他:"怎么了?"他也只是摇摇头,一言不发。

突然间,他猛地从桌上摔倒在地上,抽搐了几下便一动不动了。

玉连城大惊失色,弯下腰刚要去碰他,只见那两个大汉抽出腰间的佩刀冲了过来,在门口喝茶的车把式吓得蹿到外面去,赶起马车就跑。

玉连城凝眉跃起,右脚飞起踹翻一张桌子,那桌子横飞出店门,猛砸在外面马车的车轮上,桌子被砸得四分五裂,那车轱辘也被砸脱了机括,向旁边一歪,车子立刻就坏掉了。

同时,玉连城抽出腰间长剑,挑飞了面前的酒壶,酒壶砸向一个大汉的面额,那大汉虽然往旁边躲过,可是酒液却洒了他一脸。

他急得连忙用袖子去擦,回头对伙计大喊道:"快给我拿块布来!你这酒里的毒别毒了我!"

那伙计也慌了神儿,没想到玉连城看起来文文弱弱的,竟然一身的功夫,立刻钻到柜台下面去了。

玉连城哼了一声,也不用剑,左手一拍,一掌就拍向逼近身前的另一个强盗的胸膛,那强盗看她出力并不大的一掌,以为自己能接下,只用刀去砍玉连城的手臂。

没想到玉连城这一掌的速度远超过他的想象,他的刀刚砍到一半,那一掌已经重重

地打在他的胸口上,霎时间他胸腔内的气血翻涌,心跳紊乱,整个人往后飞出,正砸在那伙计藏身的柜台上。

此时楼上也听到动静,急速奔下来几个人,他们手中都拿着家伙,喊道:"怎么回事?"

伙计带着哭腔喊:"下瓢早了,这是个扎手的硬货!"

"那就一起上吧!"一个眼角带着疤瘌的人手中举着一个半月形的大刀,喊道:"还能叫个娘儿们似的男人端了我们的底?"

赫然间五六个人都向玉连城扑过来。

此时原本躺在地上的楚若溪突然奇迹般地跳起身,冲着那发话的疤瘌眼猛地喷出一口酒液。

那酒液似箭一般射出,疤瘌眼功夫不低,反应甚快,用自己的刀背挡住,酒箭撞到刀背上,飞溅开来,周围的人惊呼着连忙往旁边闪躲。

楚若溪一边用袖口擦着嘴角,一边朗声笑道:"以众敌寡,你们这些在江湖上混不出名头的小混混,今日就是要被连锅端了!"

玉连城见他没事,一颗心总算放下,嗔怒道:"你居然还开这种玩笑!想吓死我吗?"

楚若溪笑道:"不是要吓你,而是要逼出他们后面的人,反正难免要打一架,总要打个痛快!你身子未见大好,就在旁边站着,看我怎么收拾他们。"

玉连城一脚勾过一只凳子,斜身坐下,好整以暇地等着看他打。

楚若溪迎视面前的一众凶神恶煞,笑盈盈道:"刚才我那一口酒箭也不知道喷到谁了?这毒酒应该只是迷魂药,不会真的要人命,几位要是不放心,就赶快去服解药吧。不过……记得先留下买命钱哦!"

他竟然在这时反过来和强盗索要买命钱,那强盗头子看他面上显得年轻,口气却很大,哼声道:"这小白脸居然还挺扎手,先撂倒他,再抓另一个!这两个人都有副好皮相,卖到耀阳去,必能卖出个大价钱!"

楚若溪和玉连城听到"耀阳"这个词都敏感地一震,对视了一下,楚若溪笑问道:"怎么办?我还愁怎么去,竟然有人要给我们带路了。"

玉连城恼他刚才竟然装中毒骗自己,就说道:"你要愿意,你束手就擒就好了,正好遂了你的心愿。"

楚若溪眨着眼说道:"我去了大概就是要给别人当男宠,你不心疼?"

"少了你在眼前烦我,我求之不得。"玉连城翻着白眼。

此时对面的强盗头子趁着他们在说话,已经再度扑了上来,刀花一卷,唰唰唰先劈

了三刀。

楚若溪眼睛一亮："哎呀，怎么是花家刀法？这刀法可从来不外传啊！"他嘴上说着话，脚下可一点儿都没耽搁。

他自小习武，轻功学得最扎实，连玉连城在他面前都不能在轻功上讨得半点便宜，更别提那几个强盗了。

此时他脚下步法施展开来，在那几个强盗中间如穿花戏蝶，闲庭散步一般从容掠过，手中之剑尚未出鞘，就将那几人的身形带动得七扭八歪，竟然连他的衣角都不曾摸到。

玉连城冷眼旁观，觉得那几个人的刀法虽然凶猛，却没有个阵势，所以只能追着楚若溪横砍竖劈，根本不是楚若溪的对手，眼见要败下阵来。

但楚若溪刚才说了句"花家刀法"，这个名头她却是听过的。

据说花家当年的创始掌门人花天朝也是当年江湖上响当当的一号人物，后世子孙中虽然也不乏江湖上的英雄豪杰，但没有更出类拔萃者，可就算如此，也不至于有门中嫡系传人流落成盗贼的地步吧？

她正想得出神儿，一个强盗瞅准她这里没人照顾，就大着胆子又扑过来，刀锋在空中劈出一条银色的弧线，劈向玉连城的肩膀。

玉连城神情未有一丝慌乱，只伸出双指一夹，竟将那看似雷霆万钧的一劈夹在双指之间，然后用力一扭一拽，那强盗竟握不住刀柄，被她直接拽了一个跟头，刀也脱手了。

就在这时，只听得叮叮当当一阵乱响，楚若溪不知几时已经抽出剑来，震断了几根长棍，打飞了迎面砍来的一把刀，夺下几把杂乱兵器，踢远了三四个强盗，还踩着一个强盗的肩膀，将长剑抵在对方的后颈上，大声道："都别动，再动一下我就切下他的头下酒！"

形势瞬间逆变，玉连城懒懒地问："玩够了没有？"

楚若溪哈哈笑道："其实没玩够，但你既然腻了，我就歇会儿。你们几个起来，老老实实回答我，为什么花家刀法会传给一个强盗？你们和耀阳那里又有什么勾结？"

被他踩在脚底下的强盗头吐了一口血痰，骂道："呸！老子和花家没任何关系，你少信口开河。至于耀阳，谁不知道那里是销金窟？有什么可奇怪的？"

楚若溪诡异地笑："哦，你不认识花家的人，好啊，那你就算是偷师学艺，回头我绑了你的手脚，让人把你送到花家去，这江湖上最不齿的就是偷艺了，看他们怎样惩治你。"

那大汉气得脸色铁青,用力捶地,却无奈脖子被压着,怎么都抬不起来。玉连城说道:"咱们的马车坏了,一时半会儿只能骑马了,问问他们,这里有马站吗?要去哪里买马?"

楚若溪的脚尖在那人的脖子上碾了一下:"她说的话你都听到了吧?最好实话实说,我可不喜欢在人前做那种卸人胳膊腿儿的血腥事儿。"

几个强盗面面相觑,想往上冲但自知打不过他们俩,想往后退又不敢扔下他们老大。

楚若溪对那躲在账房柜台下的店伙计喊道:"滚出来!不然我先一剑砍了你!"

那伙计颤颤巍巍地爬出来,连声说道:"公子饶命!公子饶命!我们不过是小地方的小贼,抢点过路钱而已,不敢犯大恶的。"

"不犯大恶敢以刀剑相逼?"楚若溪冷笑道,"看你们一个个满脸横肉,不像善类,也不知道造了多少条人命的孽了!不把你们送交官府,我今日也得替死在你们刀下的冤魂出这口气,报这个仇!"

那伙计吓得连连叩首道:"公子冤枉了!您看看我们这柳林镇,不是商路上的一个大站,哪有那么多人来此地歇脚?这几位兄弟都是穷疯了,逼急了,才堕入黑道的,绝没有妄杀一条人命。他们花家家法管得严,要是有轻取人性命者,会被逐出门派的……"

强盗头子在楚若溪脚下喊道:"我呸!哪个是花家的?老子是野命一条!老天不管,阎王不收,和什么花家没半点关系!"

楚若溪却猜出几分,笑道:"哟,你还挺有义气,是不是花家把你逐出来了?现在怕人知道了,丢你师门的脸?可你既然敢做强盗,就已经是师门叛徒了,还在乎什么花家的名声?"

强盗头子见瞒不过,就硬气地说:"一日为师,终身为父,我义气我的,与你何干?你要杀要剐快着点儿!别耽误老子投胎,再世做皇帝!"

"你的口气倒比我还大。"楚若溪撤回脚,踢在他的屁股上,"看在你对师门还有几分情意的分上,我饶你一命。"

他回身对玉连城说道:"走,我们找马去!找不到马,就只能修车了。"然后他又对着已经吓瘫在马车一角的车把式喊道:"这车你要修多长时间才能修好?"

车把式颤颤巍巍地说:"估计得……得明天了。"

"这回可好,入了黑店吃饭,难道还要找间黑店投宿吗?"楚若溪喃喃自语道。

他看向玉连城,玉连城说道:"你自己惹的麻烦,你自己想办法,我是管不了的。"

就在这时候,那酒肆的店伙计忽然伸着头喊道:"二位公子要是不嫌弃……我们楼上倒是有几间雅间。"

楚若溪又是好笑又是惊奇地说:"你们这黑店是不是觉得不宰了我们俩就不甘心啊?居然还让我们住到店里去?"

"不敢不敢,二位武功绝顶,小人岂敢有胆子再试锋芒?"那伙计的肚子里倒似是有些墨水的,他爬近一步说道:"我们当家的说,二位既有不杀之恩,他也有结交之意。"

他说的当家的,便是指那疤癞眼的强盗头。

楚若溪眼珠一转,问玉连城:"你敢住吗?"

"又惹事!"玉连城不悦地低声说,"刚刚打过一架的地方,又是黑店,难道你想住?"

"我还真想住一住。"楚若溪附耳说道,"他们若是和耀阳能攀上关系,领我们入城,比咱们自己盲人摸象般到处摸撞要强得多。而且你知道花家在哪儿?花家的子孙现在都在干什么?"

玉连城不解他这句话背后的意思,只得静静听他说。

"花家就在耀阳,据说花家的大部分门下弟子现在都在为咱们庄皇后的娘家,也就是庄丞相家卖命效力。你说这个店,咱们住还是不住呢?"

玉连城盯着他满是笑意的眉眼儿,从唇中嚅动出一个词:"老狐狸!"

结果,前一刻还在店里喊打喊杀的两个人,下一刻居然就住进黑店里了。

玉连城冷眼旁观,不禁要感叹楚若溪这个人真是能屈能伸,和什么人都能交上朋友。

那强盗头子大概真的算是有些骨气,被楚若溪打趴下之后,竟也对楚若溪十分服气。

楚若溪以"潘若""宋城"作为他和玉连城的化名,那强盗头子就一口一个"潘老弟"地叫着,很快两人就握手言和,打成一片了。

听那强盗头子自报家门,他姓方,原是花家的异姓弟子,因为和门下人打斗,伤了人命,花家不愿意为此闹到官家去,就把他逐出师门。

他感念花家授艺之恩和不杀之恩,在外面从来不提自己的来路,又因为没有一技之长,生活落魄,于是在这个小镇子落草为寇了。

楚若溪听完满是怜悯,感慨道:"英雄都有末路时,何必流落在他乡?方兄难道要

在这种地方终老一生吗？靠打劫过日子？为何不找一个东家投靠？"

那个方强叹气道："我何尝不想？但像我这样被逐出师门的人，没有什么人家会愿意要的。"

楚若溪眨着眼睛，道："我倒是知道有一家现在急缺门客，不知道你愿不愿意，我可以给你写一封信，你持着信去至少会比现在过得好些，不用一天到晚提心吊胆，防着官府的捉拿。"

方强犹豫了一下，问道："不知道是怎样的人家？"

"古镜城，玉家。"楚若溪能感觉到玉连城突然射过来的目光很是刺人，但他一本正经地就当没看到，继续和方强说道："玉家可是财大气粗的，你手下的这些兄弟都可以跟着你过去。玉城主是个很和善的人，加上有我为你们写荐书，一定会欣然接受你们。"

方强挠挠头，"那个……这事儿也不能我一个人说了算，当然潘老弟说的这件事儿对我们来说的确是个好事儿。可我们这帮兄弟多多少少身上都背着事儿，那个玉家……我也听说过，不就是在荒漠中的一个古城里？总觉得他家奇奇怪怪的，能不能容得下我们这些犯了事儿的人？"

楚若溪笑道："没关系，方兄可以先和兄弟们商量商量，你若是想明白了，有兴趣了，随时来找我就好。"

他和玉连城走上二楼的房间，侧耳倾听，确认外面没有声音了，才转身对玉连城轻声笑道："看，天下没有永远的敌人，和这种人交朋友也有乐子。"

玉连城冷笑道："这种人真能和你交朋友？保不齐大晚上他们就举着刀推门冲进来了。"

"这种人比起玉华景来说，可真算不上是丧心病狂的那种，绝对是可以教化好的。咱们真正要怕的是玉华景。他在皇宫的密道里被我们挡住，现在应该帮着庄尔雅追查我们的下落呢。"

"那你还招惹这群强盗？居然还打着我的旗号？"玉连城瞪眼睛，"你取的什么奇奇怪怪的名字？潘若，宋城，之前和我打过招呼吗？"

楚若溪笑道："潘宋之姓是从潘安宋玉的名字上化来的，像我们俩这样的翩翩风度美少年，配潘宋之姓不是正好相得益彰？至于名字，总要取一个真字，否则万一我不小心说漏了嘴，喊出'城城'这个名字，不是让人起疑？"

"你最好管住你的嘴！"玉连城威胁道，"更何况我们现在的目标不是隆城吗？几时又变成耀阳了？"

"耀阳要去，隆城更要去。更何况我们还要躲着庄尔雅那群追兵，他们一定会以为咱们要往古镜城方向逃亡，有玉华景带路，很有可能会在半道上就把我们拦截下来。若是改道去耀阳，反而会避开他们。你大可以放心，我早已派了人去隆城那边打探消息了，如果有你妹妹的消息，自然会送过来。"

玉连城看着他："你这一辈子是不是无论遇到多大的麻烦，都可以一笑置之？你皇兄的重病，古镜城的局势不明，我愁得夜里都要睡不着觉了，你怎么还一副不紧不慢的样子。"

楚若溪哈哈笑道："我自小就是这样，无论有多么大的事情，都不能挡着我吃吃喝喝。皇兄现在在皇宫中自有太医照顾，我不信庄尔雅有胆子做谋害皇帝的事情。但是皇兄要我们守护好昊夜江山，他的心愿我必须达成。我和你一再说过，古镜城的事情有袁飞傲在，袁飞傲那个人我最熟悉不过了，虽然有些粗野，但也算得上是个耿直热心的家伙，你妹妹那样美貌，泪眼盈盈地看他两眼，英雄难过美人关，你妹妹有任何要求他都会答应的。"

玉连城不爱听了，"你原来还说他不好美色呢。"

"普通的凡花自然是入不了他的眼，可无双真的并非凡花可比。"楚若溪见她神情冷峻，便笑道，"这世上除了你，第二美女就算得上是她了。"

"少贫嘴！"玉连城皱眉，"你把我们玉家指给那方强干什么？"

"不说玉家难道要说我荣王？这样的人如果能招抚在身边，其实可以给咱们的身份做个掩护。"

楚若溪说到一半，忽然一指举在唇边，做了个噤声的手势。

玉连城也住了口，侧耳倾听外面的动静，楚若溪轻移步子走到玉连城的面前，忽然一把抱住她，将她推到墙角。

玉连城意识到自己中计，毫不留情地推开他："滚去你房间睡。"

"房间哪有你我？你不是怕他们半夜偷袭吗？我们自然是在一起睡才最安全，再说都是男子，同榻而眠有什么见不得人的吗？"

"那些强盗都是人精儿，你这么赖着我，我这女子身份早晚会暴露！"玉连城瞪着他，"楚若溪，我不像你这么心宽，我希望你能凡事正经一些。我身上背负的是千百条古镜城人的性命。"

楚若溪凝眸注视她："而我身上背负的是数十万昊夜子民的生死荣辱。"

玉连城一震，低声道："你自己心里明白你的责任有多重就好。"说罢也不理他了，倒在床上，背对着他。

这一晚,若说两个人睡得不小心谨慎那是骗人的。

楚若溪虽然嘴上说得轻巧,可毕竟是和这群强盗刚刚认识,他也拿不准这到底是怎样的一群人。

所以玉连城睡在里面,他就睡在外面,警惕地听着外面的动静,生怕那群人真的半夜溜进来。

半夜,他悄悄起了身,走到门边,将一只凳子轻手轻脚地抵在门口,还搭了一只凳子在上面,两只凳子相叠加,外面只要动一动这门,凳子落下的声音就必然会惊动屋里的人。

他正小心翼翼地布置,就听到身后玉连城嘲笑道:"与其这么担惊受怕地在这儿故布疑阵,刚才就不应该招惹这些人和事!"

他回头笑道:"原来你也没有睡着。那咱俩就再说说话吧。"

"你的话我听得还少吗?"玉连城懒懒地说,"该睡就睡。不睡就闭上嘴,少再聒噪。"

楚若溪躺回两个人原来的位置上,拉过被子的一角,盖在自己的肚子上,静静地躺了会儿,又开口:"你记得我身上的那道旧伤吧?"

"嗯。"

"我和你说过那是我为了救大哥而受的伤。不过我没告诉你一个真相……害我受伤的人……其实是我母妃。"

玉连城本来已经轻合的眼倏然睁开,侧过头来看着枕边的他——"什么意思?"

楚若溪的脸上没有了平日的笑意,平静得像是未曾吹过风的水面,只是这水面下又潜藏了多少惊世波澜?

"我和大哥的年纪相仿,父皇在我们之后也没有其他子嗣,所以这皇位的继承权显然要落到大哥或我的身上。大哥的母亲是皇后,我的母亲是皇妃,大哥出生在前,又是皇后所出,自然而然皇位该由他来继承。但是对于我母妃来说,显然不愿意看到这样的结果。所以……她串通了娘家人,买了几个杀手,在中秋之夜闯入宫中对大哥进行刺杀。"

他的叙述实在过于冷静,就好像在讲别人的故事,但是玉连城却听得不寒而栗,追问道:"你怎么知道这件事的?你那时候才多大?难道就看透了这件事的幕后主使是你母妃?"

"我那年才八岁,并不是看透了什么,而是某天我在午睡的时候,听到母妃在和来看望她的一位表姨小声说话。她们自以为在外屋说话,又关着门窗,没有人会知道,可

我自幼习武,耳力比常人要好,依稀可听见那表姨对母妃说'成败在此一举,你不可以彷徨迟疑,错失时机,总该为了溪儿的将来着想'……在那之后的第三天,刺客就出现了。"

玉连城默默无语了很久。

然后,她的一只手在被子下悄悄摸到他的手,轻轻握住。

楚若溪慢慢说道:"大概我天性敏感,所以刺客出现的时候我便意识到他们是从哪里来的。我扑向大哥的时候,听到母妃在尖叫,在哭喊,我受伤后的好多天,她每天都抱着我,一边哭一边喃喃自语:'傻孩子,你为什么要扑上去?这个伤不该是你受的啊,难道是老天罚我?'每次她这么说,我就笑着说:'娘,我现在是救了大哥的大英雄呢!'"

"你大哥和你父皇都不知道这件事背后的真相吧?"玉连城柔声问道。

"大哥是否清楚我不知道,他对我一直很好,那件事之前我们俩的感情就很好,在一起读书,也常在一起玩,在那之后,大哥对我就更好,他老说他欠我一条命。至于父皇那里……我想他肯定是知道真相了。"

玉连城的手指一紧:"为何?"

"因为自那之后,父皇再也不到我们宫里来了。我受伤,父皇不来探望。后来母妃生病,他也没有来探望过,再后来我母妃病逝,所有人都以为皇后会抚养我,但皇后拒绝了。再后来……我就成了没娘养的孩子。"他说着说着,这么愁苦的事情竟然让他说得笑了起来,"所以我就越来越野了,其实这样也挺不错的,没人管,自己过得逍遥自在……"

楚若溪一语未尽,脸颊忽然被玉连城轻轻一吻,他诧异地看着她,印象中的她从不会对自己这么主动。

玉连城的眼波都是温柔的,"别说了,我知道你们兄弟情深,你不想抢他的江山;你父皇因为恼恨你母妃的错误而冷落了你,你不记恨,更不要你大哥的江山;纵然他的皇后暗中陷害你我,你还是不要他的江山。我明白你的心意。"

楚若溪翻过身子,将她往怀里拥了拥,"知我者,城城也。你既然懂我的心思,那以后我们就不要再为这件事情争执了,好不好?眼下我们先赶去耀阳。若皇兄那里有大变,耀阳必然会不安分,多抓住一些他们的把柄,我才好回过头来,为楚霄勤王护驾。"

"总还是要联络上袁飞傲的。了空大师说得对,袁飞傲应该是陛下留给你的一支奇兵。只要你们能摒弃前嫌,他就是你勤王护驾路上最强有力的同伴。"

楚若溪苦笑道："都怪我当初梁子结得太深，在他眼中，庄尔铭都比我好上千百倍，要劝他和庄丞相、庄皇后作对，反过来帮助我楚若溪，他肯定跳着脚地骂我痴心妄想。"

"未曾试过，怎知不行？"玉连城望着头上的屋梁，说道，"陛下当日肯听你的鬼话，把他派到朝外去剿什么流寇，似乎就是早有安排……"

虞诈 第二十四章

守言宫中,坐着三个人。

高高在上,冷艳沉郁的是皇后庄尔雅,坐在下手地方蹙紧双眉的是丞相庄尔铭,坐在他们对面正中位置,一身锦衣华服,神色阴冷中带着几分鄙夷的正是玉华景。

"今日纵然二位以权势压人,我也有我的质问。"玉华景的眼皮低垂,正眼都不看这两位当今昊夜国除了皇帝之外最位高权重的贵人。

"皇后娘娘,您当日亲口许诺过,要把某人的命交给我的。为什么会出尔反尔?"

庄尔雅的手指暗中在宽大的长袖中捏紧,面上冷冷:"本宫并非食言,只是当日情势不对,你难道要亲自动手杀皇亲国戚吗?就算是要杀,也不能在皇宫之中动手吧?否则你让本宫如何与陛下和天下人交代?"

玉华景冷笑道:"是吗?怎么我听说的故事却不是这样?"

庄尔雅的柳眉斜飞:"旁人说了什么污言秽语污蔑本宫?"

玉华景哈哈笑道:"皇后娘娘果然心中有鬼,我还没有说别的故事是什么版本,娘娘就断定那是污言秽语了?显而易见,娘娘与荣王的关系真的不一般!"

"放肆!"庄尔雅霍然起身,"玉华景,虽然我们庄家是有求于你,但别忘了你也是昊夜的子民,你的生死荣辱都在本宫一念之间!"

"还没过河你就要拆桥?"玉华景冷笑道,"皇后娘娘大概是觉得把我的银子榨出来之后我就可以被您任意宰割了吧?"

庄尔铭举手示意两个人止住口中的交战,似笑非笑道:"娘娘和玉老板别搞错了,如今我们共同的敌人是楚若溪和玉连城,不是我们彼此。楚若溪会逃走,是一个意外,我已经派了大队人马去追捕他。玉连城肯定和他在一起,既然楚若溪这么喜欢玉连城,玉老板是否可以帮我们想想,他们有可能会藏到哪儿去?"

玉华景冷冷道:"我怎么知道?这皇宫中的密道通往哪里,你们自然比我清楚。"

"密道的最深处有一个机关,是我们打不开的。"庄尔铭曾经亲自下到密道去查看,他当然不会知道用夜明珠能解开密道之谜,但他派了人试着画一张地图,寻找密道通往的方向和可能的出口,以此来追踪楚若溪的下落,只是此事太耗费人工,一时半刻这地图是画不出来的。

玉华景起身道:"既然如此,我也不在你们这里闲耗着。我的景字号还有大把的事情等着我处理,二位贵人等找到线索了再来通知我吧。只是到时候若还要顾念旧情维护某人,就不要责怪我翻脸无情了。"

他随意地行了个礼,就这么旁若无人地走了。

庄尔铭摸摸下巴,"这家伙越发狂妄了,再这么下去可不好管束。"

第二十四章

庄尔雅的脸色很难看,"丞相大人是不是本末倒置了?当务之急其实不是追踪那两个人的下落,而是陛下的病,陛下病得这么重,这些天水米不进,眼也不睁,若真是有个三长两短,我和霄儿这一对孤儿寡母不知道要依靠谁去。"

庄尔铭淡笑道:"怎么?皇后娘娘是怕我不能扶持霄儿登基称帝吗?"

"请丞相大人给我一句明白话。"庄尔雅盯着他,"那晚宫中设局抓捕玉连城,丞相大人为何强要留在宫中?您可知纵然您是当朝丞相,这也是不合规矩的。"

庄尔铭反问道:"那我是否可以问问,为何皇后娘娘非要抓捕玉连城呢?"

瞬间,古怪的沉默笼罩下来,两个人各怀鬼胎,不愿明言,此时四周无人,只有彼此,却依旧沉默。

等了许久,庄尔铭见她只是咬定牙根不开口,便似笑非笑地说道:"皇后娘娘想铲除一两个人,为兄本不该拦着。只是这玉连城的命不仅荣王在意,那玉华景也有维护之意,大局当前,皇后行事要三思。况且陛下还活着,这时候和荣王做出什么出格的事来,不但皇后的名节不保,连霄儿的名声都会被你污损。你身为他的亲娘,哪有这样拆儿子的台的?"

"你……你放肆!"庄尔雅的脸色极度难看,"丞相越来越不顾体面了,别忘了你我是君臣,你如此污蔑我这个皇后的名节才是罪该万死!"

庄尔铭剑眉高挑,"原来皇后过河要拆的桥还不只是玉华景这一座呢。既然皇后娘娘名节清白,还请皇后言明抓捕玉连城的用意,臣才好替皇后娘娘谋划。"

庄尔雅蔑笑道:"这有什么难回答的?楚若溪把那丫头视为掌上明珠,如果楚若溪有造反之意,我钳住了玉连城,自然就钳住他半条命!"

"是吗?皇后娘娘恐怕并不仅仅想钳制玉连城,玉连城若当日丧命,玉华景这颗棋子只怕用不到了。"

"哼,一个庶民商贾,手里有几个破金烂银就以为可以凌驾于皇权之上?丞相,您这个昊夜的管家是怎么当的?"庄尔雅今天对庄尔铭句句警告和嘲讽,让庄尔铭也听得连连蹙眉。

他慢条斯理地起身:"我是无能之辈,皇后是九天玄女下凡,昊夜的家日后大概要您来管了。若皇后真觉得我无用,就请下诏把我这个丞相免了……对了,皇后娘娘现在无权插手国事,除非陛下真的驾崩,您可以代太子临朝,不过也不知道那一天几时会到来。陛下这病说拖个三五日拖不过去有可能,若说拖个一两年无大变也难免。您总不能盼着陛下下出事儿吧?"

庄尔雅也站起身,"丞相不用威胁本宫,本宫是皇帝明媒正娶的皇后,纵然皇帝驾

崩，新帝继位，我也是正统的太后，任谁也改变不了。丞相别忘了，您能当上这个丞相靠的是什么。"

庄尔铭眼角下垂，慢声说道："娘娘更不要忘了，您能当上这个皇后，靠的是什么。"针锋相对的两个人，几乎已经要把脸皮撕到最破了。

庄尔铭看着妹妹一脸的怒气，忽然叹口气："尔雅，从几何时你开始对我也动心眼儿了？这么多年，哥哥可是最护着你，最怜惜你的。"

庄尔雅面无表情地说："我也没有亏待你，这些年你捞钱捞得也够多了，怎么不知收敛。纵使是像我们这样显赫一时的簪缨世家，若不知见好就收的道理，早晚会树倒猢狲散。盛极必衰，荣极必哀，这些道理还要我教给你吗？"

庄尔铭哼道："句句都是大道理，但你心中的意思我也明白。你是怕庄家盛世盖过了夫家的荣耀，所以宁可提前献媚讨好楚若溪，以求日后在皇后这个位置上坐得更加安稳。却不知人家纵然要了你，也不过是把你当残花败柳，玩弄而已！"

他说这些话时，庄尔雅已经走到他面前，在他说到最后一个字时，庄尔雅那纤细的手臂竟然大力地挥起，狠狠抽向庄尔铭的右脸！庄尔铭毕竟是练过功夫的人，"啪"地抓住她的手腕，冷冷道："皇后动粗可与您母仪天下的风度大相径庭。连玉华景都看出你们两个人有奸情了，我想维护你也维护不了了。从今以后，请皇后娘娘好自为之，您的私事，我不会再过问。但是……昊夜的国事，我是管定了！"

袁飞傲在隆城耽搁的时间实在是太久了，他一早就命人给皇帝送了信，言明自己已经肃清了流寇，将要班师回朝。按照平时的情况，最多七天他就回到京城，但这一次先是因为在古镜城外的大漠中迷路，后又进了古镜城，帮着古镜城搬家，再后来又是玉无双生病，真是想都想不到自己竟然会遇到这么多的变故。

他虽然很想陪着玉无双再耗一段日子，但他心中也是个以国事为重的人，纵然被儿女私情绊了脚，开始想着和心爱的人到天涯海角去过那神仙般逍遥的日子，眼下依然要先完成使命，禀明皇帝。

从隆城走的时候，福峥嵘为他送行，一再说请他放心，一定会照顾好玉无双和古镜城的百姓。但是袁飞傲去见玉无双时，她手下的丫鬟却说："小姐不愿意送您，怕不吉利，她说她愿意在这里等着您，一直等到您回来。"

袁飞傲见不到玉无双，很是失望，但也只能叨咕着："小姑娘的心思真是难猜。"

他带着人马上路，走了将近两天，落脚在一处驿站。驿站太小，他就安排手下的人都在驿站外的街面上休息，他自己向来是身先士卒的脾气，自己的手下在街上休息，他

也不会贪图享受。驿站的站长哪儿敢让他睡在路上？一再求他住到驿站里面去，他只挥手说："少啰唆了！本将想睡哪儿就睡哪儿！你这驿站里空地儿也不多，要是有其他外官要来，那些官老爷最穷讲究了，就让给他们住好了！"

他一边说着，一边踱步往外走，忽然看到自己的士兵中有一个身材瘦小的正在吃力地搬着东西，他皱皱眉：自己带出来的兵都是精挑细选的，个个骁勇剽悍，怎么冒出这么个小病鸡似的家伙？他用手一指，高喝道："那边儿那个小不点儿！给我过来！"

那士兵一震，不应声反而立刻往别的地方钻，袁飞傲心中更加起疑，几个箭步冲过去，一把抓住对方肩头，往旁边一拉，喊道："我和你说话，你躲什么？"

那小兵竟禁不住他这一拉，一屁股坐在了地上，帽盔也掉了，露出一张略带灰尘和疲惫之色的小脸来。

袁飞傲什么风浪没有见识过，但一见这小兵的真面目，竟然吓呆了，怔了好一会儿才突然把"他"从地面上抱起，连声问道："摔疼了没有？"

周围的兵卒也有点看愣了，将军这是怎么了？几时这么温柔地问候过手下人？向来大家就算是打仗断掉胳膊腿儿，他也只是说："接了骨还能走的话就别哭爹喊娘的，丢了我袁家军的脸！"

更让士兵们奇怪的是，袁飞傲不仅亲自把那名小兵从地上抱起来，还一反刚才的坚持，对那个驿站的站长说道："给我备一间干净的房间出来！"说着就拉着那小兵往里走。

驿站的站长也摸不着头脑，只是赶着往里跑，吩咐手下人："把最好的那套东厢房给袁将军腾出来！"

说是腾出来，其实驿站一早就备好了那套最好的厢房，站长亲自引着，将袁飞傲带进屋中。袁飞傲拉着那小兵进屋，对站长说道："我要盆水，温乎的就好，再来块干净的布。"

等到站长出去，袁飞傲便对那小兵怒喝："知道你在干什么吗？谁准许你穿成这个样子混在我的军队里的？"

小兵被最初的惊吓之后已经恢复了平静，而且露出几分俏皮的神色，歪着头看他，反问道："是不是吓到你了？"

袁飞傲瞪着"他"："你从隆城出来就一直混在我队伍里了？你不可能自己藏在队伍里这么多日子不被人发现，说吧，是谁包庇私藏你的？看我不宰了这群兔崽子！"

"你若是要发脾气，我就更不能说了。"那小兵竟然大胆得靠近袁飞傲的面前，一只手偷袭到他的脸上，捏住他的鼻子，"难道你看到我出现在这里，一点儿都不惊喜吗？"

"光惊了,哪儿来的喜?"袁飞傲板着脸将"他"的手拉开,"你看你这一身不男不女、不伦不类的样子,还混在一堆男人堆儿里,就没人认出你吗?"

"裴副将军将我照顾得很好……"小兵说到一半便知道自己说漏了嘴,吐了吐舌头,"你别怪裴副将军,是我求福将军,福将军只好去拜托裴副将军……"

"哼!一会儿我就打老裴去!"袁飞傲做发怒状。

小兵连忙抱着他的胳膊:"你要是真去了,我就和你翻脸!"

袁飞傲瞪着"他":"你还来威胁我了!"

"嗯!没错,就威胁你了!怎么样?"小兵鼓着腮帮子,小脸绷得紧紧的。

这时候驿站的站长又亲自端了热水,拿了白布来,袁飞傲暂时住了口,小兵笑吟吟地接过热水盆,道了句谢,那站长一眼看到小兵明艳的面容,陡然愣住,怎么走出去的自己都不记得了。

小兵将白布浸在水中,一边用热水擦脸,一边散下一头长发,笑着说道:"这几天是有点脏兮兮的,我连脸都不敢洗了。"她抬头笑着,那张洗干净的小脸重现白皙莹润的肌肤,眉毛睫毛、朱唇和脸颊,都是水珠,水映艳光,秋水明眸,竟是千古诗人画手都形容不出来的绝色姿容。

这,当然只可能是玉无双。

她和袁飞傲定下亲事之后,就反复在想,是在隆城等他回来,还是和他一起去京城?几次试探袁飞傲的口气,都觉得他不愿意自己跟随他舟车劳顿,若是再求他,肯定会被拒绝,只好私下里使功夫。

她先去找了福峥嵘。福峥嵘并不赞成她要偷偷跟随袁飞傲的想法,也劝了她几回,见实在是拗不过她,只好帮她又问了袁飞傲的副将裴显。裴显一直很看好玉无双和袁飞傲这段姻缘,立刻满口答应要帮未来的将军夫人。于是找了几个亲卫保护着玉无双,一路上就这么悄无声息地跟随着大部队默默同行。

她本想一路瞒到京城,谁想因为一时热心帮别人的忙,就在人群中被袁飞傲眼尖地揪出来了。虽然未到京城就被发现,但好在距离隆城也远了,袁飞傲肯定是没办法把她丢回去了。

袁飞傲听她细细交代完毕"作案过程",又气又恼,这丫头明明身子骨这么不好,还跑这么远的路。一路上肯定没吃好喝好,没有马车,只能徒步或骑马,纵然裴显很照顾她,也难免要吃一些苦。最让他生气的是,这丫头打扮成男人的样子,可是明明不是个男人,和一群男人混迹在一起,吃喝拉撒,哪里方便?外面那群臭小子会不会有一点儿占她便宜的事儿?

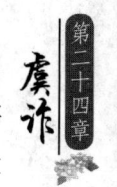

第二十四章 虞诈

越想他越生气，恨不得出去找人打一架。可玉无双洗干净手脸之后，回身一抱，将他抱在怀里，柔声说："还是这样靠着你最好！这些日子远远地看你在前面骑着高头大马，威风凛凛的样子，真恨不得走上前去抱住你。"

被她这软语轻言一番，袁飞傲的心也软下去了，哼声道："你这么不听话，真不知道该不该回头把你娶进家门。原本还以为你是个乖巧的大小姐，没想到也是个疯丫头。"

"怕疯丫头了吧？"玉无双用手搔着他微微长出胡子茬的下巴，"可你既然招惹我了，就别想跑。"

袁飞傲见她已经来了，的确是没办法送她回去了，只得吩咐人去给她准备一辆马车，而且严厉下令："只许坐在马车里，到了京城，我自会向陛下请旨，你也别到处乱跑！"

"好——都听你的！"玉无双小鸟依人似的眨着一双欢快的大眼睛，在他怀中仰着脸笑。

"哼！都听我的？听我的你就不该出现在这儿！"袁飞傲现在知道这丫头是外柔内刚的脾气了。做事儿太有主意，而且不给自己任何转圜的余地，这么个倔脾气的丫头，他怎么就这么喜欢？喜欢到一想到以后他会是独占她的丈夫，就想欢呼雀跃一番。

但是他毕竟还带着兵，也不能表现得太明显了，路上玉无双坐在马车里，他也只能抽空去看她一眼，说几句悄悄话就走。但即使这样，士兵们还是发现了将军的奇怪举动，很快，玉无双在队伍里的消息就不胫而走。之前就有人猜测玉无双和袁飞傲的关系非同一般，而今又这样长途追随，显然就更不一样了。有年纪大脸皮厚的，去四处打听，裴显说漏了嘴，而后所有人都知道了。

袁飞傲的年纪也不小了，一直没有娶妻，他身边不少同袍都盼着他快点成家立业，如今见这么美貌有气质的大小姐愿意以身相许，都替他高兴，于是渐渐地，有人吵着闹着要喝袁飞傲的喜酒。袁飞傲平时治军很严肃，但这件事也没什么见不得人的，既然大家都知道了，便爽快地说："等我办喜事的时候一个都别躲，不灌醉你们我就不姓袁！"

玉无双起初听他的话，在车内躲躲闪闪，遮遮掩掩，后来见众人都知道了，还有小兵总是好奇，故意装作路过往车里偷看她，便索性在休息的时候大大方方地下车去，和大家闲聊几句。

大家见她这么美貌，又这么可亲，都很喜欢她，一路上高高兴兴，欢声笑语的，这条路虽然不短，却走得很是轻快，两天后终于抵达京城。

　　锦瑟楼是京城的一大酒楼。

　　二楼的栏杆旁,坐着两名年轻俊朗的男子,一人倚靠着栏杆,举着酒杯往下看。看着下面浩浩荡荡走过的人马,挑眉说道:"袁飞傲终于回来了。他这一趟剿匪竟去了这么多天,这大将军的威名快要被扫净了。"

　　另一人则冷冷道:"他走的时间久是因为他的脚被绊住了。"

　　"哦?怎么说?"

　　"你知道他之前在哪儿?"那人的嘴角忽然带有些许玩味,"古镜城。"

　　一双端起酒壶的手停在半空,意外又饶有兴致地看着对面的人,"当真?可之前我并没有收到他的任何邸报提及此事啊。"

　　他对面之人答道:"他入城那天我正好出场,袁大将军的旗子我不会认错,袁飞傲那个人的样子我纵然没见过,但远远地看一眼,威风凛凛的气势也不是别人能仿效得来的。至于他为什么没有写邸报给你这位丞相大人报告行踪,也许是因为他也有事想瞒着你呢。"

　　玉华景和庄尔铭今天相约在这个酒楼见面,各为其谋,只是话题还未开始,却偶然看到一个局外人的出现,将两个人的话题一下子转移。

　　"袁飞傲会有事瞒我?"庄尔铭微微一笑,"那你就实在是不了解他与我的交情。这朝中他最信任的人就是我了。"

　　"为什么?只因为你会装?"玉华景说话一点儿都不客气,"可是袁飞傲真有你想的那么傻吗?"

　　庄尔铭得意地笑道:"这就要说多亏那位荣王,哦不对,他现在已经是郡王了。若不是他老和袁飞傲过不去,斗嘴陷害袁飞傲吃苦受累,我哪能和袁飞傲如此亲近?"

　　玉华景皱皱眉:"这么看来袁飞傲原本也不是你这一头的。"

　　"武人而已,莽夫安知鸿鹄之志?"

　　玉华景注意到队伍中略显突兀的一辆马车,暗暗皱眉,"袁飞傲有家眷吗?"

　　"家眷?你指老婆?还没有。他父母都已去世,家中没有长辈为他操持,他自己也就没有把这种事放在心上。"

　　"那马车中的人会是谁?"玉华景向下一指。庄尔铭也很好奇地向下张望着,说:"这还真猜不出来,看来回头我得去问候问候了。"

　　玉华景沉吟片刻,说道:"他进入古镜城的时候,玉连城已经和楚若溪进京了。这马车中的人难道会是古镜城的人?"他心中有一个名字,却留在肚子里,没有立刻吐露出来。

　　庄尔铭大概知道玉华景和古镜城有私仇,只是这仇恨背后那些复杂的缘由却是玉华

景没有说透的。所以他猜测玉华景可能是为了城主之位和玉连城有过节。但知道玉连城是个女人之后,他又怀疑是玉华景对玉连城有私情,因爱生恨。

见玉华景对袁飞傲马车中的人这么上心,他猜测那车中的人有可能与玉华景也有很深的关系,说不定也是他的对头。于是庄尔铭微微一笑道:"你在这里等等我,我下去看看,便知道那人是谁了。"

说罢,他竟不走楼梯,一手撑在栏杆上,纵身一跃,就跳下了两层高的酒楼。

他一跳下去,下面的袁家军十分警觉,蓦然有个人从天而降,立刻有人大喊:"小心戒备,有飞贼!"

袁飞傲本来在队伍的最前面,入了京城之后也没想到会有什么变故,骤然听到后面有些乱,又听到有人大喊飞贼,他回头怒喝道:"天子脚下,哪儿来的无胆鼠辈飞来飞去的?"他刚吼出口时还在队伍的最前面,最后一个字说完之后已经飞身到了队中,双掌一张,排山倒海般的掌势扑面而去,庄尔铭大笑着跳到车厢顶部,拱手道:"袁将军,别来无恙!将军虎威还是让人不敢掠您的锋芒啊!"

袁飞傲定睛一看,认出是他,哈哈笑道:"庄丞相!你跑到这里来上蹿下跳的装什么飞贼?"

庄尔铭落回到地面,把住他的手臂,上下打量,"将军这一去多日,看起来倒是春风满面,显然那楚若溪的小小伎俩没能奈何将军分毫啊。"

提到楚若溪,袁飞傲哼了一声:"那小子向来不安好心。现在他在京城呢吧?我今天没空,等我明天找他算账!"

庄尔铭眨眨眼:"你若是要去找他可就算了,肯定找不到。他现在已经逃跑了。"

"逃跑了?"袁飞傲一怔,"怎么说?"

"他……叛国谋逆,被陛下识破了,于是畏罪潜逃。"

"什么?"

这一句惊呼同时从袁飞傲的口中,以及马车内的玉无双口中喊出。

玉无双一直侧耳旁听两个人的对话,她不认得庄尔铭,也没有听过任何有关庄尔铭的事情,听袁飞傲和对方好像很熟的样子,于是便认定庄尔铭应该是个为国为民的好官。她一听到他们说起楚若溪,立刻紧张起来,想知道玉连城是否在楚若溪的身边,不料竟听到楚若溪逃出京城的消息,再也按捺不住,推开车门走出,直视着庄尔铭,问道:"请问庄丞相,可在荣王身边见过一位……一位年轻的男子?"

庄尔铭没想到车内走出来的竟是一位如此绝色的女人,猛地被艳光晃了眼,又总觉得她有几分眼熟。听她这样急切地一问,便猜到了她的真实身份,因为他已经从玉无双

的眉眼中看出几分玉连城的味道。

他含笑问道："这位姑娘……不知道是谁啊？怎么袁将军的队伍里也会藏娇了？"

袁飞傲大大方方地介绍："这是玉无双，我在半路捡来的老婆。"

"捡来的老婆？"庄尔铭的吃惊倒并非故意演戏，他虽然猜到玉无双的身份，却万万没有猜到袁飞傲出去不过这么短的日子，竟连老婆都找回来了，而且是这么重要的一个女人。

他的心思飞快地旋转，想着坐在楼上正俯视这一切的玉华景必然也很吃惊。既然袁飞傲已经和玉无双到了定下白首之盟的地步，那他的一言一行都要小心。

见他脸色微变，似有难言之事，玉无双冰雪聪明，急着再问了一遍："庄丞相，可曾见过荣王身边有一名年轻男子跟随？"

庄尔铭犹豫了一下，说道："倒没有见到。"

他这一犹豫，玉无双和袁飞傲都看在眼里，于是都猜出他所说的并非实情，但是在这熙来攘往的大街上，也不好逼问他什么。庄尔铭拍拍袁飞傲的肩膀，"你刚回来，就先整顿休息一下，不用急着入宫见驾。"

"为何？"袁飞傲以往每次在外面打仗回来，总是入京当日就要面圣，而楚若涛十分器重他，也总是早早地就把他召入宫内，问清他出征的诸多细节。今天庄尔铭竟然说他可以不用急着入宫，袁飞傲便知道是出了变故。想想他临出宫前见到楚若涛那一脸的苍白虚弱，他紧张地问："难道是陛下的病……"

庄尔铭沉重地点点头："只怕……这一次是真的好不起来了，将军心中要有准备。"

袁飞傲一震，脸色沉郁下去。

袁飞傲的将军府宽敞，但人并不多。玉无双跟着他住进来后，有两个年纪大的老妈子被指派过来服侍她，那两个老妈子打量着她，啧啧赞叹："咱们将军真是好福气，这么美的姑娘都能娶进家。"她们捧来一套衣服，说："将军也没有提前告诉我们姑娘要来，府中没有特别适合姑娘的衣服，这一身是将军的母亲做好了却没有穿的，姑娘要是不嫌弃，就先穿着，等将军回头给您另置办一身全新的再换。"

玉无双现在穿的也不过是在路上随便买的一套布裙，她听说这套衣服是袁飞傲母亲的，反而很感兴趣，也不嫌弃，接过来就换了。

她一边更衣，一边问道："将军刚才一回来就匆匆出门去了，不知道是去哪儿了？"

一个老妈子回答："好像听门房说将军去丞相府了。"

丞相府……玉无双心里一沉。她刚才便知道庄尔铭必然有事瞒着他们，那一句欲言

又止的背后究竟隐藏着什么？

他说没有看到玉连城，究竟是真是假？

最匪夷所思的是，为什么楚若溪会突然叛国逃跑？她回想着楚若溪的一言一行，总觉得那人纵是有些轻佻，也不是个没有大节的人，更何况他是皇帝的弟弟，是高高在上的荣王，荣华富贵都已经有了，叛国对他能有什么好处？

这诸多的疑点，在庄尔铭的嘴里肯定都有答案，眼下只能等袁飞傲回来再问了。

袁飞傲也是心里藏不住事儿的人，见庄尔铭吞吞吐吐，欲言又止，他一定要问出个究竟。他刚回到将军府，连队伍都来不及整顿，就直接乘了一骑快马去丞相府堵人。这时候庄尔铭刚刚从外面回来，一步踏进府门，只见袁飞傲神情冷峻地站在大门口的影壁墙前，直勾勾地看着自己，庄尔铭苦笑道："袁将军这是怎么了？一副兴师问罪的样子？难道要怪我刚才莽撞吓到了你的未婚妻？"

"问你一件事。"袁飞傲严肃地说，"刚才她问你有没有见过一名年轻男子在荣王那里，你为什么一脸古古怪怪不好说的样子？"

庄尔铭叹气道："你这家伙看起来大大咧咧的，其实倒也心思细腻，你和我进去细说吧。"

进了丞相府，庄尔铭和他走进书房，将房门一关，庄尔铭叹道："我的确没法儿说。你可知道，玉连城其实是个女的？"

"女的？"袁飞傲大吃一惊，"无双一直都只和我说那是她大哥啊。"

庄尔铭眸光闪烁，"看来你对她们玉家的事情也不是全然了解。或者，是她故意对你有所隐瞒？"

袁飞傲皱眉想了想："应该不会，这是人家的私事，说不定她有难言之隐。"

"好吧，不管你怎么想，这可是大事。玉连城联合楚若溪在古镜城密谋篡位夺权，玉连城跟随楚若溪进京以恳请为古镜城迁城之事为由，要求面见陛下。陛下宅心仁厚，想着又是荣王的面子，便见了。没想到玉连城在见到陛下后给陛下暗中下毒，陛下立刻昏迷不醒，而荣王因为行迹败露，就带着玉连城逃离京城了，眼下，我正派了大批人马去追缉这两人。"

袁飞傲默默听着，眉心拧成一个死结。他怎么也没想到会听到这么一个故事。玉连城和楚若溪是一头的？古镜城其实是他们在外谋划的据点？那古镜城的迁都难道也是假的了？

回想着认识玉无双以来的种种，他不由得从心底冒出一丝凉意。他到达古镜城之

后，一步步地就是被玉无双引领着向前走，从来没有怀疑过玉无双。但，若这一切其实是她们玉家姐妹联手设定的阴谋诡计呢？玉连城跟随楚若溪到京中布局，谋害陛下，玉无双在古镜城拖住他的脚，色诱于他……

这个念头一滋生，就被他硬生生地按下去。不可能，无双绝不是心机狡诈之人！她们的迁城是迫不得已，而自己到达古镜城也不过是巧合，不会是她们提前就能算计到的。

庄尔铭见他只是一脸凝重，却不说话，便知道自己所说的事情在他心中掀起了波澜，便趁势说道："我听说玉连城之前曾经为她妹妹招亲，不过是为了将这场叛变之事再拖几个强而有力的帮手入局罢了。但那些名门之后也都是聪明人，一个个看出古镜城图谋不轨，便都撤了。玉无双空有风华绝代，到底做不成狐媚的妲己。可我万万没想到，她竟将目标转移到将军身上……刚才听将军说起你们的关系，之所以会令我如此吃惊，也是因为这亲事的背后，只怕有太多将军所不能预知的包藏祸心啊！"

他是一副苦口婆心、谆谆教诲的样子，说得袁飞傲心头突突直跳。袁飞傲这辈子第一次和人谈情说爱，能抱得如花美眷回家，一路上被下属称颂，被同袍羡慕，原本心中十分得意。但庄尔铭这一番话之后，似是被一盆冷水兜头浇下，那些雀跃也都化为乌有。

庄尔铭低声道："以前我也不认得玉连城，这次在宫中匆匆见了一面，看得出是个能说会道、心计很深的女子，也算得上是智勇双全。不知道玉无双是否也如此？"

袁飞傲艰涩地说："无双她……她不会武功。"

"哦？"庄尔铭略显讶异，又了然似的点了点头，"难怪她这么快可以俘获将军的心。倾城之色也许将军不会放在眼里，但若倾城之色再加上个孤苦无依，芊芊羸弱，就没有哪个男人会不为之动心了。我多嘴劝将军一句，在玉连城还未到案之前，和玉无双的婚事还是先放一放吧。以免害得将军做了别人的棋子，枉费了将军一家在朝中多年的忠烈英明啊！"

袁飞傲风驰电掣地去了丞相府，但是返回将军府时却像是被霜打的茄子一般没精打采。庄尔铭的话，他半信半疑，信是因他平时对庄尔铭的一贯好感，疑是因他对玉无双的这份感情。

临出丞相府时，庄尔铭又问他："将军和玉无双相识不过月余吧？要说你们二人既无父母之命，又无媒妁之言，这样仓促定下终身，纵然将军血气方刚情有可原，但那个玉无双身为一城的大小姐，不该如此莽撞冲动，失了她该有的矜持和体面吧？"

他这句话真是戳中了袁飞傲这几日来盘旋在心底的一个疑问：无双对他，真的可以做到无怨无悔吗？

他听过一些民间传说中的爱情故事，也听过许多生死相依的传奇，但是他和玉无双在上个月还是素未谋面的陌生人，只因为他帮了她一把，她就这样以身相许，便如庄尔铭所言：不怕失了她该有的矜持和体面吗？

心中一旦被人种下一颗怀疑的种子，这种子就会迅速地开始生根发芽。当他回到将军府时，府中众人笑着迎接他，说道："将军可回来了，玉姑娘说要给将军做顿饭，结果把厨房都差点烧着了。"他一震，大步奔向后院。

玉无双已经被人从厨房"请"到了后院的厢房，满脸羞愧地坐在床边，一只手被白布缠着，看不出伤势轻重。

袁飞傲一脚迈进来，先看到她的伤，就生气地喊道："谁让你乱动火了？厨房那种地方也是你该去的？"

玉无双尴尬地苦笑："本来想着给你露一露我的本事，我平日吃了那么多好吃的东西，要做几样应该不难。只是没想到这做饭竟然这么麻烦，我连菜都没放入锅里，那锅中的油就起了火，吓得我只得从厨房里跑出来了……"

"笨蛋！我什么时候要你做饭给我吃了？"袁飞傲刚才在庄尔铭那里听了一大堆的闲言碎语，本就心情不好，看到她现在这副狼狈的样子，更是怒火交加，"难道我袁飞傲这辈子喜欢吃什么山珍海味吗？你不知道我平时就是吃白饭也能很快活吗？若是你嫌弃我这府里的菜肴不佳，大可以不必委屈你的肚子！外面有的是上得了台面的饭馆，应该能伺候得好你这位娇娇大小姐！"

玉无双脸色一变。她原本以为袁飞傲对自己发火，是因为关心则乱，以前也不是没有过，只要故作顽皮地撒娇几句，他便将事情淡化过去了。但今天他不仅是真的动了怒，而且口气很是不对，句句都是指责，不由得又惊恐又疑惑又委屈，再加上姐姐下落不明，她一肚子的担心焦虑，种种情绪交杂在一起，不由得眼眶一酸，两颗晶莹剔透的泪珠就从大大的眼眶处滚落，一下子跌落在地上的青砖上，无声地摔碎一片。

炼情 第二十五章

袁飞傲的突然翻脸，出乎玉无双的意料，而这翻脸发生在袁飞傲从丞相府回来之后，玉无双想，必然是庄尔铭和他说了些什么。

那天晚上，她想借着吃饭的机会和袁飞傲再好好谈一谈，可袁飞傲却走了，一晚上没有回府。

两个老妈子也察觉出袁飞傲对玉无双的态度转变，好言劝慰她："姑娘别难过，咱们将军是有些狗熊脾气。男人嘛，还不都是这样？在外面官场上受了气，回来就拿老婆抖抖威风，撒撒火气。其实将军绝对是个好男人，对姑娘肯定会一心一意的。"

这些劝慰并没有减轻玉无双心里的忐忑和疑惑。她觉得庄尔铭和袁飞傲所说的事情一定不简单，才会让袁飞傲发这么大的脾气。她等了一夜，也不见袁飞傲回来。

玉无双自己躺在床上时，也是辗转反侧，一会儿想着玉连城的下落，一会儿想着楚若溪的叛国传言。好不容易迷迷糊糊地睡着了，半梦半醒之间忽然觉得有个人站在床头，那人一步步逼近，向下一俯身，露出的那张脸阴惨惨的、冷森森的，竟是玉华景的脸！

她吓得想尖叫却叫不出来，好像咽喉都被人扼住了似的。她拼命挣扎，用尽全身力气冲破这束缚得让人喘不上气来的阴霾，猛地一睁眼，从床上霍然坐起身，眼前什么人也没有，只有一室的清冷。

她抱着双肩呆呆地坐在床上，想了很久，然后披衣而起走到门边，拉开门，小院也是这般幽静，只有月华洒下的一地清辉幽幽发亮。

她，远离亲人，远离故土，来到这里，为的是什么？难道是为了忍受别人的猜疑和羞辱吗？曾经满心欢喜的坚定相信终身已经有了依靠，难道她竟错了？

她静静地走出去，推开小院的门，因为夜色太深，将军府的各个角落都不见人影，她只好漫无目的地四处游走，直到在东边的一处跨院门前遇到一个正在打瞌睡的小家丁。她抬头看了眼这跨院的匾额——"飞虎轩"，这该是袁飞傲所住的地方吧？

她弯下腰，轻轻拍了拍那小家丁的肩膀。

小家丁迷迷糊糊地睁开眼，只见一名如月光仙子般美丽的绝色女子站在自己面前，还以为是在做梦，怔怔地问："仙女姐姐……有什么事？"

玉无双柔声问："将军回来了吗？"

"没……还没……"小家丁霍然醒过来，想起白天有人说过，将军带了一名特别美貌的女子回来，有可能是未来的将军夫人。他一跃而起，揉着眼："您……您是将军夫人？"

玉无双微微苦笑："也许……还不算是吧。将军经常夜不归宿吗？"

"有时候操练兵马,可能就睡在兵部了。"

"那,我能在这里等他回来吗?"玉无双明亮的大眼睛仿佛沁着两汪春水,望得那小家丁的心砰砰乱跳,没了章法。

"这……这大概行吧……"那小家丁也不知道该怎么回答,但想想让未来的将军夫人在将军的屋子里等他,似是也没什么不妥,就打开院门,让玉无双进去了。

玉无双第一次站在专属于袁飞傲的地方。

院子比她所住的那一进更加宽敞,满地平整的青石板,却也不乏一些裂纹。在院子的两边放着刀枪剑戟斧钺钩叉不少兵器,想来他应该自少年时代起就在这院中习武练艺,才会将这厚重的青石板都弄出诸多的伤痕。

走到兵器架子旁,她试着抽动一支长枪,但那枪身很沉,足有十斤上下,竟是她抽不动的。

她不禁暗自感叹:难怪天天舞动这些兵器的那个人,一身肌肉僵硬如铁。可为什么他还能有那么一个温暖宽厚的胸膛,每每她埋入其间,就舍不得离开?

忽然间,外面传来一阵嘈杂声,袁飞傲的声音由远而近,他竟然在这时回来了。

只听他似是对什么人说道:"不管怎样,去问问刑部,如果缉拿荣王的事情是他们负责,那他们必然知道些线索!别光听他们打官腔耍马虎眼糊弄我!那里的人都是人精!"

当袁飞傲一脚踏进院门时,那守门的小家丁笑着说:"将军居然回来了,夫人在里院等着您呢!"

袁飞傲一皱眉,一时没有反应过来"夫人"是指谁。但是当他看到玉无双的时候便愣住了。

玉无双本来就纤瘦,此时只穿了两件单薄的衣服站在瑟瑟夜风之下,与他遥遥相对,默默无语。

他的心登时软了,但面上还是僵硬的表情,"这么晚了,你在这儿干什么?回去睡觉!"

玉无双轻声道:"我只是想问将军几句话。"

"今天累了,明天再说。"袁飞傲也不看她,径直往里走。

玉无双挡在他身前,双臂一伸,明明是小云雀一般瘦小的身体,却仿佛蕴含了无穷的力量,让袁飞傲不得不敬畏地与她对视。

"我只问将军两个问题,问完了就走。"她坚定的口气不容袁飞傲争辩。

袁飞傲只得说:"好,你问吧!"

"第一,庄尔铭是否和将军说了我的什么闲话,才让将军今日对我这样大发雷霆之怒?"她开门见山,一点儿弯子都不兜。

袁飞傲喉头一哽,在肚子里盘旋了大半日的话几乎就要脱口而出。但是想着庄尔铭对他的诸多提醒,要他对玉无双不得不有所防备,这些话就没有真的说出来,只是硬憋出一个词:"没有!"

"将军说谎。"玉无双看着他那纠结的眉心,微微一笑,"将军不是会说谎的人,所以这个问题的答案我已经知道了。第二个问题,将军既然对我起了疑心,古镜城的事情,将军与我的白首之约,是不是就都不作数了?"

袁飞傲的眉头锁得更深,这个问题他选择回避,没有立刻回答。

玉无双又是一笑,笑中凄苦:"将军动摇了。"

两个问题,袁飞傲只说了两个字,她竟看穿了他的心思,这让袁飞傲很是恼怒,他猛地抓住要往外走的玉无双,问道:"你去哪儿?"

"将军不是说我问完了就要走吗?我现在便走了。"玉无双幽然说道,"之前是无双愚笨,过于一厢情愿了,给将军添了许多麻烦。就此别过,将军珍重吧。"她竟决绝地要立刻离开。

袁飞傲反而慌了神儿,紧抓住她纤细的手腕不放,"谁说我让你走了?事情还没说清楚,你给我乱扣什么帽子?"

玉无双秋波流转,"将军所说的'没说清楚'是指我没有对将军说清楚,还是将军自己有话没有对我说清楚?"

袁飞傲咬着牙根儿好一阵,重重叹口气:"和你们这些聪明人说话真是费脑子!好,咱们就打开天窗说亮话!我问你,你那个大哥,到底是男的还是女的?"

玉无双一惊,美目圆睁地看着他,"你……你为什么这么问?"

"因为庄尔铭说在楚若溪身边那个自称是玉连城的人,其实是个女的!"袁飞傲目不转睛地盯着她的眼。她那惊讶的眼神也落在他的眼中,显然,他的问题戳中了她心里的要害。他知道至少在这件事上庄尔铭没有说错。玉无双的确在她"大哥"的真实身份上对自己有所隐瞒。

玉无双沉吟片刻,问道:"只是为了这件事,你觉得我在骗你,是吗?"

"难道你还有别的事情在骗我吗?"袁飞傲的心中似乎被千万只蚂蚁啃咬过。

古镜城真的是楚若溪的秘密造反据点?玉连城真的和楚若溪有所勾结?迁城真的只是一场阴谋?玉无双真的在对自己用美人计?

玉无双垂下眼帘,轻声一叹:"好吧,这原本是我们玉家的秘密,我不知道大哥为

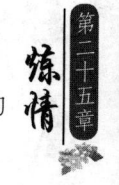

第二十五章 炼情

什么会以女装示人,'他'多少年都没有穿过女装了。但想来应该是遇到了迫不得已的事情才逼得'他'改了自己的习惯。"

她看了一眼袁飞傲,"我们就站在这里说吗?"

袁飞傲看她已经冻得嘴唇发紫,想她上次犯病时的楚楚可怜,便冷着脸将她拉进自己的卧室。

"大哥自小是被当男儿养的。因为我们玉家的家业传男不传女。但是父亲有一位哥哥,早早去世,留下了一个儿子,那儿子就是玉华景。玉华景比我们大几岁,从小就性格乖张,带着戾气,我爹担心这样的人不能管好古镜城,便在生下大哥后,让她扮成男孩子的样子,教她识字,更教她习武。久而久之,大哥有时候自己都忘了她原本是女儿身。"

"这秘密,就连我也是在七岁之后才知道的。那时候我很顽皮,有一天闯入大哥的房间,不巧她正在沐浴,我看到她的身体,她惊慌失措地捂住我的嘴,让我不要乱说。后来父亲也赶来了,警告我坚决不要把所看到的向外人透露一个字。可我那时候根本不明白不让我透露什么。直到我们外出踏春,看到城里一些百姓家的小孩子光着身子跑到外面的湖里去游泳,我才恍然大悟:大哥的身体和他们不同,却和我的一样。原来大哥和我都是女孩子。"

"后来,我渐渐长大,父亲和大哥把他们不得已的苦衷慢慢告诉我,而我也眼见着玉华景变得越来越怪癖,时常干一些匪夷所思的事情,所以我相信父亲和大哥的担心是有道理的,古镜城绝对不能交到他手上。"

袁飞傲面无表情地听着,关于玉华景的事情,以前他曾经听玉无双说过一些,虽然没有这么详细,但也知道她和玉华景是亲戚,又是仇人。可这,也毕竟只是玉无双的一面之词。如果她故意对自己有所隐瞒,那她到底隐瞒了什么,又隐瞒了多少?这就不是一时半刻可以印证的。要找到楚若溪和玉连城,几人一起对质,或许才能听到实情。

玉无双一边说,一边对他察言观色,看他神色这么凝重,知他的心结还是没有打开,暗中叹口气。到底他们相识时间太短,彼此的交情还是这么浅薄,匆匆许下的承诺,竟禁不起一点儿风吹雨打。

"我大哥为了古镜城保守秘密这么多年,我也不可能随随便便地将这件事当作一个闲话和你说。原本想到了京城,若能见到她,将我们的事情告知她之后,我再将她的秘密告诉你,没想到却是在这种情形下和你坦白。若你是为了这件事气我,我也的确是有错在先。可你我这份好不容易结下的缘不该因此就生出心结和羁绊。将军……"她的一只手轻轻握住袁飞傲的大掌,真诚地说道,"我玉无双既然答应嫁你,就会一生一世诚

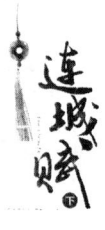

心相伴，我对将军的信任坚如磐石，难道将军对我，不曾有这样的坚信吗？"

玉无双的一番话说得袁飞傲十分动容，他对玉无双本是如火一般的热恋，如今横生枝节，心里的确是动摇了。他虽然是个胸怀坦荡的人，但也在官场上混得久，尔虞我诈的故事他听说不少，对许多人和事早已练就一种天生存疑的本能。在认识玉无双之后他发现自己可以放下所有的芥蒂，敞开心扉地和一个人在一起，甚至有相见恨晚的感觉。

可这份坚信却禁不起任何的风吹雨打，到底是因为他的耳根子太软，还是因为这世界本就没有什么可值得相信？

他默默沉思了很久，没有响应玉无双的话，只是淡淡道："这么晚了，你也该回去睡觉了，我送你回去。"

玉无双见他始终不予回应，心里也凉了，起身说道："不必了，这几步路，我既然能过来，也能找回去。"她放开袁飞傲的手，飞快地奔出房间。

袁飞傲迟疑了一下，再追到门口，她已经跑出院子了。

月色下，她白色的衣裙仿佛一团将要御风而去的云雾，罩在袁飞傲的心上，是一团难解的谜。

云雾一般的白色，毛茸茸的一团，现在就抱在庄尔铭的手上。他修长的手指轻轻爱抚着那只新宠小猫，嘴里喃喃道："连城今天太不乖了，那种下贱的老鼠也是你这张口能吃的？"

站在他对面的玉华景听到他叫出的名字，不禁一怔："你给这猫取了什么名字？"

"连城啊。这只猫不是价值连城吗？"庄尔铭笑着说，手指在那只猫的脖子下面轻轻搔了搔，那只猫就舒服地抬起头，任他搔摩。

玉华景哼道："将这只'连城'掌控在手中也算不得本事，什么时候能将那个'连城'抓拿到案，丞相才可以高枕无忧。"

"那个连城是迟早都会抓到的。我的人马已经追踪到了一些线索，正在顺藤摸瓜，一有了准确消息自然就会汇报。到时候你想要玉连城的胳膊，还是她的腿？"

玉华景皱皱眉，"什么线索？"

庄尔铭笑道："这就要向你卖个关子了。若是都告诉你了，我手中就没有可要挟你的底牌了。"

玉华景冷笑道："怎么？丞相大人还要要挟我？如今皇帝病重，庄氏弄权，普天之下都在丞相的掌控之内，昊夜只知有丞相，不知有陛下的好日子就要来了，我以为丞相会说，要把我们景字号的银子全都充抵国库。"

"尔雅是女人,难免有不冷静的时候,楚若溪是她暗中喜欢了十来年的人,她的心思也难免会有偏袒。但是我不同于她,我可不是过河拆桥的人。"

玉华景似笑非笑地说:"你们兄妹俩一个唱红脸,一个唱白脸,但是说的话都真真假假让人难以捉摸,我可不敢相信。丞相说自己不是过河拆桥的人,知道玉连城和楚若溪的线索,却不告诉我,又迟迟不放我离开京城。我景字号的门口每日都有些奇奇怪怪的人转来转去,不会是丞相派的人马,来盯我的梢儿吧?"

庄尔铭低垂的眼帘掩住了他黑眸中的精光闪耀,抬起头时依然是春风和煦的温雅笑颜:"不错,那些人是我派去的,我总要给尔雅一个交代。你这个人,也不是个让人放心的家伙,尔雅得罪了你,我也实在怕你会对她不利。"

玉华景听着可笑:"难道你还怕我入宫行刺她吗?算了吧,你的这些花言巧语骗她都不见得骗得过,又何必和我说假话?我看你那天故意招惹袁飞傲,也不光是为了让我看清车上的玉无双。袁飞傲已经是你计划中的一枚棋子了吧?"

庄尔铭叹气道:"你我不愧是知己良朋,我的心思都瞒不过你。袁飞傲现在心中正百爪挠心地猜忌玉无双接近他的目的,我在他后院放的一把火已经烧起来了,只是还要再添些油和柴火才能烧得更旺些。"

玉华景不解地问:"你怎么知道他那里后院着火?"

庄尔铭诡异地一笑:"难道我这个堂堂丞相连个耳报神都请不到吗?"

玉无双自那夜和袁飞傲谈不出什么转折来,心也凉了下去。她虽然外表柔弱,但骨子里刚强,既然君心不似妾心,那妾绝不委身!以她的脾气秉性,本该立刻搬离将军府。但她为了追随袁飞傲,独自出门,身边连个随侍的丫鬟都没带,更没有带半点银钱,就这样赤条条地走出将军府的话,她都不知道该怎么养活自己。没办法,人在屋檐下,不得不低头。更何况,她希望能在这里多打听到一些关于玉连城的消息,显然玉连城现在和楚若溪在一起,而听袁飞傲那晚和别人交代的话意,他应该也正在全力追踪玉连城和楚若溪的下落。纵然他对自己有所怀疑,不能倾心相吐,但她总是更靠近事情的真相和结局的。

她几夜没有睡好,这一天醒来时也懒得梳妆,在妆台旁呆呆地坐了好一阵,直到负责照顾她的徐妈妈走进来,看到她失魂落魄的样子,惊呼道:"姑娘还没有梳头?哎呀,怪我怪我!老奴刚才去给将军准备早饭,把姑娘这边忘了!"

玉无双懒懒道:"不赖你,是我自己懒得梳头。将军又出府去了吧?"

"是啊,将军这几日一直很忙,每天进进出出的,一天三顿饭,难得有一顿能在府

里吃。"徐妈妈手脚麻利地帮她梳头。

玉无双苦笑道:"他这是在躲我。"

"那怎么可能呢?像姑娘这样的大美人儿,放在屋里一天看上十八遍还嫌看不够呢,怎么会躲您?"徐妈妈不吝词汇地赞美,"姑娘这样的美貌,我活了这么大的年纪都没有见过,就是宫里的皇后皇妃都比不了您。"

玉无双慵懒地问:"宫里的皇后皇妃您都见过吗?"

"见过啊!"徐妈妈得意地说道,"老奴十二岁的时候就入宫了,伺候一位贵人娘娘,伺候到十八岁,满了年限出了宫,后来才在将军府找了事儿做。一直伺候将军一家两代人到现在,也做了快四十年了。"

玉无双惊叹道:"原来您在将军府中待了这么久。那……将军他……一直这么喜欢乱发脾气吗?"

徐妈妈笑道:"将军脾气是大一些,但就是骂骂手下人做事不爽快,他最讨厌别人做事拖泥带水还做不好,也不喜欢应酬官场上那些虚伪客套的官老爷。可绝算不上是乱发脾气,将军待我们这些老家奴还是很好的。老将军当年去世前留过话,说袁家几代勤俭,不许将军辞了我们或再买一堆丫鬟老妈子入府摆排场,将军就规规矩矩地遵照老将军的遗训,所以您看,府中连给姑娘打水梳头的丫鬟都没有一个。"

玉无双轻叹道:"袁家虽然不是书香门第,但难得也有这样严谨的家规。可那根木头……却是铁石心肠。"

徐妈妈为她插上最后一支发簪,再劝慰道:"老奴虽然不知道将军为了什么事和姑娘生气,但男人都是气过就算了,日后还要一起过日子的,夫妻都没有隔夜仇。对了,姑娘上次说要做饭,但是没做成,咱们这回再试试看,不动火也能做点好吃的出来。将军最喜欢吃老奴做的豌豆黄,不如我教姑娘怎么做,姑娘若学会了,端去给将军吃,那豌豆黄甜甜糯糯的,将军吃了心都要化了,肯定不会再和姑娘生气。"

玉无双怦然动心,犹豫着说:"真的不用动火吗?"

徐妈妈笑道:"只是前期的时候需要用大火蒸一蒸,这点您放心,我一早已经把豆子蒸上了,现在应该可以揭锅了,后面就没有什么需要再动火的地方了。"

玉无双咬着唇瓣:"好!那我就试试看。"

徐妈妈领着玉无双去厨房的时候,正在厨房里忙活的一个小伙子惊诧地迎出来:"呀!是姑娘您……娘,您真是的,不知道将军上次大发脾气吗?怎么又把姑娘往厨房里领?"原来这厨房一直是徐妈妈的儿子在主管。

徐妈妈笑道:"上次是个意外,这回我教姑娘做豌豆黄,她不动火,只要跟着我动

动手就好了，你别在旁边大呼小叫的，脏气都吹到姑娘身上了。姑娘来，我这里有条围裙，先帮您系上，这袖子也要挽起来，否则没法做活儿。"徐妈妈一边说，一边帮玉无双重新"打扮"了一下，很快玉无双的头上就包好了头巾，腰上系上了围裙，宽大的袖子也被绑在了肘部，露出两条白嫩嫩的胳膊。

徐妈妈的儿子还年轻，也不大敢正眼看玉无双，目光触及她的胳膊时就红着脸跑掉了，嘴里还喊着："那豆子都蒸好了！"

徐妈妈从蒸锅里取出蒸好的一碗豆子，豆子已经蒸得很软烂了，徐妈妈便手把手地教玉无双怎么做豌豆黄。

玉无双这回学得格外用心，模仿着徐妈妈的样子用勺子将豌豆一个个碾碎成粉末，又用捣杵细细地碾捣，滤掉会影响口感的皮渣，放入细糖，再碾再捣，直到细软得比沙子还要细腻。徐妈妈帮她将这些豆泥放入一个抹了油的碗内，打开地板上的一个盖子，一股寒意立刻扑面而来。

玉无双讶异地问："这下面是冰窖？"

徐妈妈笑道："是啊，大户人家一般都会有个冰窖嘛，咱们袁家虽然勤俭，冰窖没有那些王公贵族的大，但为了做菜方便也要备上些冰，这几块冰现在就派上用场了。"她说话的同时，将碗盖上盖子放到冰窖去，"等将军晚上回来时，这豌豆黄就能吃了。"

玉无双微微松口气，终于绽开笑颜，用手背擦了擦额头的汗水。徐妈妈看她这么辛苦，就给她倒了杯茶，说："这厨房里的茶叶不算顶好，姑娘凑合着喝一口解解渴。后面的事姑娘交给我做就行了，也不用等在这里。"

玉无双咕嘟咕嘟喝了好几口水，发现做饭这件事原来也是很辛苦的，自己以前是衣来伸手饭来张口的大小姐，全然不知下面人的辛苦，也难怪被袁飞傲看不起。

她这样在心中自我嘲讽了几句，心情反而好些了。这时候恰好有人送菜过来，站在厨房门口喊道："徐蛮子，你怎么也不出来？菜筐都要我给你搬吗？"

徐蛮子就是徐妈妈的儿子，他从屋子中跑出去接那菜商的菜筐，哼道："大呼小叫什么？这里是将军府！"

菜商笑道："你们将军出门去了，当我不知道？你怕什么？"

徐蛮子向屋里使了个眼色："将军虽然出去了，可是未来的夫人在这儿呢。"

菜商一愣，这才看到坐在屋门一身奇怪打扮的玉无双，连忙赔礼："不知道是贵人在这儿！小的失礼了。"

玉无双微微一笑："您太客气了，也辛苦了，要不要进来喝杯茶？"

菜商连忙摆手:"小人是什么身份?可不敢和您在一起喝茶。"他对徐蛮子说道:"你点点数,一共是十二样菜,每样二斤,还有二十斤猪肉,十斤羊肉,一共是十一两七钱。"

"等着,我给你拿银子去。"徐蛮子转身回屋,在一个锁着的碗柜里取了钱,出门交给那菜商。

玉无双本来是无心听他们说话,也没有怎么留意,但是眼角的余光一瞥,似乎看到那菜商收了钱,又往徐蛮子的手里塞了件什么东西,然后故意很大声地打着招呼说:"那我先走了,还要什么菜,回头你便到我那里去要吧!"

玉无双猜想,厨房之中难免有吃回扣的事情,她以前也听家里丫鬟说过,负责采买的人是最赚钱的,因为能从中捞得不少好处。这个徐蛮子大概买了十一两的菜和肉,也能从中获利一两半两吧?他家中不知道还有什么亲属,许是要养活的亲人多,光靠他们母子每个月的月钱生活还是有些艰难,为了生计,吃小小的回扣倒可以理解。

可徐蛮子在转身时将那东西塞入自己的袖子里,一眼看过去,却不像是什么银子,更像是张纸条。玉无双不禁困惑了:一个菜商,会给徐蛮子什么纸条?而徐蛮子塞那纸条的动作很是敏捷,生怕被人看到,显然那纸条也见不得人。

她心里疑惑,可并没有问出来,将茶杯放在灶台上,起身说道:"我先回去了,徐妈妈,这里就麻烦你照应了。"

到了晚上,徐妈妈捧着一碟子豌豆黄,兴奋异常地来找她:"姑娘快尝尝看,这回做的豌豆黄口感特别美,将军已经回来了,他肯定喜欢,姑娘要不要亲自送过去?"

玉无双虽然心中忐忑,迟疑了一瞬,但还是接过盘子去飞虎轩见袁飞傲。

袁飞傲应该是刚刚练兵回来,还穿着甲胄。玉无双出现在房门口时,袁飞傲正在脱甲,看到玉无双,他的神色有些僵硬,似是不知道该说什么。一路跟来的徐妈妈微笑着说道:"将军辛苦了,这是姑娘亲自为将军做的豌豆黄,做得可好了,将军一定要尝尝看。"

袁飞傲看着玉无双,眉心一蹙:"怎么又去厨房了?"

"这回可没有动火,只是动动手而已。"徐妈妈为玉无双开脱着,推着玉无双进了屋,又将房门从外面关好,将这方天地留给他们两个人单独相处。

两个人独处,袁飞傲的表情有些僵硬,玉无双又何尝不是。觉察他的神色中没有一丝缓和,玉无双叹口气,将盘子放在桌上,转身就要走。

袁飞傲出声喊道:"站住!既然来了,就……坐下一起吃。"

玉无双心里一甜,磨蹭着坐到桌边,看那盘子上只放了一双筷子,便嗫嚅着:"你

吃吧,这豌豆黄也没多少。"

"叫你吃你就吃!"袁飞傲两句话后就没耐心了,将她一把拉过来,强按在椅子上,又将筷子塞到她手里。

他的动作虽然蛮横,但是玉无双的心里却似春风过境一般,用筷子挑起一块豌豆黄放在口中,那是她第一次尝到自己做的食物,这样细腻甜润的口感,好吃得超出她自己的想象,她不禁雀跃地仰脸笑看着他:"我做菜还真有些天分呢!"

袁飞傲看她笑得这么甜美,其实心里也是柔软的,只是有个心结,一直没有解开。他又不善言辞,不知道该怎么和她说话相处,此时见她这样讨好地为自己做食物,又想到上次她还烫伤了手,心里就更加疼惜,接过她的筷子,挑了一点儿豌豆黄放入口中,含糊地说:"还凑合吧,糖有点多了,甜得都齁嗓子。"

虽然没有多少赞赏,但这样的话从他的嘴里说出,已经是很大的认可,更何况两个人关系不似从前,他的一言一行,玉无双都很敏感。所以只一句"还凑合吧",她就可以松口气了,笑道:"那下次我少放些糖。"

袁飞傲应了一声,三两口便将那两块不大的豌豆黄都吃了。玉无双望着他冷峻的侧脸,心里是说不出的滋味,端起盘子向外走了几步,又忽而想起一事,问道:"徐妈妈在你家已经做了几十年了吧?"

"嗯。"袁飞傲看她一眼,觉得她话里有话,"要是觉得老妈子伺候你不周到……"

"没有没有!"她生怕他以为她犯了大小姐脾气,连忙摆手,"徐妈妈人很好,对我照顾得很精心,只是……"她犹豫着不知道该怎么说自己白天所见到的一幕。徐蛮子不过就接了张字条,她就要大惊小怪吗?

"想说什么就说!别吞吞吐吐的!"袁飞傲最见不得别人欲言又止。

玉无双鼓足勇气,问道:"将军觉得府里的家丁下人,都是绝对忠诚,靠得住的吧?"

袁飞傲虎目寒凝:"你这话是什么意思?难道暗示我府中有内鬼?"

"不是。"

"那又是什么?"

"我……我也不知道。"

袁飞傲哼道:"什么都不知道你还说什么?我这府里的老人,都在府中干了二三十年了,年轻些的,也都是家奴,他们的忠心我从不怀疑。你……该不是想挑拨我对他们的信任吧?"

刚刚若还有一点儿温馨的情意在这屋中飘荡的话，那么此刻他冷言冷语的怀疑却让那温馨变成她可笑的幻想。

她没有争辩什么，端起盘子静静地走出房间。

徐妈妈在她的院子里收拾花草，见她回来了，兴奋地迎上来打听着："姑娘，怎么样？将军喜欢您做的豌豆黄吧？"

玉无双笑得勉强而苦涩，"喜欢，很喜欢……"这一次她没有让泪水冲出眼眶，而是将它们深深埋在心底。

想以亲手调羹的一顿饭来挽回一个男人的心，看来是不可能了。现在问题的根源不在于她的态度，而在于他的心结。

这心结……该从哪一头开始解呢？

望着徐妈妈，她若有所思。

晚饭前，玉无双巧笑嫣然地又来到厨房门口，伸着头看里面，问道："我能帮点什么？"

徐妈妈看到她，连忙摆手道："姑娘，这会儿厨房忙得很，实在是顾不上照顾您。这里人手够，您还是出去坐着，别让烟火熏了您！"

玉无双笑道："我还怕烟火熏吗？若是怕，连饭都不要吃了。"纵然这样说，她还是被徐妈妈推到了院子里。顺着墙角四处闲逛的玉无双被无意走出门的徐蛮子遇到，徐蛮子笑道："姑娘怎么站在这里？若是饿了，我先给姑娘做碗面。"

"不用不用，我哪有那么嘴馋。"玉无双笑着摆手，"你去忙你的吧。"

她既然这样说了，徐蛮子这会儿的确也正忙，就赶着进厨房去，忽然听到身后啪嗒一声响，回过头去看，只见玉无双几步走到墙根儿，蹲下身从地上捡起一个纸团，迅速地塞入袖子里。再回身时，正对视上徐蛮子好奇的眼神，玉无双掩饰似的说道："不小心把耳环掉在这儿了。"

徐蛮子一笑："难为姑娘眼力好，还能看得见。女孩儿家的东西都是稀罕物，可不敢乱丢了。"说罢便进去了。

玉无双的唇角浮起一丝淡淡的微笑，她迅速地离开厨房这片小院，回了自己的房间。

第二天，袁飞傲刚刚出门，玉无双便和徐妈妈说她也要出门走走。

徐妈妈忙说："这哪儿行啊，姑娘身份尊贵，可不敢随便上街闲逛，若是出了事，老奴怎么和将军交代？"

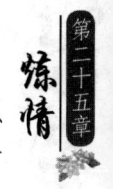

第二十五章 炼情

"哪里会出什么事儿?"玉无双笑道,"这是京城,太平盛世的,您还怕冒出什么山贼劫了我?我只是想自己出去走走看看,我长这么大,只在古镜城中生活过,都没有见过外面的世界是什么样子的。你若是不放心……不如我带一两个将军府里的人和我一起出去好了。"

徐妈妈见她这么固执地一定要出去,就跑去找将军府的管家询问。那管家也不敢得罪玉无双,便派了府内功夫最好的四个家丁陪在玉无双左右。

玉无双上了马车,一路沿着京城的大道走,四周的街面繁华,她似是都不看在眼里。直到马车停在一家酒楼的门口,她忽然喊道:"停一下,我想去这酒楼上看看。"

家丁便打开车门陪着她进去。

满酒楼的客人本来都在喧哗着,骤然这样一位明艳动人、倾国倾城的姑娘走进来,酒楼的喧哗声一下子止住了。玉无双只含笑看着柜台后的掌柜,问道:"掌柜的,楼上有单独的雅间吗?"

"有!有!姑娘随我来!"掌柜的亲自将玉无双领上去。

楼下的客人们窃窃私语:"这是哪家的大小姐?长得这么美!这辈子都没见过!像仙子似的!"

另有眼尖的认出来:"跟随她的那几个家丁,好像是袁大将军府里的,腰上佩戴着袁家的腰牌呢。"

"哦哦!我听说了,袁将军这次外出剿匪,捡回来一个美貌的未婚妻,原来就是她?"

"袁将军好有艳福啊!"

下面的艳羡热议之声,玉无双自然是听不见的。她让那几个要跟随自己上楼的家丁在一楼的楼梯口等候,她则独自跟着掌柜的去了楼上的雅间。这一去,就是大半个时辰。家丁在楼下等着,也不敢离开。

直到她袅袅婷婷地从楼上走下来,轻声说:"回去吧,今天有点乏了。"

于是众人就簇拥着她上了马车,返回将军府。

这一天看似平平静静地过去了。

但是第二天,第三天,玉无双照样出门,管家还是派人跟着她,玉无双每次都选定在一家酒楼停下,去二楼的雅间独自坐半个时辰再下楼,不让人跟随。

管家询问了负责外出保护她的家丁之后,也觉得她做事有些奇怪,便转述给了袁飞傲。袁飞傲暗中皱眉:难道……她是在等什么人吗?

　　第四天，徐妈妈发现吃晚饭的时候，玉无双显得心事重重的。就关心地问："姑娘怎么了？是不舒服，还是饭菜的口味不合？"

　　玉无双秀眉轻蹙，"我……只是有点没胃口。"

　　徐妈妈忙说道："那我去厨房给姑娘炖碗烂烂的鸡蛋羹来，如何？"

　　玉无双摇摇头："不用麻烦了。"她忽然握住徐妈妈的手，认真地望着对方的眼，诚恳地说道："徐妈，我入府的这些日子，多蒙你这样尽心尽力地照顾我。我也没什么可报答你的……"她脱下一只金手镯塞进徐妈妈的手，"你若是不嫌弃，就拿着这个，也算是我们有缘一场。"

　　徐妈妈大惊失色，慌忙往外推："这怎么使得？这么贵重的金镯子，我的天，这不是要折煞老奴吗？"

　　玉无双很强硬地按住她的手："拿着，我和你还有句心里话要说，我只身来到这里，左右也没个亲人。你知道将军现在对我，就这么不冷不淡的。我玉无双好歹也是出身名门，岂能被人这样小觑？难道还要我学那普通民妇，对他这莽夫乞怜示好吗？我已联络了家人，明日我就离开。"

　　徐妈妈更震惊了，连声说："这可不行啊！姑娘！你们小夫妻生点气是常有的事，可不能一生气就一走了之。姑娘可知道夫妻吵架最怕的是什么？就是媳妇儿跑回娘家去。相公若是碍着面子不愿意去接，那生生一对好姻缘就要被拆散了，那媳妇儿还要被扣上各种不贞节的罪名……"

　　玉无双冷冷一笑："我现在还不是他的媳妇儿呢，我也不怕被扣什么罪名。只是，这件事您绝对绝对不能告诉他！否则……"她细白的牙齿几乎将朱唇咬破，坚决地说："我宁可死在这里！"

　　徐妈妈吓得瞠目结舌地看着她，连句话都不敢说了。

　　玉无双又叹口气，双手握着她的手，"我说了，咱们有缘，您就像是我的乳娘一样待我好，可惜我乳娘也去世好多年了……您就算是再帮我一个忙吧，现在我要出门，管家都要大张旗鼓地派人跟着我。我要走的这件事不能惊动府里的其他人，麻烦您帮我给望江楼的掌柜的捎个口信儿，就说我明天午时会过去，让他把二楼西边那间叫'拜月'的房子给我腾出来，我要在那里等人。"

　　徐妈妈怔怔地听着她的吩咐，眼泪忽然扑簌簌掉下来，一边擦着泪，一边叹息道："唉，何必呢？这是何必呢？你和咱们将军是多般配的一对啊。这到底是月老喝醉酒犯了糊涂，还是谁在故意捉弄……"她感慨唏嘘着，步履蹒跚地出去了。

这一晚玉无双捧着一碗汤去了飞虎轩。

袁飞傲正在屋内和人说话。她的到来让屋子里原本聊得火热的两个男人突然停了口，一起看向她。

玉无双浅笑盈盈地说："没想到庄丞相也在这里，早知道，我便多端一碗汤过来了。"

庄尔铭起身笑道："没想到袁夫人这会儿过来，早知道我就识相点早些离开。免得打扰到两位。"

"丞相大人就别拿我取笑了。"玉无双将那碗汤放在桌上，柔声对袁飞傲说道："这汤是刚做出来的，飞傲，你就趁热喝了吧。"

袁飞傲一震，凝目看她——她好像从来没有直呼过他的名字呢。

此时见她盈盈笑眼如春水横波，肌肤胜雪，乌发如云，纵然不说不动，也似是画一般。他低头捧起那碗，沉声说："听说你这几日老出门去，都干什么去了？"

"也没做什么，无非是看看这京城的风土人情罢了。"

她款款退出，也没有多说一句话。

庄尔铭听着她脚步声远去，问道："这几日你们两个人……还好吧？怎么看着气氛不对？要说我那天也是多话，怎见得玉连城有事，就一定会牵扯到她妹妹身上呢？"

袁飞傲冷着脸道："你提醒得没错，此事虽然看似只关乎我们两个人，其实涉及的是整个国家，一点儿都不能马虎。你说你找到了线索可以查到玉连城，那线索是什么？"

庄尔铭眨眨眼，"他们当日从宫中的密道逃走，那密道是一直通到京城之外的。我在想，楚若溪在陛下病重之前曾经被陛下责令到陇城去反省，会不会他就势逃到陇城去了？既然你是从陇城来的，和陇城的守备又熟，不如你先替我给福峥嵘写封信，打探一下。而我这边也派快马沿路追击，我们两边合力，必然能把这两个钦命要犯追缉到案！"

袁飞傲拍案道："好！我这就给福峥嵘写信！"

庄尔铭悠然起身："既然如此，那就拜托将军了，我事务繁忙，便告辞了。"

庄尔铭走时，袁飞傲一直送他到府外。回来的路上，心思念动，转道去了玉无双的住处。

那小院一贯地寒凉幽静，玉无双就坐在东屋的窗户后面，窗纸上映出了她美丽的剪影。

袁飞傲望着那道剪影的轮廓,依稀间想起两个人定情的那一天,他站在窗外,给她送上一朵自己在路边采下的小花,而她从窗内探出身来,大胆地在他脸上印下一吻……

那是他人生中最美好的一天。

他呆呆地站在窗外,望着玉无双的剪影,却没有上前一步,也不知道望了多久,直到她屋内熄灭灯火,那一道剪影消失,他才怅然若失地转过身,踩着依稀可见的星辉,缓步离开。

他却不知,在那窗户的背后,有一双秋水明眸,正透过破了的窗户纸静静地向外张望,凝视着他离开。

次日,玉无双又要出门,这一回在马车距离望江楼不到一条街的地方她便下了车,说要进一个裁缝铺子看布料。但是进了那铺子之后,她却问老板:"老板,您这里有后门吗?"

老板对这位突然闯进来的绝色女客很是好奇,哪有不看布料先问后门的?

玉无双解释道:"外面有几个不怀好意的家伙一直跟踪我,我实在是甩不掉,求您好心帮帮我。"

老板恍然大悟,想她这么貌美,必然是被色胆包天的登徒子看上了,忙说道:"来,从我这侧门穿过,就是后院,后院的西门直通旁边那条街。"

玉无双道了谢,疾步穿过这家铺子,走上另一条街,直奔望江楼来。

望江楼的掌柜前两日就招待过她了,又接到徐妈妈替她捎来的口信儿,便笑道:"姑娘说来还真的来了,房间已经给您备好了,姑娘楼上请。"

玉无双来到楼上,那掌柜的将她引向"拜月",可当她走到拜月隔壁的"听风"时,突然站住,伸手一推,将那听风的房门推开。只见里面有一人正端着茶壶自斟自饮,听得有人贸然闯入,那人一怔,抬头向外看。

玉无双伫立在门前,望着那人,一点儿也不惊讶,反而温婉一笑:"果然如我所料,在这里能遇到您这位贵人——丞相大人。"

庄尔铭在看到玉无双的那一刻,神色有些僵硬,但是下一刻他便微笑着挥手赶走了要说话的掌柜,挥袖一摆,"玉姑娘既然有缘相遇,不妨一起坐下喝杯茶。"

玉无双大大方方地走进来,在他对面坐下,望了眼茶杯中的颜色,轻蔑一笑:"丞相大人好歹也是昊夜国数得上的绝顶人物,这样的茶也能入您的眼吗?还是丞相大人本就是'无心品茶,有心听壁'呢?"

庄尔铭将茶壶一放,好整以暇地抱臂于胸,"姑娘这几句话来势汹汹,颇见锋刃,

看来姑娘今天到望江楼来，竟是给我设的一个局了？"

"不错，就像丞相大人一直在给我设局一样。"玉无双笑道，"我们彼此彼此，我也不过是以其人之道还治其人之身罢了。"

庄尔铭哈哈大笑道："玉家姐妹都是巾帼英雄，没想到我一而再，再而三地在你们姐妹手中摔了跟头。可是……"他口风一变，神色阴郁，眸光寒彻，"我向来只愿意玩弄别人于股掌，不愿意被人耍。既然你我今日撕破脸说话，这门……姑娘进得来，就未必出得去了。"

玉无双只默默然望定他，乌黑的眸子中含着一丝鄙夷的笑意。

屋内，忽然陷入诡异的寂静。

龙潭

第二十六章

在耀阳找一个住处并不是那么容易，因为这里没有客栈。所有来这里寻欢的客人都只能入住一个地方：言守阁。

玉连城看着那块牌匾，不禁冷笑道："言守？难道不是暗指京城的守言宫？这里果然气魄很大啊。"

方强跑过来，他刚才出去打听了一下情况，"要入住言守阁，每个人需要先交一定的银子，而且这银子实在是不便宜。"

"多少钱一个人？"楚若溪好奇地问。

"一万两。"方强说时也不禁吐了吐舌头，"二位公子，要不然咱们还是住在城外吧，出了城，也有几处镇子……"

"不用，就住在这里。"楚若溪很大方地掏出几张银票交给他，"你去办吧。"

方强接过银票，吓得惊呼一声："我的个乖乖！五万两！公子您真是……真是有钱！"

玉连城也没想到他竟这么大手笔，待方强捧着银票跑掉后，玉连城小声问道："你这个荣王，难道也有富可敌国的银子？"

楚若溪得意地笑："你以为呢？没点银子我敢娶你吗？"

这世道就是有钱能使鬼推磨。不大一会儿，方强就领着两个人过来，那两个人都是妙龄少女，长得楚楚动人。见到他们，其中一名绿衣女子娇笑道："贵客远道而来不曾远迎，阁主让我们姐妹替她向您二位告个罪，请二位入阁休息。"

"这里还有阁主？"玉连城脱口问道。

另一名粉衣女子捂着嘴笑道："当然有了。否则这里若是有人闹事，谁来出面调停呢？"

那两个丫头在前面引路，玉连城悄悄问楚若溪："你对那个阁主了解多少？"

"一无所知。"楚若溪一副既来之则安之的样子，背着手大摇大摆地跟着两个丫头走进言守阁。

言守阁虽然名为"阁"，但正如传闻所言，真是奢华艳丽犹如皇宫一般。

进了言守阁大门，一眼看去，竟看不到这里的边墙，四周奇花异草，在这个季节绚烂盛放得诡异。

那两个丫头一边走一边回头看他们，见玉连城蹙着眉望着周围的花草树木，笑道："我们阁主最喜欢种花养花，所以花重金命人在海内外找了各种花种，又请花农精心伺候，才有了这一年四季都能盛放的大花园。"

楚若溪一边惊叹一边点头："这些花草有好多我都是没有见过的，纵然见过，也有不少是稀世品种，纵然是……纵然是皇宫大内，也不会有这么多名贵的花草。"

绿衣丫头得意地说："皇宫大内算得了什么？我们言守阁的占地是五个皇宫那么大，我们这儿是国中国，天外仙境。"

玉连城若是在别的地方听人这样夸赞自己的地盘，必然要嘲笑了，毕竟他们古镜城也算得上是国中国，在荒漠之中，也算得上是海市蜃楼般的地方，可要是和这里一比……真的不得不甘拜下风。

但是，这样一片土地，是由谁来经营，才能变成现在这么惊人的模样？也只有昊夜国中最有权有钱有势的庄家了。若不是庄家的包庇纵容，甚至是一手扶植，哪里会有这样的一片"乐土"？

他们一路走进，走得越深入就越觉得这里真是令人目眩神迷。左边一排雕梁画栋，不知多少能工巧匠精细描摹才能绘制出那成百上千的精美图案，每一间院落的院墙、屋脊，都各具特色，独立坐落，由乔木花丛环绕，看似彼此无关，其实又各自相连。

右边那一片清澈的湖水此时微微泛着涟漪，岸边停靠着十几条巨大的画舫，可以想见，风和日丽之时，宾主泛舟出行，怡然自得，游弋戏水。这片湖水比皇宫中的内湖还要大上几倍。碧波荡漾，波光粼粼，竟似金鳞闪烁，潜龙藏匿。

玉连城左右环顾了一遍，说道："这里果然是国中国，若是当今陛下来到这里，也要自愧不如你们阁主了。"

粉衣少女笑道："所以当皇帝有什么了不起的，我们阁主才是昊夜最厉害的人呢。"

楚若溪好奇地问："那我们现在就去见你们阁主吗？"

"新来的外客是不能立刻见到阁主的，两位请在阁内稍事休息，晚间在千金楼内会有一场赌局，若二位对阁主感兴趣，赢了赌局，就能见到阁主。只是这场赌局没有个几十万两银子是不能参加的，二位，银子备妥了吗？"

楚若溪笑道："既然敢来这里，哪里敢不遵守规矩？"

他们被带到最北边的一栋带有二层小楼的院落中，院落的名字叫"吟枫轩"。

楚若溪笑道："名字挺雅致，我喜欢这里。"

粉衣姑娘则说道："你们一行五个人，有主有仆，住在这里也可以相互照应。只是请记得看好财物，言守阁是不负责为客人看管任何财物的，若有丢失，也一概不管追索。每日三餐会有专人为几位送来，吃饭的银子已经算在你们每人一万的保证金上，除非各位要吃琼浆玉液，否则走时言守阁不会再和各位要饭钱的。"

见她们要转身离开,楚若溪问道:"不知道我们可不可以在这里四处走走?"

绿衣姑娘说道:"几位到了这里,是这里的客人,主人说,言守阁虽然名为'言守',但事无不可对人言。除了阁主自居的'听月楼'不便招待外客,不允许擅闯之外,其他地方几位可随意行走。"

"听上去这言守阁还真是自在。"楚若溪在吟枫轩上下转了转,这里很是宽敞,光是可供人休息的卧室就有五间,方强他们兄弟占了楼下的三间,他和玉连城就住楼上的两间。

每一处都没有安排专门的丫鬟伺候,想来是为了客人们的隐私,言守阁的人刻意避嫌。

"你不觉得这里处处透着诡异吗?"玉连城坐在床边,举目看着屋内——整洁、清雅,没有多余的摆设,是她喜欢的风格。但是对这个从外面看极尽豪华,犹如城堡般巨大的庄园,能够建造它并管理它,不出一点儿大的意外,足以说明它背后必然存在根深蒂固又错综复杂的利益关系。

楚若溪在她身后的床上斜躺下,一双手交错着枕在脑后,"我怎么可能不知道?这里看起来处处没有防范,但必然处处暗藏凶险,今晚我们若是能逼那个阁主现身,应该可以打听到一些内幕。"

"逼那人现身,你以为是容易的事?"玉连城总觉得他是在自讨苦吃,"入门费便刮走你五万,这晚上的一场豪赌没有几十万上百万两银子,能下得了场子吗?更何况,你懂得多少赌术?能来这里的人不乏赌坛老手,你有把握赢他们?"

楚若溪一跃坐起身,在她脸颊偷香一吻:"别操心,我也是混迹江湖多年的人了,我还能不懂些江湖上的小门道吗?"

他拉起她的手,"走,我们四处看看去,也不知道左右邻居是谁。"

玉连城跟着他下了楼,嘱咐方强等人在原地留守,两个人溜溜达达沿着湖边缓步前行。

看着那碧波玉舫,奇花异草,楚若溪不禁感叹:"若这里是世外桃源,我倒真愿意在这里住上一辈子不走了。"

玉连城看他一眼,"你小心,在这里若是有些达官贵人、王宫亲贵,认出你来怎么办?"

"兵来将挡,水来土掩……"他正摇头晃脑地说着,忽然脚下步伐一迟,直勾勾地看着前面正并肩走过来的人,悄声道:"真是说什么来什么。你看看前面那两个人,可

第二十六章 龙潭

不是熟人吗？"

玉连城凝眸去看，只见迎面走来的果然是"熟人"——当初到古镜城向玉无双求亲的路胜旗和刘传南。

这两个人怎么会跑到这里来？

就在他们两个人看到路胜旗的时候，路胜旗也发现了他们。可以说，他们的好奇无论如何也比不上路胜旗和刘传南的震惊。

的确，在古镜城时，玉连城对楚若溪绝对是看不上眼的，纵然他留到最后，旁人也不信他能抱得美人归。如今玉连城和楚若溪的联袂出现，似乎印证了一个事实——楚若溪会是最终的胜利者。

"路小将军，怎么不去边关镇守，却跑到这种地方来？"楚若溪主动抬手打招呼。

路胜旗的脸色很难看，"墨公子，您怎么不在古镜城陪着娇妻美眷……玉城主这又是……"

楚若溪蹦跳到他面前，"路小将军先告诉我们你为何到这里，我们才告诉你我们的理由。"

路胜旗的脸色很是难看，"这是我私人之事，凭什么要告诉你？"

楚若溪看了眼刘传南，"长乐钱庄才大气粗，所以能让刘公子在这里一掷千金。今晚听说有个赌局，二位要不要上去试一试手气？"

刘传南的脸色也好不到哪儿去，哼道："我们可不敢和古镜城比有钱，墨公子当时在古镜城也是出手阔绰，想来也是家财万贯之人，今晚等着看二位的手气就好了。"

"和他们说什么？"路胜旗拉了刘传南一把，"咱们还有事儿呢。"

他们连招呼都懒得打，就径自走了。

楚若溪回望着两个人的背影，抱臂于胸前："真有意思，这两个人在古镜城的时候并不是私交最好的，不知道会为了什么突然走到一起。"

"自然是为了利益。"玉连城一直冷眼旁观，觉得路胜旗看自己的眼神又是记恨又是躲闪，仿佛怕被她看穿了什么秘密。

"路家在朝廷中的名声一直是不错的。他爹与袁飞傲还是好友，路胜旗少年得志，很蒙圣宠……"楚若溪说到一半，笑了，"这些你都是知道的。"还记得第一次去古镜城的时候，玉连城就能对每个人的出身来历如数家珍，当然，除了他这个隐姓埋名、半道杀出的程咬金之外。

玉连城思忖道："会在这里出入的，都不是清官，路胜旗家若是朝廷的忠臣，怎么可能有那么多的银子供他在这里如此挥霍？"

"若刘传南是他的背后金主呢?"

"长乐钱庄纵然有钱,也禁不住这样挥霍,而且长乐钱庄能有什么求到路家的地方,值得他给路家这么下血本地掏银子?"

两个人一时猜不透其中的内情,楚若溪倒不着急,"没关系,到了晚上自然就能摸一摸底了。"

晚上的夜宴豪赌设在千金楼。

楚若溪和玉连城被人引领着来到这里,只见这是一栋高达四层的建筑,外面看起来豪华气派又不失肃穆。

领他们来的还是白天那两名绿衣和粉衣姑娘,说道:"二位公子不知道我们此地的规矩。这里一共分三场,只有赢了前两层楼的赌局,才能到达最上面的夜宴之地。而我们阁主就在四楼等候最终的胜利者。"

"听上去蛮有意思的。"楚若溪对玉连城挤了挤眼,"那咱们就进去看看。"

第一层,一进门就很热闹,有四五十人围在四张赌桌旁挥汗如雨地豪赌。

这里的赌局是最简单的那种:猜点数。

庄家每次在骰盅里摇出一个点数之后,赌桌旁的人就纷纷下注,骰盅里有三粒色子,点数从三到十八,一共有十六种可能,要猜中并不容易。

楚若溪在旁边先看了一会儿,然后问道:"这里一注要多少银子?"

旁边有个已经赌红了眼的大汉说道:"一注是一百两,猜中了十倍返还!"

"那怎么才算是赢了这一场?"

"赢够十万两就可以了。"

正说着,新一局即将开盅,楚若溪忽然甩出一张银票丢在七点的位置上,喊道:"七!"

骰盅打开,果然是两两三,一共七点。满桌子猜中这个点数的只有楚若溪一个人,众人都惊羡地看着他。刚才和他搭话的大汉也拍着他肩膀说道:"小兄弟,看来你今天运气不错啊!"

楚若溪笑道:"是啊是啊,看来财神爷爷跑到我背后去了。"

庄家位置负责摇骰盅的是个紫衣姑娘,她面无表情地将一千两银票递到楚若溪面前。楚若溪又推了回去,"这回就赌这一千两好了。"

骰盅再度摇动,众人屏息凝神地等着,骰盅一落,纷纷下注,楚若溪身边的大汉看了他一眼,问道:"兄弟,你还不下注吗?"

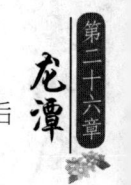

"再等我问问财神爷好了。"楚若溪装模作样地双手合十,念念有词了几句,然后郑重地将银票放到十五点的位置。

骰盅开,四五六,果然是十五点!

顿时满桌都骚动起来。要知道猜中一次不难,能连猜中两回可就是运气太好了。众人纷纷看向这个突然下场的青年公子,却没有人认识他。

楚若溪笑眯眯地指着刚刚得到的那一万两银票,说道:"再赌一次!"

这时候已经有好几个人开始琢磨着是不是要跟着楚若溪下注,赌一赌他的运气。

这时候那个摇骰盅的紫衣少女盯着楚若溪,说道:"你先下注。"

"为什么?"楚若溪瞪大眼睛。

紫衣少女说:"我怀疑你要捣鬼。"

楚若溪无奈地苦笑,摊开手:"真有意思,骰盅是你的,手是你的,我不过下个注而已。"

"你若是捣鬼,就会被立刻驱逐出赌场。怎么,你不敢?"紫衣姑娘威胁似的冷笑道。

楚若溪叹道:"好吧,你摇就是了,摇完了我来下注。"

紫衣姑娘将骰盅摇了七八下,然后放好,盯着他。楚若溪犹豫了一下,在"八"这个点数上放下那一万两银票。众人纷纷跟着他下了注。

紫衣姑娘看他一眼,"公子不会改了吧?"

楚若溪报之一笑,"你怕我改吗?"

紫衣姑娘忽然将骰盅揭开,竟然是"一、三、七"——十一点。

众人一片惋惜和抱怨之声,紫衣姑娘也看着楚若溪冷笑一声,"可惜,财神爷从公子身后溜走了。"

楚若溪笑道:"无妨,人的手气总有好有坏的时候,我这里虽然财神跑了,可是……"他伸着头问站在赌桌那一头的玉连城:"你那边怎么样?"

玉连城指了指她面前"十一点"的位置,那里正押着她刚刚放下的一万两银票,"已经够了。"

紫衣姑娘不禁变了脸色,她光顾着留意楚若溪了,怎么也没想到旁边会冒出个玉连城,悄悄猜对了点数,放下了银票。

但既然人家猜对了,就不能赖账,于是十万两银票如数交上。

紫衣姑娘将骰盅一放,对玉连城说道:"公子赌赢了十万两,奴婢为您引路上楼。"

楚若溪凑过来,紫衣姑娘瞪着他:"赢了银子的是这位公子,还请您赢够了银两再上楼。"

楚若溪笑道："她用的就是我的银子，我们两个人是一起的。你要是执意拦着我上楼也无妨，反正这里赌局这么多，你以为让我赢够十万两是很难的事吗？"

紫衣姑娘咬着唇，自知拗不过这个人，便一言不发地将两个人引上了二楼。

二楼比起一楼就清静了些，只有十二三人，正围坐在一块石头前，人人皱着眉头，像是这石头里有着天大的事情让他们为难。

楚若溪走到跟前，弯下腰看着这块石头，好奇地说："这石头里难道藏花了？你们看得这么入神？"

玉连城看着那石头，吐出两个字："赌石。"

赌石之事，楚若溪听说过，据说这石头就是做玉器的原石，表面会露出部分玉料，但更多的部分都被粗糙的石面包裹着，看不出里面到底会有多少真正可用来做上好玉器的玉料。

商人们竞买这样的石头，有可能一夜暴富，也有可能倾家荡产，所以称之为赌石。

楚若溪伸出手刚要触碰那块石头的表面，就被一个年轻男子在旁边喝止："不要碰！今日赌石的规矩就是只凭眼力！"

"这可真有意思。"楚若溪歪着头问道，"不让摸，我怎么能准确知道这石头的质地？"

"有眼睛看就够了。"另一个年长的富商模样的人皱着眉说道，"小兄弟，你要是没赌过石头，那就不要参与这场赌局了，这里动辄就是几十万两的下注，你可不要赔得连裤子都没了。"

楚若溪笑道："多谢您的好意指点，只是我既然上来了，若是不下注，岂不是要灰溜溜地退回去？我做人向来只进不退。但要怎么个赌法，烦请哪位给我讲讲规矩？"

在这里负责主持的是一名黄衣少女，比起一楼的紫衣少女，黄衣女子有张满月的脸，笑起来很是甜美，"公子，这个赌局很简单，这块原石有五十斤重，根据如今的玉价，一两重的大概是五两银子，上好的玉料会更贵一些。各位根据你们的猜想，决定为这块石头押上多少银子。当场剖开石料之后，根据它能得到的玉石重量，看哪位下的赌注和它最相配，就算哪位赢了。"

楚若溪瞠目结舌道："这个赌法真是让人没办法投机取巧，这么大一块石头，有可能价值连城，也有可能一文不值。"

他看了眼玉连城，只见她的目光也一直停留在这块石头上，深深蹙着眉，若有所思。

刚才在楼下，第三次下注之前是因为他给玉连城打了暗号，两个人才最终赢下了最后

一局。这得益于他曾经在江湖上混过些时日,旁门左道的东西学了不少,尤其是赌术。

他深知赌局上有很多小手段,无论是庄家还是赌客,就看谁的作弊手段高明。

刚刚楼下的骰盅,明显是庄家在捣鬼。每次都是等大家下注之后,那坐庄的女孩子用内力将骰子震动一下,改变点数,以便让赌局牢牢地操控在庄家的手里。前两次下注,他都等到最后一刻才下注,就是为了避开紫衣女子的手脚,但是再一再二之后,紫衣女子显然是察觉了,逼着他第一个下注。好在他已经和玉连城悄悄约定好了暗号,在他听出点数之后,便将改变的点数告诉了玉连城,使得并不被人注意的玉连城在最后一刻押对了点数,赢得了那一场。

但是这一局……楚若溪真的是半点招数都没有了。

这时候,有个年轻公子涨红了脸,拿出一张银票,放在面前,"我赌五万两!"

楚若溪偏过头问:"不就是五万两吗?兄台怎么看上去这么舍不得?"

黄衣姑娘笑道:"这石头只有五十斤,纵然猜到顶儿,也猜不出各位兜里的银子,只是这一层的规矩是,若你猜中,十倍赌金奉送,若你猜错,就要十倍的罚金了。"

楚若溪吐吐舌头:"那就是说这一场就能把人的银子都掏空了?"

另一人冷笑道:"没有那个胆量,你就不必下这个赌局。"

玉连城走到石头旁边,围着转了一圈,仔细看了看,只见这块玉石硕大,有三分之一的裸露部分透着绿色,看上去不是普通的玉料,更像是上等的翡翠。

她忽然问道:"这块石头真的是五十斤吗?"

黄衣姑娘一怔,笑道:"当然了。"

玉连城幽幽一笑:"这样的石头中如果满是玉料,那就不只是五十斤。"

满场的人都怔怔地看着玉连城,因为谁也不懂她的话。

"你们鉴别这块石头的规矩只有不许动手吗?"

黄衣姑娘不解地点点头。

玉连城站在石头旁边,忽然将脸贴近,伸出舌尖,在玉石裸露的部分轻轻舔了一下,霎时间所有人都呆住了。

玉连城转过头来,对楚若溪说道:"你有散碎银两吗?"

楚若溪在身上摸了摸,摸出一个钱袋,"这里只有散碎的十几两。"

"那就够了。"玉连城接过钱袋子,放在旁边的下注台上,扭头找了只凳子坐下。

"这是……这是什么意思?"那黄衣姑娘震惊地瞪着他们。

玉连城微微一笑:"这块石头在我眼中,也就值这十几两银子而已。"

"公子别闹好吗?"黄衣姑娘把脸一板,"这么重的玉石,纵然里面只有几斤可用

的玉料，也不止这点银子吧？"

"随你怎么说，但我只能出这点银子。"玉连城微笑着坐在那儿，楚若溪眨了眨眼，坐到她身边，小声问道："你怎么这么有把握？"

玉连城却不理他。

周围一屋子的人，面面相觑，都觉得她在胡说八道。

楚若溪见她不回应，猜她必然心中有数，就跑到旁边去找了酒，倒了两杯端过来给她，"咱们交了那么贵的入门费，喝几杯美酒也是应该的。"

玉连城举起那杯子看了一眼，"这是琉璃盏，西寒国才有的东西，我一直以为在昊夜国，只有皇家才用得起这杯子。"

楚若溪举起那杯子，讶异地说："哎呀，莫非这里用的其实是皇家贡品？"

黄衣女子垮下脸来，"二位说话注意点，这东西虽然名贵，但并非禁品，我们言守阁别的没有，银子有的是，这世上有什么是银子买不来的吗？"

玉连城冷笑道："听你这丫头说话，就可以知道你们主子是怎样狂妄的一个人了。这世上用银子买不到的东西千千万，没见过世面的人才以为银子是万能的。"

黄衣女子气得柳眉倒竖，刚要说话，那个领他们上来的紫衣女子却凑过来悄悄和她说了几句话，她便只是瞪了玉连城一眼，便不再理睬他们两个人了。

下注时间限时为一个时辰，又过了一阵，其他几个人都纷纷下注。到最后一刻，有个穿着宝蓝色缎子长衫的青年人摇着扇子走到他们面前，笑眯眯地弯下腰，"二位看上去器宇不凡，想必来历也一定很是出挑，不知道是否可以请教……"

"宋城，潘若。"楚若溪客气地拱拱手，总觉得这人的眼神儿贼兮兮的，让人很不舒服。

"宋，潘？"那人笑道，"二位的名字好像有一番来历。在下庄英杰，很有意结识二位，尤其是这位……"他用扇子头一指玉连城，"这位公子看上去一表人才，玉树临风，谈吐不俗，气质出众……"

楚若溪笑着用手拨开他的扇头，"兄台这些词放在我身上也是一样合适。兄台姓庄？不知道和那赫赫有名的庄家有何关系？"

"只是远亲，不敢攀扯关系。"

纵然如此，玉连城和楚若溪便立刻对视一眼，心中都明白：这个人既是一个突破口，又要小心提防。

"时辰到！"黄衣女子从身前的桌下拿出一柄长刀，"各位既然已经下好了赌注，长刀剖下，这玉料值多少钱便可以有个定论了。"

第二十六章 龙潭

楚若溪忽然闪身到她面前,一把抓住她的手腕。黄衣女子惊怒道:"你干什么?"

"什么样的刀能一刀劈开玉石?我不得好好看看?"楚若溪瞪大眼睛看着那刀柄上的字,"翘楚?"他皱着眉,又看向玉连城,显然他并不知这刀的来历。

玉连城也微微摇摇头。

黄衣女子夺回手,狠狠地说:"你这个凡夫俗子,能见到本阁的镇阁之宝已经是福分了,难道你还敢抢夺不成?"

"既是宝物,我怎么会不知道?"楚若溪笑着退后一步,"请,请,请,我倒想看看姑娘怎么能一刀劈开这么大的一块石头。"

众人纷纷让开,只见那黄衣女子走到石头旁,将刀鞘一丢露出刀身,那刀原来并非众人期待中的寒光熠熠,而是通体乌黑,黑得没有一丝光亮。

玉连城的眸光骤然亮起,脱口而出:"天石?"

黄衣女子得意地挑了一下眉尾,"你倒识货。"

"天石?"楚若溪并未听说过这个名字。

玉连城轻声解释:"据说有一种来自天上的石头,坚硬无比,需要用极为特殊的方法冶炼才能将其改造成特殊的东西使用。皇宫中应该有几样用这种天石做成的东西。你怎么都不知道?"

楚若溪经她解释之后,才恍惚想起什么,"在先皇的寝宫内是摆着几件黑色的东西,据说是来自天上……我以为是后人杜撰胡扯用来骗先皇的,难道竟然也是用这种石头做的?"

那黄衣女子此时运转内力在手腕上,面对着那块石头,倏然娇叱一声,刀随手落,竟将这么大的一块石头硬生生劈开了大半。

众人呼啦一下围过去看,楚若溪也跟了过去,还没凑到近前,只听有人惊呼大喊:"怎么会这样?"

楚若溪走到跟前,伸头看了一眼,哈哈笑道:"原来是这样一块石头!真是挠破你们的头皮也想不到吧?"

只见这表面碧莹莹的一块石头,里面却是灰突突的,粗糙得什么都没有,那表面的绿色竟然是个假象!

楚若溪这时候就像个得胜的将军一样,三步并作两步走回玉连城身边,大笑道:"还是城城最聪明!这样的破石头都能被你一眼看透!果然是给她十几两银子都嫌多!"

玉连城瞪他一眼,似是在警告他别乱说话。

这时候刚刚下注最多的几个人立刻跳着脚大喊道："骗局骗局！这肯定是骗局！故意要骗我们的银子，所以拿块石头来骗我们！"

那几个人群情激愤，黄衣女子冷冷说道："各位客人请自重，石头在这里，注是你们自己下的，我并没有强迫你们下注，何来骗局？"

庄英杰此时开口道："是啊，诸位没有眼力，认错了石头，这时候反过来要责怪庄家骗人，是不是有点太输不起了？若是输不起，当初就不该下注。"

一名赌客怒吼道："你说得轻巧，咱们几个人在这里几天，谁身上不是背了天价的赌债？这一把本来是要奋力一搏的，好歹也该拿块像样的石头来，为何要拿这么块破石头骗我们？"

黄衣女子不耐烦地说道："好啰唆，这石头在没有被切开前，难道我们就知道里面是什么样子的？"

那赌客回手一指在旁边安然稳坐的玉连城，"那她怎么会知道的？显然你们是一伙的。"

玉连城淡淡道："既然你没有辨别玉石真假的本事，就不要再哭天抹泪，蛮不讲理地丢人现眼了。我若与庄家是一头的，就该虚张声势加大赌注，让你们跟着我的赌金下注出手，而不该丢出那十几两让你们嘲笑。"

"欲擒故纵，只怕你们是串通好了用这一计。算准了我们会上当。"那赌客越说越激动，忽然伸手去抓桌上的银票，嘴里喊着："这样的骗局我们可不能白白把银票丢在这儿！"

他一个人扑上去，其他几个输红了眼的赌客也奋不顾身地扑上去，此时那黄衣女子秀眉一凝，手中刀锋在空中划过一道黑线，只听"啊"的一声惨叫，冲在最前面的那名暴躁赌客的手指竟然被砍断两根。血淋淋的场面让所有人都惊呆了。

有一年长之人急忙帮那赌客止血，并愤怒地说："言守阁为何如此残暴？"

黄衣女子冷冷道："是他不守规矩。进来之前我们已经有言告知各位了，愿赌服输，不得惹是生非，否则自有惩处之法。"

其他几人似是敬畏言守阁的武力威胁，都纷纷退后，黄衣女子冷着脸对玉连城躬身说道："这位公子既然猜对了，还请您上三楼，参加最后一场赌局。"

玉连城款款起身，看了眼那昏死过去的赌客，启唇问道："我若是此刻退出，是否也要像他一样被砍断两根手指？"

黄衣女子一愣："这……这倒不用。"

"那我就退出了。"玉连城拂袖转身，径自下了楼。

这一回连楚若溪都没料到她会有此决定，诧异之下连忙跟着她下了楼。

一连下了两层，走出千金楼，楚若溪才追上玉连城，拉住她问道："怎么不赌了？咱们还没见到他们阁主呢。"

玉连城淡淡道："这言守阁处处透着骄傲自大的味道，我们每走一步都要按照人家设下的圈套走，纵然能连赢三局，也未必能见到你想见的人，纵然见到了，也未必能听到你想听的话。我倒觉得与其被人摆布，不如反客为主，让他来找你，更是好些。"

楚若溪的眼珠一转，笑道："城城说得对！那就听你的！咱们不跟他们玩了，着急的自然是他们。走，那我们去游船。"他拉着玉连城走向湖畔，那里有一条画舫正要离岸，楚若溪招手喊道："船停一下！还有客人呢！"说着便拉着玉连城，纵身一跃，越过甲板，跳上了那条画舫。

虎穴

第二十七章

画舫之上的所有人都在看着他们两个人。

楚若溪跳上船之后，才发现这条船真是比在外面看着还要大，船上船下，里里外外，有五六十人的样子。

"两位，是被邀请上船的吗？"一个绿衣姑娘走过来，原来是白天带他们入阁的那位姑娘。

"还要受邀才能上船？"楚若溪眨着眼，"那，要我们现在跳下去吗？"

绿衣姑娘犹豫一下，毕竟船已经离岸了，她说道："你们等一等。"然后她走到画舫的二层之上，过了片刻，走下来说道："二位请跟我到上面来。"

楚若溪往上走，玉连城在身后小声道："小心点儿，见机行事。"

走到上面，竟见路胜旗和刘传南也在楼上。那两人见到他们来，都皱起眉头，刘传南不悦地说："怎么走到哪里都碰到你们？"

"这便是有缘了。"楚若溪笑道。

举目望去，只见这画舫中还有一个黑衣女子、一个蓝衫长者正相对而坐，在看一个棋盘。

那长者楚若溪看着有几分眼熟，忽然灵光一现，喊道："老糊涂！你怎么在这里？"

蓝衫长者正痴痴地看着面前的一个棋盘，赫然被人喊破，浑身一震，差点从椅子上掉下去。

一眼看到楚若溪，不禁惊讶地喊道："怎么是你小子？"

楚若溪笑着跳过去，一把揽住那长者的肩膀，说道："老糊涂，你还欠我一顿酒钱呢，这几年跑到哪里去了？原来不还我酒债，倒跑到这里来赌钱？"

那长者苦笑道："不就是欠你一顿酒钱吗，你把这棋盘上的棋局给我解了，我就还你。"

玉连城不认得此人，但看楚若溪和对方这么熟稔，便走到长者对面，低头看了一眼，那棋盘上密密麻麻摆了很多棋子，竟是一盘很复杂的棋局。

"这是一个流传了近百年的棋迷。"坐在他们对面的那名黑衣女子微微笑着，启唇为他们解释，"这棋盘上有一百零八枚棋子，呈相生相杀之态，百年来无人可以破解。若是今天有人能破解此局，则能得到一百万两的红利。"

"一百万两？"楚若溪惊呼道，"这可是一笔巨款了。"

玉连城却默默看着那黑衣女子，伸手在她眼前晃了晃，黑衣女子笑道："不用晃了，我的眼睛是看不见的。"

"啊？"楚若溪自上楼之后，已经暗中留意过这一层的所有人。

这一层并没有任何伺候的丫鬟，只有这几位主客。除了这名黑衣女子之外，其他几人他都认得。

在赌客中冒出一名女客很是少见，看着女子，容貌清丽秀雅，神色温和恬静，很得人好感。

只是不知道为何这名看上去就是大家闺秀的女孩子，竟然会坐在这里参与这么大的赌局，也不知道她的出身来历为何。

乍一听到她自认是个盲人，楚若溪更是惊诧。

玉连城淡淡道："姑娘是凭我的手风知道我在晃动？"

黑衣女子微笑道："是啊，你身上还有股淡淡的香气，不是女孩子的脂粉香，可是你说话的音色却很像是女子。可在这里实在是很难见到女人。"

玉连城不禁微微变了脸色。

她自幼便着男装，从未有人能看出破绽，想当初楚若溪也是因为先入为主看到她散发宽衣的样子，才看破她的女儿身。

如今这女孩子虽然没有一双明目，却只凭声音就猜出一半，不得不让她加倍小心谨慎。

楚若溪此时插话道："他说话天生便是这样的声音，不男不女，阴阳怪气的，你听着像女人也很正常。姑娘贵姓？"

"上官。"黑衣女子轻柔地念道，"上官嫣。嫣然一笑的嫣。"

"姑娘果然人如其名。"

楚若溪一边赞誉一边拼命地想：国中有哪个大富大贵之家是姓上官的？这个姓氏很少见，却没有印象。

他看向玉连城，玉连城也微微摇头。

楚若溪看着一直深蹙眉的路胜旗，"我们也无意参与这场赌局，几位慢慢下棋，我们到旁边坐坐。"

刘传南冷冷道："能上到这一层来的，就是要参与这赌局的人，你们想全身而退，可没那么容易。"

玉连城往连通一楼的楼板看了一眼，果然见那里静静站着几位男子。玉连城对楚若溪使了个眼色，"既然退无可退，那不如先看几位高手的吧。"

楚若溪很有默契地笑着坐到她身边来。

玉连城低声问道："你的棋艺如何？"

楚若溪笑道:"我们也下过几次棋,你对我的棋艺还不清楚吗?简单玩两手还可以,但是要我解开这种百年无人能解的棋局……肯定是不可能了。"

路胜旗盯着他们,那眼神很是刻薄,他站在棋盘前,说道:"这棋既然我们几人都解不开,那最终就是要我们把所有的赌金都放下吗?"

"据说是要倾家荡产的。"

上官嫣的声音很是柔美,虽然目不能视,但她似是早已将这个棋盘的内容洞悉于心。

"我刚才已经想过好几遍了,都没有想通这一百零八步之后该往哪里落子才是破解棋局的关键,似乎无论怎么走,都是死路一条。"

老糊涂点头道:"的确,我也最多只能下十几步而已。"

刘传南瞥了眼玉连城和楚若溪,"你们两个人连看都不看一眼吗?"

楚若溪笑着摆手,"我们两个人实在是无能。"

老糊涂犹豫很久,捏起一枚棋子,"啪"地甩下,"干看着实在无用,也许下起来才知道结果。"

上官嫣微笑道:"既然如此,那晚辈就陪您下几招。"

她摸出一枚白棋,不看,不摸,信手就下,竟然下得极其精准。楚若溪惊叹道:"姑娘真的看不见吗?"

上官嫣笑道:"我自幼就双目失明了,但并不比你们正常人知道得少。况且这棋盘上所有的棋子我刚刚已经摸过一遍,知道它们的位置。高手对弈都可以下默棋,我这点本事又算得了什么?"

说话间,她已经和老糊涂对下了十几招,但是下到后面,越下越慢,两个人终于停了手,老糊涂感慨道:"唉,我是真的下不动了。"

刘传南接话道:"那换我来!"

老糊涂让出位置,上官嫣并没有起身,而是对着路胜旗所在的方向,问道:"路小将军要不要坐过来?"

路胜旗一震:"你知道我是谁?"

上官嫣笑道:"前两天在星月楼,路小将军大概是没看到我,但是我听到您和刘公子说话了。"

路胜旗的脸色更加难看,低头道:"我先不下了,我不精于此道。"

刘传南看着眼前的棋盘,紧皱眉头,似是不知道该怎么破解。上官嫣淡淡道:"要不要我帮公子把棋盘恢复原状?"

"怎么好让上官姑娘动手？"楚若溪却走过来，笑道，"我来。"他上手很快，将他们刚才下落的棋子收走，棋盘重新恢复了原状。

"多谢公子，未敢请教公子大名。"上官嫣微微抬起头，那双眼不如一般人的乌黑，有一层淡淡的灰暗之色。

楚若溪犹豫了一下，自己这一路一直以潘若自称，但是路胜旗和刘传南一直以为他的名字是墨言。

无论说哪个，都要引起怀疑，更何况玉连城的名字在路胜旗面前已经全无遮掩的可能了。

可是如果说破，庄尔铭那边会不会就立刻察觉？

他的犹豫看在玉连城眼中，玉连城忽然起身走到她身边，躬身道："姑娘可否将这个位子让给在下坐一会儿？"

上官嫣笑道："好啊。"然后款款起身。

玉连城坐在她的位子上，对刘传南说道："刘少庄主，你先请。"

刘传南看到她居然下了场，脸色也不好看。

在古镜城求亲被拒，刘传南心里就不痛快，看到玉连城和楚若溪走在一起，他心里更是不忿。

所以玉连城说了让他先下之后，他立刻就落子在棋盘的空位，玉连城信手落子，刘传南使出自己的全部棋术，又顶又飞，下得很是热闹。

玉连城只用挡、并之术，看似落子较慢，却下得很是坚实。

也是十几招过后，刘传南也下不动了，呆呆看着棋盘发愣。玉连城淡笑道："这棋从一开始就是个死局，刘少庄主不必勉强。"

刘传南生气地丢下棋子，"死局？你知道是死局，你还要下？你倒下活了给我看看！"

玉连城看着楚若溪，"你过来。"

楚若溪认为玉连城是为了帮自己解围而下的这个场子，但是看她又叫自己过去，便笑道："我也解不开这一局啊。"

玉连城指着棋盘问道："这棋面你看着眼熟吗？"

楚若溪皱皱眉，"这怎么会眼熟？"

玉连城将他们下过的棋子摘去，又对他说："你再看看，眼熟吗？"

楚若溪眯起眼，这黑白相间的棋面怎么会被她说成是眼熟？难道是说他应该在什么地方看到过？

忽然间,他双眼一亮,望着玉连城:"莫非……"

玉连城眨了眨眼,"看着很像。"

他在刘传南的位子上坐了下来,想了一阵,才谨慎地在一处空地落了子。玉连城便跟着他落子。

噼里啪啦下了十几招,周围的人都以为他们又要下到死棋了,没想到两个人却下得越来越快,引得周围几个人都不由自主地靠近观战。

上官嫣本是侧耳倾听,但她纵然听力了得,也不能完全猜出所有的棋子所下的位置,只是这两个人下得这样顺畅快速,让她的面上也控制不住地泛起一丝激动。"是不是棋面活了?"

突然间,楚若溪的双手在棋盘上一抹,大笑着起身,"这是什么棋啊,简直是孩子般的玩闹,不下了不下了!"

刘传南诧异地说:"再下一会儿你就赢了,为什么不下了?"

路胜旗也情不自禁地说:"你下通了这棋,就是胜者,否则这里的人怎么会让我们下船去?"

楚若溪歪着头笑道:"原来你将活命的希望寄托在我身上了?下不破这局棋又如何?难道会死在这儿吗?"

路胜旗的脸涨得通红,用手指着他:"你……你自以为你家财万贯,就可以破财消灾吗?你毁了这棋的生路,才是死到临头了!"

楚若溪侧过头去看老糊涂,"你是怎么沦落到这里的?说说你犯了什么事儿,说不定我能救你。"

老糊涂叹气道:"别提了,江湖上和人家打赌,输了一屁股钱,本想着在这里捞回本钱的,谁想到进来了就出不去了。"

楚若溪笑道:"别想骗我,你过日子向来是千金散尽还复来,身上就没多少闲钱,哪儿能跑到这里来过这种挥金如土的日子?要不是发了巨财,就是背后有金主,你想瞒谁?"

老糊涂尴尬地笑:"你这人怎么就不给人一点儿面子?这事儿也好在这么多人面前胡说?"

这时候,忽然船身猛地一震,就听到下面有人喊:"撞船了!"

所有人都是一惊:这么大的湖面,这么大的船,怎么会撞船?

然后下面响起一片慌乱嘈杂之音,有人迅疾地跑上来,来到上官嫣面前,说道:"小姐,咱们的船和另一条船撞了。"

第二十七章 虎穴

上官嫣镇定自若地问:"撞得严重吗?"

"船身撞出了一个口子,有漏水的可能。"

刘传南立刻趴到船身一侧向下看,果然看到很多人正在往船尾涌,而船身因为这些人的奔跑而略显不稳。

刘传南紧张地回头问:"咱们怎么办?"

路胜旗看着下面的混乱,"此时不走更待何时?"他率先一步抢到下船的楼梯,下面似有人呵斥了一声,但是并没有拦住他。刘传南也急忙三步并作两步地跑下去了。

玉连城和楚若溪对视一眼,楚若溪说道:"要不咱们也撤吧。"

玉连城点点头,却看向上官嫣:"姑娘要不要跟我们一起走?"

上官嫣淡定地说道:"不用,我的家将自会带我离开。"

楚若溪对老糊涂招手道:"我们先走了,有事儿到吟枫轩找我!"他不走楼梯,拉上玉连城从二层一跃而下,就跳到一层,一层比二层宽敞一些,所以两个人在一层的舱内略略站稳,看着四面只是慌乱,但其实船身并没有立刻倾覆的可能。

玉连城扬声问道:"谁是掌船的船把子?"

有一中年汉子在众人中喊道:"是我!"

玉连城立刻跃起一把揪住他的衣领,问道:"这船驶回岸边需要多久?"

"用不了多少工夫,但是现在这里乱糟糟的,谁也不听人劝,连船员都归不了位。"船把子急道。

楚若溪笑道:"我看这船一时半会儿沉不了,我们帮你把人归于原位,你去操控船,咱们迅速返航。"

"你们?"船把子显然不相信这一对看似单薄纤瘦的美少年能做出什么来。

玉连城从一名歌女手中接过一柄琵琶,坐了下来,十指揉弦,向着楚若溪微微点头。

楚若溪一笑,双手负于背后,气贯全身,忽然抬头一口清啸出喉。

这啸声清越激昂,令所有人的心头都为之一震,双耳微微涨疼,众人都情不自禁地站住了。

琵琶之声随之响起,并非铿锵激越,而是温柔如水流玉石,空灵中竟有仙家气韵。所有的客人和歌女听到这琵琶声,痴痴呆呆的,像是饮醉了酒一般,或站或坐,在原地都没有移动。

船把子也听得愣了神儿,楚若溪在他后背的一处穴道上猛地一拍,喝道:"还不去驾船?"

那船把子才如梦初醒般迅速去招呼自己的船工:"快!把住船身,返航回去!"

众人一番努力,才把巨大的船身掉了头,全速驶回岸边,玉连城的琵琶之声清清凉凉,仍是在众人耳畔缭绕,犹如魔音一般蛊惑着所有人的心神。

当大船靠到岸边港口的时候,船身又是剧烈震颤了一下,琵琶之声忽然"呛啷"一声戛然而止。

众人霍然都像是醒过来似的互相对视着,略带几分茫然,楚若溪笑着拉起玉连城,先一步下船去了。

这一晚真是热闹非凡,楚若溪回到吟枫轩的时候,一推开二楼卧室的大门,就一下子躺倒在床上,笑了起来。

"如果天天都这样过日子,真是比在宫中圈禁着,过自以为锦衣玉食的日子好玩多了。这让我想起当年我在江湖漂泊混日子的时候。"

"那个老糊涂,就是传说中的'盗鬼'吗?"玉连城站在床边看着他,问道。

刚才人多,她不好细问,但是"老糊涂"这么个古怪的名字她是听说过的。

准确来说,这当然不是名字,而是外号。

老糊涂,本名早已没人知道,自他出道江湖时,就总是以一句"人老了,糊涂了"作为口头禅,而那时候他还不过是二十多岁的小伙子。

后来大家就干脆叫他"老糊涂",据说有一手出神入化的盗技,所以人称"盗鬼"。

听得玉连城追问,楚若溪笑着在床上拉起她的手,说道:"就是他了。几年前我无意中看到他在偷人家东西,一时兴起悄悄尾随了他几天,后来我们就不打不相识了。"

"这样一个人出入此地,应该被严密监视才对。"玉连城哼了一声。到处都是赌局,却混进来个小偷,岂不是随处都可下手?

"不过今天遇到的最奇怪的人却是那个上官嫣。"楚若溪笑道,"一个大家闺秀,又是个盲人,怎么会跑到这里来赌博?"

玉连城看他一眼,"我看你刚才看她看得很用心,她脸上是长出花来了吗?"

楚若溪嬉皮笑脸道:"我是觉得她奇怪才多看她两眼,她长得再好看,也比不上你的十分之一。"

玉连城察觉他的企图,喝道:"你老实点,这是在别人的地盘上,今天我们闹了赌石的场子,又闹了画舫上的棋局,我看他们很快就要派人来找我们的麻烦了。"

玉连城倒了杯凉茶,轻轻抿了一口,忽然听到楼下有声响,"也许……那个人正好来了?"

第二十七章 虎穴

楚若溪也听到了楼下的动静，走到门口，拉开门向下问道："怎么？有客人吗？"

一名女子脆生生地说道："我们阁主请二位到听月楼一叙。"

楚若溪叹道："果然让你说中了，看来今晚真是想睡也睡不得了。"

听月楼果然不同于别处，一路走去，路上就站着不少腰悬兵刃的护卫。

引领他们两个人的，乃是在千金楼时和他们打过交道的紫衣女子和黄衣女子，听她二人自我介绍，一个叫紫云，一个叫黄翎。

将要走进听月楼时，几名红衣女子娇声喊道："阁中禁地，请二位卸下兵刃！"

玉连城冷笑道："好笑，我们是阁主请来的，怎么倒要先缴了械才能见人呢？"

一名红衣女子说道："阁主说你们两个来历不明，都用了假名字，只怕有不可告人之事，不得不防。若是拒不缴械，必是心中有鬼！"

楚若溪打圆场道："好了好了，我们心中有鬼无鬼，也不在乎这一剑的去处，给她们就是了。"

说着就先把自己的兵刃摘了交给对方。

玉连城瞪他一眼，也只得摘了。

走进听月楼，眼前却是一扇巨大的屏风，屏风后面的人影影绰绰，看不真切。而后，一个苍老的声音在屏风后面响起："玉城主，荣王，远道而来我言守阁，请恕老朽未能远迎。"

被对方开口就喊破了身份，玉连城和楚若溪对视一眼，楚若溪大咧咧地笑了："阁主真是厉害，怎么知道我俩身份的？"

"二位都是惊才绝艳的当世俊杰，要知二位身份并不难。只是老朽没想到，二位怎么会到我这言守阁来，难道……古镜城也会缺银子？难道荣王也要求助财神爷在赌桌上的福气？"

楚若溪哈哈笑道："来这里的人不光是因为缺银子吧？我们游山玩水到这里，一时好奇玩几把还不行吗？想那长乐钱庄的刘少庄主和路小将军都是你们的座上客，想来这里的达官贵人，或者巨贾富商，应该也不少吧？"

"王爷这是在套我的话吗？"阁主呵呵笑道，"王爷该不会是奉了圣命出京，特意来调查言守阁的吧？"

一句话，本似晴天霹雳一般，但楚若溪和玉连城却淡定如日。

片刻的沉默之后，玉连城扬声道："阁主认为我们是在套话，那阁主方才这番话又何尝不是在套我们的话？今日我们二人去刃入楼，已经给足了诚意，那阁主又为何不肯

以真面目示人？莫非怕我们知道阁主的真面目之后，会坏了您的大计，让您无法再在其他赌客面前装神弄鬼，故布疑局？"

阁主冷笑道："小小古镜城城主，却是这么横的口气，你可知这言守阁是什么地方？"

"言守阁是什么地方，只有阁主自己清楚，唉，可惜啊，可惜……"玉连城感慨地连声叹息。

"可惜什么？"阁主果然禁不住追问。

"可惜我原本很是敬佩阁主的，这么大的地方，鱼龙混杂，各色人等，要将他们一一降服，掌控于五指之间，普通男儿哪里能做得到？可是纤纤巾帼竟然做到了，岂不应让人敬佩？但听阁主说话，也不过是个心胸狭窄，喜欢逞口舌之快的普通女流罢了。"

哗啦一声，似有茶杯坠地，紧接着那苍老的声音变成清脆的女子之声："好个古镜城城主，真是冰雪聪明！"

屏风被人撤去，后面端然稳坐的黑衣女子竟然是他们在画舫中遇到的上官嫣！

楚若溪惊讶得几乎说不出话来，他呆呆地看着玉连城："你是几时发现这个秘密的？"

"在船上。"玉连城微微一笑，"那船据说上去就很难下来。连一层都被人把守，但是她的手下却来去自如，而且船出了事，立刻上来通禀，好像她就是那船的主人。"

上官嫣似笑非笑道："仅凭此事就断定我是阁主，未免有些鲁莽。"

"当然还有别的线索。"玉连城指了指大门，"这里叫听月楼，试问什么样的人不是赏月，而是听月？"

上官嫣的嘴角一扯："你是说……只有盲人才会听月吧？"

玉连城看着她："这是你说的。"

"好生放肆！"上官嫣冷冷一笑，脚尖因为激动向旁边移动了一下，无意中踩到了一片破碎的瓷片。突然间从外面蹿进来十几个人，都是手持兵刃，虎视眈眈地盯着玉连城和楚若溪。

楚若溪瞥了他们一眼，"阁主让我卸下兵刃，就是为了让这些虾兵蟹将制住我们吗？"

上官嫣挥挥手："退下，你们这些人的三脚猫功夫，岂能制得住荣王和古镜城的玉城主？"

那些人便默默退下，上官嫣修长的脖颈如天鹅一般高傲地挺着，虽然眸子是灰暗

第二十七章 虎穴

的,没有焦点。

但此时此刻的她却充满了寒郁的气息,与船上那个巧笑嫣然的大小姐看上去相去甚远。

是的,她就是此地的主人,言守阁的阁主,谁能想到拥有这浩大产业的言守阁,威震四方的言守阁,手握无数巨贾富商及官场要员命脉的主人,竟然只是一个年轻的盲眼姑娘?

楚若溪看着她,问道:"阁主是怎么知道我们的身份的?"

"自然是有人献媚告发。"玉连城噙着一丝诡笑,"若我没有猜错,有可能是路胜旗路小将军吧?"

上官嫣已没有一开始那么震惊,唇边笑意盈然,"玉城主好聪明。"

楚若溪疑问道:"纵然是他,他怎么会知道我的身份?"

"路小将军曾经入京见过王爷一面,但是他说那时候是远远见过,并未看清,不是十分肯定。"上官嫣微笑道,"其实我刚才叫一声'王爷'也只是试探,没想到竟然猜中了。只是我实在是想不明白,堂堂荣王为何当日会乔装改扮跑到古镜城去求亲,如今又和玉城主隐姓埋名到我的言守阁来。王爷似乎总是不能以真面目示人,莫非王爷容貌丑陋,行为粗鄙,所以才要这样装神弄鬼?"

楚若溪摸着下巴,冲玉连城扮了个鬼脸,"我丑不丑,玉城主替我说句公道话。"

玉连城白他一眼,"荣王虽然并无傲人之貌,但好歹有傲人之名,都说相貌本是臭皮囊,王爷纵然貌比无盐,也不必为此妄自菲薄。"

楚若溪气得暗中招了她的胳膊一下,在她耳根咬了一句:"敢说我丑!看我回去怎么收拾你!"

玉连城又瞪他一眼,重重摇了摇头,示意他不要失言。

上官嫣在那边静默了片刻,笑道:"二位不必担心,我今晚请二位来其实是为了感谢你们刚才在湖上救下一船客人的恩情,若非你们挺身而出,纵然那船不会倾覆,我言守阁的名声也未免折损。来人——"

她一声呼唤,有人捧着个乌木描金的盒子走出来,摆在两个人面前的桌上。

"这是我送给二位的谢礼,不成敬意,在二位面前尤其显得寒酸,万望不要嫌弃。"上官嫣笑得温柔如水。

楚若溪好奇地伸手打开那匣子,只见里面并没有珠光宝气,而是两块小小的玉佩。

通体莹白,毫无瑕疵,透感极好,手感莹润,一看就是上等的羊脂玉做的。在这玉佩上蜿蜒盘绕着一枝俏丽的芙蕖。

"这是言守阁的腰牌,凭此腰牌,二位可以在阁内任意进出,支取现银,无人阻拦。"

上官嫣的娓娓道来让楚若溪更加震惊:"这样的大礼,我们怎么当得起?"

"当得起,荣王就不要推辞了,我和二位一见如故,日后说不定还有事要麻烦二位,这谢礼万望勿辞。时辰不早了,我就不留二位了,紫云,送客吧。"

就是在船上坐一天一夜,楚若溪也不会觉得有今天这么头晕。

回到住处时,楚若溪瞪着玉连城。玉连城慢抬眼帘瞅他一眼,"瞪着我干什么?"

"今晚你有点让我不认识了。"楚若溪哼哼道,"我以前一直以为你是个柔弱女子。"

玉连城冷笑道:"你是真的不认识我吗?古镜城城主会是个柔弱女子?说话注意些,你今天在上官嫣面前已经很不注意自己的言行了,只怕会给咱们惹祸。"

"不怕,她貌似还没有'看'破你的女儿身。"楚若溪将她往自己怀里一拉,紧紧钳住,"说,你到底是怎么看穿她真实身份的?还有,为什么要在外人面前贬低我,说我长得丑?"

玉连城挣扎了一下,没挣脱开,只得说道:"看穿她并不难,正如你我最初所想,谁家会派一个盲眼女孩子在外面做这些危险之事?而且……她身上有一种很奇特的香料,这香料我以前为无双采买过,因为味道独特,重金难求,所以闻过就不会忘。"

楚若溪恍然大悟,"莫非你今天就是在船上和听月楼里同时闻到了这种香味儿,所以才识破她的?"

玉连城默认了。

楚若溪感叹道:"女孩子的鼻子都不一样,我还以为只有男人才会对女人的脂粉香气格外敏感。那……为什么要在她面前丑化我的长相?"

玉连城斜睨他:"对于一个盲人来说,你长得英俊还是丑陋,你觉得很重要吗?"

楚若溪嬉笑道:"并不重要,只要在你眼中是重要的就行了。"

玉连城气道:"你这脑子里除了饥色之外大概什么都没有,今天从头到尾都要我来出力为你涉险,我看你也没有平时吹嘘的那么厉害!"

"我表现得弱一些,才能体现你的威风,毕竟玉城主是天下皆知的厉害人物,我这个小小的荣王算得了什么?哦,不对,我现在是郡王,也不对,八成咱们逃出京城之后,我连个郡王的头衔都保不了了。"

玉连城听他这样一说,也想起件事来:"今天上官嫣开口就叫你'荣王',可见京

城这些日子以来发生的事情她并不清楚。可是今天她为何要送我们一对玉佩令牌？这个女人的心思真是诡异难猜。"

"你们女人的心思哪个不是诡异难猜的？城城，我们和上官嫣都识破了彼此的身份，只怕以后在这里难以立足了。"

"你若是对她用用美男计，说不定她会招你为婿。"玉连城揶揄着他。

楚若溪哼笑道："且不说她是个盲人，美男对她来说毫无意义，即便她偏爱美男，你也在她面前说过我相貌丑陋了……"

"你若有心，是不是美貌都能吸引她，你这张嘴不是能把死人都说活吗？"玉连城的食指戳在他的嘴角，楚若溪侧头咬了一下她的指尖。

玉连城本来想骂他，却控制不住地在唇角绽开了一抹笑容，指尖并不痛，只是痒痒的，很暖。

惊雷 第二十八章

望江楼上,玉无双淡笑着望着庄尔铭,从袖子中摸出一个纸团,放在桌上。

"丞相大人见过这个纸团吗?"

庄尔铭眸色一暗,没有说话。

"是不是有人曾经把类似这样的纸团交给王爷?那上面一定还写着我要与玉连城约见在望江楼的时间。"

庄尔铭冷笑道:"你是想告诉我,你给徐蛮子设下的这个局很完美,所以才引诱我到这里了,是吗?"

玉无双笑道:"我只是觉得徐蛮子有些可疑,并不能确认他是丞相的眼线。只能说是他自己露了马脚,看到我捡起一个纸团,就一路跟踪我,直到我把纸团丢了,他便如获至宝地捡起交给他幕后的主子,也就是……丞相你。"

庄尔铭盯着她,"你继续说。"

"其实也没什么太多好说的。"玉无双叹了口气,"丞相想方设法在我和袁将军之间挑拨离间,想来必然是和我大哥有关。哦,不,既然袁将军都知道我大哥是女的了,这秘密丞相必然也是知道的。好吧,玉连城是我姐姐,但是你要想从我身上得到关于她的任何信息,抱歉,并非我不肯说,而是我自己其实也不知道。我和她已经失散好一阵了。"

"本相平生最不喜欢别人在我面前飞扬跋扈,但你们玉家姐妹却自以为可以成为特例。"庄尔铭猛地抓住她的手,"你可以不说玉连城的下落,但是,有你在我手上,不信玉连城不乖乖找来。"

玉无双斜睨着他,"丞相要请我做丞相府的座上宾?好啊,丞相府是什么样的,我还真是好奇呢。"

庄尔铭冷笑道:"你想当座上宾,只可惜,以你现在的身份地位,只能做阶下囚了。"

"谁能让我袁飞傲的老婆做阶下囚?"猛然一声铜钟般的高喝,屋门倏然被一道劲风撞开。袁飞傲一身胄甲,器宇轩昂地走进来,虎目圆睁,炯炯有神地看着屋内的两个人,盯着玉无双被紧抓着的手腕,哼道:"庄丞相,我虽然不在乎什么男女授受不亲那一套话,但我的女人也不是旁人能随便碰的。看在你我同殿为臣,平日私交不错的分上,今天我就不计较。无双,你给我过来!我有账没和你算呢!"

庄尔铭没想到袁飞傲会半道杀出,在他的虎威面前,庄尔铭也不得不放手,玉无双抿起嘴角,露出一抹狡黠的笑容,然后提起裙摆,踮着小碎步跑到袁飞傲的身边。

袁飞傲狠狠瞪了她一眼,"到楼下车里去等我!"

玉无双小声说:"我还是在房外等你吧,你把我一个人丢在楼下,不怕出事儿啊?"

袁飞傲又喝道:"站在门外等我,要是跑走一步,我定不轻饶!"

"哎!"她脆生生地答应了,像只欢乐的小鸟一样跑出门外,又轻手轻脚地将房门关好,在关合的瞬间,还对屋内脸色铁青的庄尔铭做了一个鬼脸。

屋门关上,这里是两个男人的世界了。

庄尔铭咬着后槽牙静默许久,哼道:"你这媳妇,真不是省油的灯……"

袁飞傲盯着他:"丞相这几日为何要派人尾随她?"

庄尔铭被他问得一怔。

袁飞傲说道:"我虽然是个老粗,但我并不傻。"

庄尔铭沉吟许久,叹道:"实不相瞒,我一直怀疑玉无双和玉连城对江山有所企图,但是碍于你的面子,我不能说得太过直白。"

"只怕不完全是这样吧?"

袁飞傲平日里对他的话全然信服,但是今天他却不是那么容易就能被庄尔铭三言两语打发的。他问道:"徐蛮子是怎么回事?我的将军府里竟然会有家奴是丞相的耳目,丞相要如何解释?"

庄尔铭皱皱眉,"徐蛮子……此人在将军面前不知道说了什么?"

"丞相要和我打马虎眼吗?"袁飞傲哼道,"今早我已经审问过他了,这小子禁不起十鞭子,就都招了,说是丞相府的人许他重利,让他负责在我身边搜罗情报。"

"这件事将军还是不要听他一面之词。"庄尔铭正色道,"我和将军同朝为官七八年了吧?将军的为人,我的为人,我们彼此都心知肚明。但自从有了玉无双之后,将军就变得疑神疑鬼的,如今国难当头,有楚若溪在那边翻云覆雨,兴风作浪,我与将军若是再两相猜疑,岂不让小人得了便宜?"

袁飞傲默默看着他:"楚若溪到底去了哪儿?丞相一点儿消息都没有吗?"

"暂时没有线索,但是……我心中却有个猜想。他会不会和玉连城去了洛川?"

"洛川?为何?"

"因为楚若溪曾经帮玉连城向陛下讨要洛川作为古镜城迁城的新址。如今他带着玉连城叛逃出京,陛下的旨意依然是有效的,也许他会把洛川当作自己的栖身之地。"

袁飞傲想了片刻,说道:"我要进宫面圣。"

"面圣可以,但是我实话告诉你,陛下现在的身体很差,已经不能说话,他能不能听懂却不好说。你要面圣,纵然皇后娘娘同意了,你在陛下面前说什么,可要自己斟酌。"

"嗯!"袁飞傲应了一声,转身拉开大门,拉起站在门外的玉无双,就像旋风一样

地下楼离去。

屋内的庄尔铭,咬着后槽牙,冷笑一声,将手边的茶盏重重地摔碎在地上。

玉无双像是被老鹰一把钳住翅膀的小黄莺一样被提溜着丢进马车里。袁飞傲向来是骑马的,这一回也进了车厢,向外喝道:"回去!"

马车向前行驶,马车内的两个人静静对视着。

玉无双悠悠笑道:"谢谢将军特意来救我,要不然我今天可能就……"

"你这丫头知不知道惹的是什么人?"袁飞傲沉声喝问,"这里是京城,庄尔铭是丞相,你能有多少心眼儿斗得过他?你以为你骗他会像骗我一样那么容易吗?"

玉无双略显讶异:"将军也知道庄尔铭是个心思狡诈的人?"

"心思不狡诈就做不了丞相,他鬼心眼儿多不用你说我也知道。但是你今天闹的这一出是怎么回事?给我老老实实说!"

袁飞傲其实对庄尔铭故意挑拨他和玉无双的感情并非完全没有察觉,且近来他发现玉无双这几次出门时的确有人暗中尾随,细细调查,竟然是庄尔铭的人。显然,庄尔铭为了查到玉连城的下落派人尾随玉无双。

不过玉无双今天出府之后,徐妈妈就忍不住跑来和他报信儿了,还苦口婆心地劝他:"夫妻有几个不吵架的?床头吵架床尾和,打打闹闹是一家。玉姑娘那么美,那么端庄贤淑,人又温柔又手巧,多少人想讨这样的老婆都讨不到的。将军要知足啊!"

他其实早已派人暗中留意玉无双的动静,玉无双出府之后他的手下一直跟踪着,回报说玉无双去了望江楼,而玉无双身后有丞相府的人尾随。他还去了玉无双住的屋子,发现她把两个人的定情信物——那柄短刀留在了那里,刀下压着一张字条,写着:"需防范身边小人。"并留下一个名字:徐蛮子。

他立刻提审了徐蛮子,因为是家奴,且徐妈妈在府中伺候了这么多年,他本不相信徐蛮子会有问题,没想到他一番恫吓之后徐蛮子竟然真的颤颤巍巍地说出自己受庄尔铭的指使,成了丞相的耳目。气得他将徐蛮子鞭打了一番,丢给徐妈妈,让她带着儿子离开将军府,并给了徐妈妈一笔数额不小的银子,算是对她在将军府尽心尽力几十年的报偿。然后他就快马加鞭地跑到望江楼来找玉无双。

果不其然,玉无双和庄尔铭都在这里。

在屋外时他没有来得及静听两个人的对话,就发现庄尔铭要抓玉无双,只好冲入房内,护玉无双离开。

虽然救了伊人,可是心中的疑问和怒气却没有得到平复。

第二十八章 惊雷

"你和玉连城之间到底有没有勾结?"他直面质问。

玉无双咬唇道:"我若是背着你做了对不起你的事情,就让我立刻死掉!你这个人,枉被人称作什么大将军,其实善恶不分,心都长歪了!谁对你好,谁对你坏,你根本不知道,只会欺负我这个弱女子!好啊,我现在要走了,也不打扰你了,你又跑来找我干什么?"

袁飞傲哼道:"还没找到你姐姐呢,没对质之前,我也不能光听你一个人说了算。"

"呸!"玉无双抬腿就要往外走,"我才不要和你在一起,这样不信任我的男人,我玉无双这辈子绝不会嫁他!连朋友都不做!"她发起火来就像是亮出利爪的小山猫一样,柳眉倒竖,脸颊通红。袁飞傲忽然觉得有趣,伸手抓她回来,说道:"你不嫁我嫁谁去?定情信物居然都敢随便乱丢,以为我不会罚你吗?"

他借故抬起手,装作要打她的样子,玉无双梗着脖子瞪着他,一副"你要是敢打我,我立刻要你好看"的样子。

两个人互相瞪着,突然之间,袁飞傲笑出声来,将她一下子抱在怀里。玉无双生气,用牙齿咬他,又用手推他,袁飞傲也不松手。结果两个人从一场悬殊巨大的力气角逐,渐渐地变成彼此相拥的暖心甜蜜。

袁飞傲摸着她细白如瓷的光滑面颊,哑声道:"我最近有些心浮气躁,可能对你态度不好,你……你别生气。"

玉无双红着脸,又瞪他一眼,"只是态度不好吗?你一天到晚给我脸色看,给你做了饭也得不到你半句赞赏,还怀疑我的人品。府里的人都怎么看我?我们古镜城的百姓会怎么看我?他们还以为我是卖身给你袁大将军了!要这样看你的脸色!当初多少俊杰到古镜城去提亲,我玉无双都没有下嫁,为的就是等一个全天下最了不起的大英雄,可我这几天真怀疑是不是我自己看走眼了!所以才……"

她话没说完,粉拳在他的肩膀上使劲捶打了几下,忽然昏厥过去。袁飞傲吓得手忙脚乱,急忙伸手号她的脉,一手抵在她的后背上,要给她输送真气。但玉无双却又突然睁开眼,斜睨着他露出一个孩子似的顽皮笑脸,"现在知道失去我的恐怖了吧?看你以后还敢不敢欺负我?"

袁飞傲哭笑不得,将她小心翼翼地抱在怀里,"你啊,真是我的一块肉。可我在战场上被敌人刺穿皮肉的时候都没这么疼过。"

玉无双揪着他的下巴,"我只问你一句话,庄尔铭那个人是不是你的挚友?他说的话你是不是要继续深信不疑?你是不是还要对我的来历半信半疑?"

袁飞傲的胡楂都被她揪疼了，无奈地拉过她的手说："你说只问一句话，这一连都问了三句了。"

玉无双追问道："你是不想答了？"

袁飞傲沉吟片刻："等我面圣之后再告诉你吧。"

自从回京，袁飞傲一直没有能见到皇上楚若涛。此次庄尔铭代他又向皇后庄尔雅提出了面圣的请求，庄尔雅终于点头同意了，但给出一句话：只许袁将军一人面圣，不许带任何随从。

袁飞傲相信楚若涛的确是病得很重，因为他回来之后就听说皇帝一直没有上朝，能见到皇帝的只有庄尔雅和庄尔铭两个人。这让他心里有种强烈的不安，不仅仅是因为担心皇帝的龙体，还因为如今的情形意味着整个昊夜的朝政都把持在庄家兄妹手里。

袁家在朝多年，虽然很少掺和朝廷中的党派之争，但是也知道"大权独揽"意味着什么。所以他对面圣这件事看得尤其重要。

入宫这天，离开将军府之前，玉无双再三提醒他："庄尔铭不是好人，只怕宫里有埋伏，你还是小心为上。"

袁飞傲笑道："宫里有埋伏？我又不是荣王，又不要叛国谋逆，难道他们会抓我吗？"

但是入宫之后袁飞傲的确感觉到宫内的不寻常。不仅宫内的侍卫人数比以前多出至少一倍，而且楚若涛也并不在他自己的守言宫内，领他入宫的太监，直接把他领到了皇后庄尔雅的寝宫。

袁飞傲皱着眉说道："本将是男臣，皇后的寝宫岂能随便进？"

内宫的太监小声说道："自从陛下病倒，皇后就把陛下搬到这里，方便照料。皇后娘娘说了，如今国事当前，将军请勿拘礼。"

袁飞傲只得进了宫，在正殿之内，摆着七八个火盆，但似是怕火盆内的烟灰伤到皇帝，所以火盆上都有镂空的盖子，将炉灰掩去，可以使热气在殿内缭绕。

袁飞傲看到躺在床上一动不动的皇帝楚若涛，和坐在床边神情黯然的庄尔雅，他跪倒在地，说道："微臣袁飞傲奉命剿匪归来，向陛下复旨。"

说完等了片刻，却没有回应。庄尔雅看着床上全无声息的楚若涛，叹息道："将军辛苦了。陛下病势严重，无法回应你，将军请先起身吧。"

袁飞傲站起来，向前走了几步，在距离楚若涛五步开外的地方站住，问道："陛下一直这样昏昏沉沉的，不能醒过来吗？有多久了？"

"多久?"庄尔雅形容憔悴,嘴角苦涩地挑起一点儿弧度,"我都不记得了。这外面的日子是白天还是黑夜,我也顾不上数。"

袁飞傲沉吟道:"怎么太医都这么不顶用?连陛下的病都看不好?"

"人都有生老病死,这,原本是天意吧。"庄尔雅痴痴地看着楚若涛紧闭的双眼,"如今……我们母子不知道还能依靠谁、指望谁……"她的目光转向袁飞傲,忽然流下一行清泪,"将军,陛下平日里最信赖您,最倚重您,希望您……能在昊夜大变之时,做这扛鼎江山的栋梁啊!"

袁飞傲沉默一瞬,说道:"丞相说荣王叛变谋逆,逃出京城了,这件事,皇后娘娘怎么说?"

庄尔雅也静默了很久,才缓缓开口:"荣王和陛下的兄弟之情向来甚笃,他为何要叛国,我实在是不能明白。可惜陛下已经口不能言了,否则陛下到底想怎样,总能让我知道。如今我只有守着陛下和霄儿,外面的大事都是丞相操持,好在如今将军回来了,您和丞相一文一武,这江山,总不至于落到别人手里吧?"

袁飞傲问道:"若荣王真的叛变,皇后认为他想要做什么?篡位吗?"

庄尔雅苦笑道:"这个……本宫真的猜不到。只知道他和古镜城的玉连城过从甚密。此次丞相……和陛下,本来想在宫中生擒他的,却被玉连城半道救走了。试问堂堂一个王爷,好好的荣华富贵不要,和一个江湖中人在宫中闹出这么大的风波,难道仅仅是因为他本性贪玩叛逆吗?"

"荣王这个人我是很讨厌的。"袁飞傲直接说出自己对楚若溪的厌恶,哪怕是当着皇后的面,但是——"但是,我觉得荣王不像是会叛国的人,这里不会有什么误会吧?"

庄尔雅刚要张口,忽然就在她身后,那个近来只安静地躺着的人含含糊糊地说出一声呓语:"……"说的是什么,谁也没听清,却足够震惊两个人。

袁飞傲一听到,几个箭步扑到床边,惊喜地急呼:"陛下!陛下!"然后他将楚若涛扶起,双掌抵在他的后背上,一股强而有力的真气充沛如海浪一般注入楚若涛的身体内。

庄尔雅还陷在震惊之中,这么多日子,都不见楚若涛醒过来一次,难道他这一次真的会……她呆呆地站着,竟不知该做什么。

楚若涛的眼帘就在此时缓慢地掀开一条缝隙,浑浊无光的眼神望着庄尔雅,口齿翕动着,含混不清地叫她名字:"尔雅……"

庄尔雅倏然握住他冰凉的双手,泪如雨下,这一刻她才意识到,自己是有多么恐惧

这个男人的离开。不管她心中最爱的是谁,不管他们的夫妻情意中有多少真情和多少虚假,但是他们终究是夫妻,他是她在这世上唯一可依靠的人。他是她的男人,这世上最爱她的那个人。

"陛下……"她哭着,却说不出一个字。

"太医……找太医……"楚若涛的唇里费力地嚅动着每一个字。

庄尔雅如梦初醒,立刻站起身,奔向殿门口,一下子不小心被宽大的裙摆绊倒,整个人狼狈地匍匐在地上,外面的宫女太监听到动静,急忙奔进来扶起她。

庄尔雅嘴唇颤抖地说:"快!陛下醒了!宣太医!胡太医!张太医!王太医!叫太医院的所有人都立刻过来!"

楚若涛的目光从庄尔雅的背影上缓缓收回,他用尽残存的一点儿力气抓住袁飞傲的手,"飞傲……"

袁飞傲低下头,"陛下请勿开口,以免真气泄露。"

楚若涛轻轻摇头,"朕命不久矣,你记住……"

袁飞傲将耳朵凑近楚若涛的嘴边,努力听清楚从他翕动的嘴唇里说出的每一个字……

倏然,楚若溪的手垂落下去,袁飞傲手掌所抵住的那个身体也瘫软下去,他注入的真气,亦失去了收存的地方,全都似从一个决堤的江口流泻出去一样,再无反应。

当庄尔雅反身扑回来的时候,却见楚若涛的嘴角绽放着人生的最后一抹微笑,无声无息地睡倒在袁飞傲的怀中。

他积蓄了这么久的力气,只为了等待这个忠臣的回归,将心中所有的秘密托付给他。而今,他等到了,他终于可以无牵无挂地去睡他最长最美的梦了。

庄尔雅本以为当这一天到来时,她不会真的动情。可是当她的手指探到楚若涛的鼻翼下,感觉到那里连一丝一毫的气息都没有了的时候,她一下子崩溃了,尖叫着将楚若涛的身体从袁飞傲的手中抢回,紧紧抱在怀中,撕心裂肺地号啕大哭起来,眼泪立刻浸透了彼此的外衣。

这是她嫁给楚若涛以来,第一次主动拥抱他,这么紧密地拥抱他,但是她怀中的这个人却再也不能温柔地给予她温暖的回抱了——

昊阳十年十月二十八日,昊夜国主楚若涛病逝于皇后寝宫辉月殿,享年三十岁。

明日就是昊夜皇帝楚若涛的头七之日,全国上下都得知了这个惊天动地的消息,家家缟素,人人服丧。

玉无双已经穿上了一身白，连头上的首饰都简化到只插了一支最简单的玉簪。

走出房间时，她看到袁飞傲正站在院子里和手下人交代着什么。这几日他进出将军府也顾不上和她说话，她心里明白，像他这样忠君爱国的臣子，亲眼见到皇帝驾崩，肯定受到很大的震撼，所以也不敢再去吵他，每天只是默默地将一日三餐端到他面前，将他要换的衣服提前放在他房间的枕头旁边。

而袁飞傲却好像回到了两个人在望江楼之前的那一段冷战期，忙得根本顾不上和她说话。

像今日这样他主动出现在她小院房门口的情形更是没有过。玉无双知道他必然有事要和自己说，就站在原地静静等着。待袁飞傲和手下人说完后，他转过身来对她说："收拾一下东西，今晚我们要出京了。"

"今晚？"今天是皇帝的头七，要举行盛大的安葬大典，将楚若涛的灵柩安放到皇家墓园中去，袁飞傲是护灵大将，他怎么还能走？

"把陛下的灵柩安放到墓园后，我们必须立刻出京。"袁飞傲解释得很简单，"不用带太多衣服，我会派人先把你送到墓园那边等我。"

玉无双见他要走，一把抓住他的手臂，严肃地问道："是不是京中出了什么事？还是有谁要对你不利？"

袁飞傲笑笑，摸了摸她的头，"不，是我们要赶去找两个人。"

"谁？"

"荣王，和你姐姐。"

昊夜的皇家墓园肃穆、阴寒，天上飘着星星点点的小雪，皇后携太子一身雪白，站在那镶金镀银的玉石棺材前。太子楚霄还在不时地抽噎，但皇后庄尔雅的眼睛已经流不下一滴泪水了。

听到司礼太监喊着："开天门，请陛下入仙宫。"十几名健壮的侍卫将楚若涛的灵柩抬起，缓缓走向地宫。楚霄哭着抱住母后，"母后，别让他们把父皇放到那么黑的地方去，父皇会怕的！"

庄尔雅面无表情地抚摸着爱子的头，"霄儿，你父皇去了仙宫，那里比这里好百倍，终有一天我们会和他在那边团聚的。"

庄尔铭走到她面前，躬身说道："娘娘，外面天冷，为了您和太子的玉体，还是先请回永青堂休息吧。"

自从上次庄尔雅和庄尔铭吵翻了脸，他们兄妹已经很久不当面说话了。庄尔雅此

时并没有看他,而是执拗地站在原地,一直等到那些侍卫反身回来,看到那扇象征着通往仙宫的巨大石门缓缓落下,才闭上眼,低声说道:"好啊,他去极乐了,他去极乐了……"

拉起楚霄,她倨傲地昂起头,背脊比平时挺得更直。

永青堂是陵园中为皇家成员专门建造的休憩之地。庄尔雅走到堂口,回身问道:"袁将军呢?请他过来见我。"

袁飞傲来到永青堂门前,见到庄尔铭正站在那里,便问道:"丞相怎么不进去?"

庄尔铭苦笑道:"皇后在生我的气呢。这一次陛下的大丧办得有些简单了。"

袁飞傲明白涉及他们兄妹二人的私事,也不多问,经太监通传后,他走进堂内。只见太子正趴在桌边练字,皇后庄尔雅斜斜地靠在桌边,手里握着一卷书,看着儿子写字。桌下火盆里的木炭燃烧着,火光很旺,不时地发出噼噼啪啪的声音。

这本是很温馨的画面,但在此时却显得这样悲凉。

袁飞傲躬身说道:"微臣参见皇后娘娘,太子殿下。"

楚霄抬起头看到他,哭了一天的小脸终于露出笑容:"袁将军,您可回来了!上次说……"

"霄儿!"庄尔雅不高不低的一声呼唤,让楚霄立刻不敢说话了。

她望着袁飞傲的目光严峻,"袁将军,这些天为了陛下的大丧,你实在是辛苦了。哀家也不知道有什么可以赏你的。陛下去世前最后见的一个臣子是你,哀家想,这应该是天意,陛下心中定然是非常盼望将军回来的。如今荣王叛国,朝中可用之人甚少,哀家就代陛下尽了这最后的一份心意。"

说着,她从身边的案上拿起一卷黄绫,交给太监,说道:"宣哀家懿旨给袁将军听。"

太监接过黄绫,展开高声宣读:"昊阳天运,皇后懿旨,靖边将军袁飞傲一门忠烈,护国有功,擢升勤王侯,并赐三军大将军之位,望其不负厚望,恪尽职守,护幼主,扶独孤,若有妄动异心者,皆可先斩后奏!此令!"

袁飞傲很是惊讶,他没想到皇后竟然会在这个时候赐予自己这么大的权力,这显然是意有所指。他犹豫了一下,说道:"微臣为国尽忠是应该的,只是陛下驾崩不久,此时微臣受赏,加官晋爵似是不妥,娘娘这个决定……"

庄尔雅冷笑道:"我以为袁将军是杀伐决断的勇将,怎么也会做这种妇人扭捏之态?你还怕哀家这道懿旨会害你不成?"

袁飞傲沉吟片刻，双手举起："微臣谢娘娘、太子洪恩！"

太监将黄绫放在他手上，这道旨意便算是被他接过了。

庄尔雅又说道："那天陛下病逝时是否和将军说了些什么？"

袁飞傲躬身道："陛下那天已经没有力气和微臣说话了。"

庄尔雅叹道："好吧，果然是天意……袁将军，后面的事，哀家还有好多要和您商量……"

"禀娘娘，微臣今天就要离京了。"袁飞傲却打断她的话，"边关有紧急军情，微臣必须立刻赶回。"

"今天就要离京？"庄尔雅惊诧地看着他："可此时……"

"京中有丞相大人，定然可保娘娘和太子平安。"袁飞傲斩钉截铁地说。

庄尔雅咬着唇："好吧，哀家准将军离京一个月，一个月后，太子就要登基了，到时候将军必须回京勤王护驾。"

看着袁飞傲离开，庄尔铭冷笑着一脚踏进永青堂的大门，刚刚一直站在门口的他其实把屋内说的一切都听见了。

"娘娘好厉害啊，陛下刚走，娘娘都敢下这么重要的懿旨了。可是娘娘知不知道，委任朝廷大臣，封将赐侯是陛下才能做的事，自古皇后的懿旨是没有这种效力的。纵然娘娘下了旨，祖宗家法也是容不下的。"

庄尔雅低着头，正慢条斯理地给太子楚霄指出他所写的笔锋不当之处，"霄儿，你这'功'字的最后一笔笔锋虚弱，笔力不济，都说字如其人，一看你就是要被人欺负一辈子的。好好想想，若是前面几笔的间架结构没有安排好，这最后一笔该怎样转圜？"

"若前面步步都错，就要知道回天无力的结局了。"庄尔铭打断，"娘娘指望用一个虚名拴住袁飞傲来制约我的话，还不如想想怎么去制约楚若溪。"

庄尔雅瞥他一眼，"荣郡王的事情，丞相不是一直在办吗？这件事哀家可不敢再插手了，免得激怒丞相，让我们孤儿寡母再无立足之地。至于袁将军的事情，丞相也不要多想，袁将军是个实心眼儿的人，哀家只是想对他好一些，以免以后有人欺负我们娘俩的时候，哀家连个可以依靠的人都找不着。"

庄尔铭冷笑连连："娘娘的心眼儿真是越来越多了。我看这皇陵之地极其清静，娘娘如今心情哀恸，最适合在这里清修一段日子。今日微臣让人从宫里把娘娘平日所需用度一应都拿过来，娘娘就在这里多住几日，也好调教太子读书写字，为陛下守灵。"说罢，他便拂袖而去。

楚霄一直沉默不语，此时他在母后的怀里悄悄抬起头，低声问道："母后，丞相是

要软禁我们在这里吗？"

庄尔雅浑身一震，低头说道："不是，谁敢软禁太子？霄儿别怕，有母后在，谁也不能动你分毫！"

玉无双在距离皇陵两里地之外的大路边焦急地等候袁飞傲，直到他和属下翩翩四五骑由远及近的时候，心中的一块石头落了地，急匆匆地迎上去，问道："都安排妥当了？皇后准你此时离开？"

"嗯，只准了我一个月。"袁飞傲下了马，握住她的手，"无双，到车上去，有些话我要和你说。"

无双知道他这些日子以来一定藏了很多心里话，但是之前他一直都神神秘秘地对她藏着这些心里话，如今他肯说了吗？

车厢狭小，只能勉强供两个人容身，显然这不是一次轻松的郊游，而是一次情势紧迫的出行。

"无双……那日我入宫面圣，陛下在驾崩之前和我说了一句话。"袁飞傲神情冷峻，"我不能肯定陛下当时所说的话是不是神志清醒之下留下的遗旨。"

"陛下说了什么？"她柔声问道。

"信荣王，除奸党。耀阳……庄家……"

楚若涛临终之前用尽浑身气力说的这十个字，这些日子以来一直徘徊在袁飞傲的耳边。他听到时的震惊不亚于亲眼看见楚若涛死亡。

在他心中，虽然知道庄家势力极大，但是也不认为庄家会是奸党。虽然猜测楚若溪的叛国另有原因，但也没想到楚若涛会在临终前亲自为楚若溪洗刷罪名。这十个字事关重大，他不能和任何人透露，尤其是在皇后庄尔雅和丞相庄尔铭的面前。

这几天他一直故作无事地安排皇帝的丧事，同时也在暗中走访调查那晚荣王叛国逃出皇宫的细节。很奇怪，所有知道细节的人不是三缄其口，就是早已查无踪迹。

显然，这里面有着讳莫如深的隐情。

但当玉无双听到这句话时却极为兴奋："我就说我姐姐不会看错人的！如果她真的心甘情愿和荣王在一起，那他一定不是坏人！"

"是不是坏人，要等我见到他，看他到底在忙些什么才知道。"袁飞傲依旧谨慎。实在是因为同朝为官这些年，被楚若溪整了很多次，心中对他一点儿好感都没有。而且想到万一楚若溪和玉连城成了一对，他倒成了自己的大舅子这件事，心里就更加不痛快。

"那我们现在去哪里？"

第二十八章 惊雷

"耀阳！"

皇帝临终前最后指示的那个地方，有可能就是楚若溪的藏身所在。只有见到楚若溪，当面锣对面鼓地对质一番，才能搞清楚这些事情的来龙去脉。但是在此之前，这件事要瞒住很多人，以防走漏消息让庄家知道。

因为这件事涉及太大，如今他可以信赖的人少之又少，也许只有无双，是他唯一可以全身心信赖的人了。

是的，无双，他再不要像以前和她藏藏躲躲，好不痛快。他既然认定了这个丫头是自己的老婆，是自己的女人，还有什么不敢对她说的？

这辈子，这是唯一让他心动的女人，唯一会为他哭为他笑的女人。

重逢

第二十九章

楚若溪得知楚若涛过世的消息是在言守阁的吟枫轩里。

自从他们和上官嫣互相揭穿身份之后，上官嫣反而时时约他们见面，一起下个棋，喝个茶，好像很快就成了知交一般。但楚若溪和玉连城心里都清楚，上官嫣能掌控这么大的言守阁，背后必定有人，而且揭穿他们身份之后并没有采取任何针对他们的行动，显然也是另有所图。

这天，天气微微有些零星小雪，上官嫣带着两个丫鬟、一瓶酒，又来到吟枫轩。

进门时，她脚下有些滑，嗔怪道："这台阶上都这么滑了，怎么也没人打扫？摔了我不怕，若是摔了贵客，谁来担待？"

丫鬟们吓得急忙跪倒。

玉连城从里面走出来，说道："今天的天气这么不好，阁主若有事找我们，叫人传个话就好了，何必亲自过来。"

上官嫣伸出手去，玉连城扶住她，将她领进门，上官嫣笑道："你们是客，自然是我该多往你们这边跑跑，更何况，今天我有话和荣王说。"

"有什么话和我说，还要带美酒来？"楚若溪也笑着从楼上下来，"正好啊，今天小雪，我还和城城说，'绿蚁新醅酒，红泥小火炉。晚来天欲雪，能饮一杯无'。刚说完，阁主就送酒来了。这可是'雪中送炭'。"

"王爷大概没有猜到我要和王爷说什么事，若知道了，就不会这么开心了。"上官嫣淡淡一笑，对玉连城说道，"玉城主也不知道国中发生了什么大事吧？"

玉连城暗自提防——莫非上官嫣要说的是她和楚若溪从京中跑出来的事情？

"今天一早我得到一个噩耗，我们的皇帝陛下已经在三天之前……驾崩了。"

上官嫣默默等着，她知道这个消息会给两个人带来很大的震动——如果在她到来之前，他们的确还没有得到这方面风声的话。

她先听到的是玉连城的声音："陛下被疾病所累，折磨半生，如今算是解脱了。"

片刻后，楚若溪的声音略显喑哑："是啊……解脱了……"

上官嫣问道："所以我们是不是该向陛下遥祭一杯清酒呢？"

"这酒该喝！该喝！"楚若溪直接打开那酒瓶的瓶塞便往嘴里灌，玉连城一把按住他的手腕，对他摇摇头，使了个眼色，示意他不要在此时忘形。楚若溪恍然震动一下，抹去眼角刚刚滚落的一滴泪水，绽开笑颜："陛下驾崩是我昊夜的不幸，不过他解脱痛苦是他的幸福，咱们遥祭一杯！"

上官嫣淡淡道："听说荣王和陛下向来感情甚笃，如今陛下驾崩，太子年幼，陛下会不会把国事都托付给荣王呢？"

第二十九章 重逢

"我是江湖一闲人,哪有那种本事做国家栋梁?太子有贤母皇后,也有个能干的好舅舅,哪里用我来插手搅动风云?"

楚若溪斜睨着上官嫣,见她的手一直握在玉连城的手腕上,虽然隔着袖子,也觉得怪怪的,便说道:"阁主似乎和玉城主很是投缘啊,都这么半天了还舍不得放开手。若是让'她'的另一半看见了,岂不要醋意大发了?"

上官嫣掩口笑道:"玉城主的另一半怎么可能会看见?这里除了你我三人,还有别人在吗?莫非荣王的心上人就是玉城主,所以你的话里才会这么醋意十足?"

楚若溪被噎得说不出话来,玉连城接过话来:"阁主真会打趣,还是先进屋来吧,屋里拢了火盆,怎么也要暖和些。"

"玉城主真是个温柔体贴的好人。"上官嫣握着她的手腕舍不得放开,笑得如烟花般灿烂,"不论玉城主的另一半是谁,不足以匹配你的,我都不会答应。"

玉连城说道:"我的事情不值一提,今日我们只当是陛下的升仙之日。荣王,这祭拜之礼该由你来主持。"

楚若溪说道:"也不用拘什么礼节,我们三人自饮三杯,再洒祭三杯可好?"

他喊道:"拿三个酒杯来!"

酒杯斟满,三人都先往空中举起,然后泼洒到地面上。

三杯再度斟满,玉连城刚把酒杯举起,就被楚若溪从旁边夺了酒杯,眼看着他抢了自己的酒喝之后,才又喝了他自己那一杯,喝完还抹抹嘴,笑着大声说道:"好酒!这酒绝不输皇家御酒,皇兄在天有灵,也该赞一句这酒清冽芬芳,世间罕有啊!"

上官嫣微笑道:"这酒不是昊夜的酒,而是外国运来的,不是我夸口,昊夜的皇宫中也未必有这么珍稀的酒呢。"她回头说道:"上次画舫出事,是玉城主弹琵琶稳定了人心。那琵琶曲听着真好,勾魂摄魄的,我却从未听过,不知道曲名是什么?"

"《摄情咒》。"玉连城说道,"那是家母所创的曲子,外人并不知道。"

"那,能否请城主为我再弹一遍?"

玉连城答道:"并无不可,只是此地没有琴……"

"我这里带着呢。"上官嫣娇笑一声,招招手,门外的侍女就捧着一个巨大的布套进来,那布套之下覆住的就是一把琵琶。

玉连城见推脱不掉,只得接过。但顾及此时楚若溪的心情,便看他一眼,说道:"今日祭拜陛下,我们三个却在这里饮酒弹琴,未免不敬。我这里还有一首更清冷稳重些的《飞天阙》,不知道你们更想听哪一个。"

楚若溪坐下来,手中握着酒杯和酒瓶,自斟了第三杯,说道:"客随主便,既然上

官阁主想听《摄情咒》，你便遂了阁主的心愿好了。"

玉连城见他这样说，也只得弹起那首《摄情咒》。这曲子正如曲名一般，是最能勾摄情窦初开或深陷情爱的男女心中那一缕悠悠情思，使人浮想联翩，不能自拔。

琴音初起时，上官嫣站在原地静静听着，神情慢慢变得怅惘，像是有什么心事在她心中萦绕，接着一声叹息，竟随着琴音慢慢吟诵起来：

"入我相思门，知我相思苦。长相思兮长相忆，短相思兮无穷极。早知如此绊人心，何如当初莫相识。"

她一咏三叹，缠绵入骨，竟让玉连城的手指一抖，琴声停了下来。"阁主诗中所说之人……不在这屋内吧？"

上官嫣苦笑道："自然不在，否则我岂敢这样忘形？哎呀，本来是要找你们喝酒下棋，弹琴作歌的，怎么好像让我扫了兴？荣王，我那瓶酒呢？被你霸占了吗？"

楚若溪晃着空荡荡的酒瓶，说道："这酒瓶这么小，总共也没有十杯酒的容量，阁主一定还藏了满坛的酒不舍得拿出来。"

上官嫣娇嗔道："这酒不说价值连城，也是千金难求，我自己平日都舍不得喝，当你们是知己才送过来的，结果你倒是独吞了。哪有这样做客人的？"

楚若溪笑道："我先喝了，也免得你们两个人喝醉了。好了，现在酒喝完了，琴也弹了，诗也吟过了，现在我们还要再下棋吗？"

"听你的口气都有些醉醺醺了，谁知道你现在下的棋还有几分看头？罢了，改日再来叨扰你们好了。"

上官嫣由侍女扶着走了。而玉连城则扶住了楚若溪。

"醉了？要不然回去躺一会儿？"玉连城很少见楚若溪喝醉，也很少见他在做大事时这么忘形——面对上官嫣这个难对付的对手，他居然任由自己被酒灌醉。是的，她能理解，因为他刚刚失去了一个最疼爱他的兄长。

玉连城将楚若溪扶到卧室，楚若溪笑着说道："你真当我醉了？我不过是扮个戏给上官嫣看罢了。"

"心里难受就说出来，想哭也好，想吐也好，我也不会笑话你。"玉连城的表情冷冷淡淡的，但是每句话都扎在楚若溪的心窝子上。

楚若溪翻了个身，背对着床外，也不说话。

玉连城轻轻推了推他，他不吭声。玉连城从旁边倒了杯水给他递过去，他也没有接。玉连城的膝盖跪在床沿儿，伸着头向里面看了看，却见他紧闭着双眼，有几滴泪水挂在他眼角。

第二十九章 重逢

玉连城伸手去帮他擦泪,被他抓住手腕,"不用擦,我只是想痛快地哭一次。"

玉连城揽过他的肩膀,将他的头靠在自己怀里,像个母亲一样轻轻拍着他的手臂,忽然间就觉得他全身都在颤抖,泪水很快浸透了彼此的外衣。

玉连城从未见他这样伤心流泪,但心中也明白,他们兄弟感情很深,就如同她和无双一样。倘若如今让她知道无双离世,她也必然悲恸欲绝。

玉连城忽然想起儿时母亲曾经为她吟唱过的一首歌,情不自禁地轻声唱了出来:"月光光,亮堂堂,谁家宝贝睡得香;星儿梦,风儿唱,千丝万缕莫思量。"

静默一会儿,楚若溪翻回身来,眼角挂着泪痕,嘴角上扬,"这曲子真好听,只是你这一唱,好像把我当作小孩子了。"

玉连城微微一笑:"看你现在哭哭啼啼的样子,哪有荣王的气派?不就是一个小孩子吗?陛下虽然不幸早逝,但是他还有多少心事需要你去完成,而不是在这里儿女情长。"

楚若溪跃起身,"没错!你说得对!"

他的情绪转变极快,整个人立刻郑重其事起来,坐到桌边说道:"上官嫣今天特意跑来告诉咱们这个消息,貌似是另有所图,但是她刚才像是话没说完就走了,不知道是不是一会儿还要来。"

玉连城想到她刚才的表情,说道:"这上官嫣小小年纪肯定置不下这么大的产业,背后的庄家与她不知道有怎样千丝万缕的联系。看她似乎也是个多情的人,不知道我们是不是可以从情字上下手?"

楚若溪笑道:"她每次和你说话的口气都不一样,不如你用美男计试探试探?哦,对了,她看不见你长什么样。"

"你以为她为何故意和我亲近?"玉连城似笑非笑道,"我只怕……她已经猜出我的女儿身了。"

"啊?"楚若溪惊诧地问,"怎么可能?她又看不见……"

"眼盲的人,心是不会盲的。她的感觉比任何人都敏锐,纵然看不见我,只要听声音,凭触感,只怕她就能猜到了。更何况……你何曾节制过?"玉连城说到这里就生气,"那天当着她的面,你在我耳边说的那些悄悄话,焉知她就听不见?"

"我……我那天声音很小,又距离她很远。"

"盲人的耳朵向来可以听到很远很轻微的声音,你以为你几句耳语瞒得了常人,瞒得过她吗?"

楚若溪揉了揉鼻子,笑道:"那也好,我本来还怕她真的对你有什么企图呢。她若

是真的看穿你是个女的，日后你们两个女人说话岂不是更方便些？不如让她直接把你当闺蜜好了。"

"胡扯！"玉连城觉得他今天像是有些傻了，"她认识咱们这么久，说过几句真心话？"

楚若溪的眼底掠过一抹促狭之意，"的确，她陪着咱们喝茶聊天转圈圈好些日子了，仅仅是因为那天的船难之事咱们救人有功吗？"

玉连城哼道："原来你还不傻，那你想明白是为什么了吗？"

"那盘棋。"楚若溪笃定地说出了心里的猜想。玉连城也轻轻点了点头。

话说当日在船上偶然遇到上官嫣，他们本不想参与任何赌局，只是那盘棋实在是有些诡异，所以才忍不住出手。所有人都无法破解的棋面，却让他们两个人轻而易举地破了，因为这棋盘下面的谜底实在是简单又古怪——

那盘棋上的一百零八颗棋子，看似棋阵，其实亦是一幅地图，只有知道地图上通关密道的行进方法，才有可能破解这盘棋。而这幅地图和地图下所藏的密道，就是守言宫中让楚若溪和玉连城得以逃跑的那一条。

所以，他们两个人将这盘棋破解了。

但是，这里牵涉的秘密太过惊人，所以在棋局即将破解的最后几步前，楚若溪将整个棋盘抹花，再不让人看到结局。

究竟是什么人设下了这样一个诡异的棋面？是皇宫的设计者，建造者？还是企图破解皇宫密道的窥探者？

这个答案显然握在上官嫣的手里。

"袁飞傲离京了，你的心腹都不在京城，你的大事是不是也该准备了？"

丞相府中，玉华景看着庄尔铭，神色中有几分不耐烦。

庄尔铭笑道："不要想得这么简单，袁飞傲虽然不在京城，但这朝中武官有七成都是他的死忠，袁飞傲现在因为玉无双那个小丫头对我已经起了疑心，摆不平他，我怎么可能做我的事？"

"要摆平袁飞傲还不容易？"玉华景冷笑，"一杯毒酒就能要了他的命。"

"袁飞傲粗中有细，要动他可不容易。而且他若是不明不白地死了，他手下还有一群枭将，撂倒了他，惹恼了那些人，不是自找麻烦？"

玉华景皱皱眉："怎么你倒像是怕了他似的？"

庄尔铭笑道："我倒不是怕他，只是要杀一个人，不必非要自己动手。三十六计中我最喜欢的是借刀杀人。"

"你想借谁的刀？楚若溪吗？"玉华景猜破他的心事，却说道，"楚若溪现在是丧家之犬，他肯定不敢招惹袁飞傲。更何况现在他们两个人就要成为亲戚了……"

"所以这时候才更好做手脚啊。"庄尔铭瞅着他笑，"这两个人平时就是冤家，就算现在要做亲戚了，也不见得能看得上彼此。如今他们两个最爱的女人是姐妹，这就是变数。如果其中一个的所爱之人死在对方手上，你说是不是就有热闹可看了？"

"你是说……杀了玉无双，激怒袁飞傲？"

庄尔铭笑道："你怎么不说杀了玉连城，激怒楚若溪？"

玉华景沉默良久，问道："楚若溪他们现在去了哪里，谁也不知道……"

"我知道，他们去了耀阳。"庄尔铭眉梢一挑。

玉华景震惊得睁大眼："耀阳？难道是言守阁那里？你怎么知道的？"

"那边刚刚送了信来，这两个人化名溜去言守阁，但是被人认出来了，难得他们还能踏踏实实坐在里面没有跑走。"

"他们去耀阳，显然不是无意，而是去查你的老底。"玉华景蔑笑道，"你能在这里坐得住，也算是不容易。"

"楚若溪想去耀阳翻江倒海，难道我会怕他？不过你既然要找玉连城，她也肯定在耀阳。"

"知道了。"玉华景漠然起身，"你是要我做你的刀，去挑动袁楚二人的纷争。"

"也不见得一定要你出马，言守阁是我的地盘，那里自然有我的人，我的方法。不过……"庄尔铭眯起眼，"玉连城是留给你的。"

在言守阁里，楚若溪发现老糊涂总是躲着他。对于老糊涂出现在此地，他有许多疑问，但是始终抓不住这个人问个究竟。老糊涂只要每次见到他，必然三两句话之内就溜之大吉，还一副吞吞吐吐神秘兮兮的样子，这更让楚若溪心生好奇。

他和玉连城说："这言守阁里找个同盟军太难，路胜旗肯定是上官嫣那边的人，再不把老糊涂拉过来，光靠咱们两个，实在是太艰难了。"

玉连城瞥他一眼，"你是觉得老糊涂那手偷盗的本事有可用之处吧？"

楚若溪嘻嘻笑道："到底你了解我，一眼就看穿我的心思。这老贼跑到这里来肯定也是为了偷东西，只是不知道要偷什么。但他现在见我就跑，我总得好好抓住他问一问才行。"

玉连城想了想，说道："这世上大多数的贼，若非生活所迫，不得已做贼，便是有

偷盗怪癖。他的怪癖是什么？"

楚若溪说："这老贼最爱偷的不是金银，而是上好的名人字画，可是短时间内，我要去哪里弄一幅名人字画哄骗他？"

玉连城笑道："如果完全瞒过他的眼睛可能不容易，若只是为了哄骗他，倒也不难。"

她吩咐方强去给她找了一把扇面完全雪白的扇子，然后磨了墨，提笔在扇面上写下一首七律。

楚若溪歪着头看，诗是大诗人杜甫的《闻官军收河南河北》。

剑外忽传收蓟北，初闻涕泪满衣裳。

却看妻子愁何在，漫卷诗书喜欲狂。

白日放歌须纵酒，青春作伴好还乡。

即从巴峡穿巫峡，便下襄阳向洛阳。

但这一笔狂草颇有风涛之势，运笔之间气贯经纬，豪放旷达，颇有些本朝书法大家荣清真的样子。

玉连城将扇子交给他，那落款竟然真的写着"清真居士"的字样，问他道："如何？还骗得过去吗？"

楚若溪笑着拍案叫绝道："真是有七八分像了，小时候我为了练他的字，可真是费尽力气，可都学不到你的五成。"

"我爹很喜欢他的字，所以要我苦练了好多年。"玉连城说道，"你把这扇子在老糊涂面前展开给他看看，他若是感兴趣了，必然会围着你转。"

"我这是修了什么样的福气，才遇到你这样的贤内助啊！"楚若溪夸张地赞许，握着扇子兴高采烈地跑了。

老糊涂在前面走，身后有人猛地拍了一下他的肩膀，他还没来得及回头，就被人一把揽住肩膀。他不看也猜得出这人是谁，苦笑道："我的大少爷，又要干什么啊？"

楚若溪的笑脸从他脸旁露出来，"看你一天到晚忙忙碌碌的，连找你喝酒都没空，你到底在忙什么啊？"

"忙着赚钱嘛，还能干什么，我在这里待的时间越长，就输得越多，必须捞回本钱。"

"你的手脚这么'麻利'，要赚回本钱还不容易吗？"楚若溪另有所指。

老糊涂叹气道："这里的人太厉害，我刚进来的第一天，就被人识破身份警告过

了，要我必须在这里保持手脚干净，否则就要剁了我的手，我哪儿敢乱下手啊？"

楚若溪了然似的点点头："也是，如果任人偷盗，这里可就乱了套了。"他看似无心地挥手甩开扇面，扇动了两下，果然看到老糊涂的眼睛一下子亮了，又倏然将扇面折起，说道："我在这里再玩两天也就走了。这里到处古古怪怪的，总透着邪气。那天和你下棋的那个上官嫣……后来有再找过你吗？"

"没有。我倒是见她去过你们那里。"老糊涂本来是要脚底抹油溜了的，但自看到扇面上的字后，就忍不住一双眼睛都盯着楚若溪的扇子了。

楚若溪回身道："那丫头是经常来找我们下棋聊天，也不知道是不是另有所图，算了，我不烦你了。"

"你等等！"老糊涂果然上钩，"要不我去你那里喝两杯也好。和你一起来的那个人看上去也不是平常人，不知道是什么来头？"

"那是她的秘密，你可以当面问她去。"楚若溪笑着就将老糊涂领进了吟枫轩。

一进门，大门就被关了。老糊涂是个极其敏感的人，浑身一震，立刻就明白自己上当了。顿足道："你这孩子，把我诓骗到这里，难不成要对我下手？"

楚若溪哈哈笑道："不过请你过来喝杯酒，不用这个法子，你总是躲躲闪闪的。说说吧，到底欠了哪个大户人家的银子？大不了我帮你还债就是。当年江湖上行走时，咱们两个总是有些情义的，我可不愿见你一把年纪被人砍了手脚。我记得你还有个年纪不大的儿子要养活，你还说虽然自己一辈子做贼，但是得让儿子堂堂正正做人，考取个功名什么的……"

他本是在逗弄打趣老糊涂，却不料老糊涂一听到这里忽然眼眶都红了。

玉连城看出端倪，便问道："莫非你儿子出了什么事？"

老糊涂长叹口气，一屁股坐在旁边的凳子上，说道："怪我，不该年少时做了个贼，让人家抓住了把柄，而今他十八岁了，因为我这恶名，连考学都考不成。"

楚若溪不解地说："怎么？难道乡里有人知道你们父子的关系，不让他考学吗？"

"不知道是谁那么嘴欠！把我的事儿说到我们那儿县老爷的耳朵里去了！还把我儿子的考学资格给取缔了，说是出身不好，这辈子都不能考学！"

楚若溪沉吟一番，说道："难道就因为这个，你便要跑到这里来赌钱吗？"

"也不是……"老糊涂还是吞吞吐吐的。

楚若溪一拍他肩膀，"你就说痛快了，我定然能帮你。"

"唉，你啊，还是少碰我的事情，也免得把你拉到沟里去。"老糊涂只是摇头。

玉连城一笑："老糊涂，你认识他这么多年，可知道他是谁？"

老糊涂困惑地看看楚若溪,"他,江湖上的小混混,墨言嘛。"

"小混混?"玉连城笑道,"你把堂堂皇帝的亲弟弟,当作了江湖上的小混混?把权势重如天、金银如粪土的荣王当作了小混混?"

此言一出,楚若溪没有准备,老糊涂更是震惊了。"这……这不可能吧?你们不要哄骗我!"

楚若溪叹道:"你平日口风那么紧,怎么这时候倒来揭我的底?皇兄刚刚病逝,我却在这里赌钱,传扬出去,要我如何在朝臣面前保存颜面?"

玉连城冷笑道:"你在朝臣面前何曾有什么颜面?谁不知道荣王生性跋扈,连皇帝都管不了,最不喜欢刻板守矩,自小就在江湖上东游西荡,不务正业,现在倒要端出个一本正经的脸给谁看?"

她这样一说,老糊涂又追问一遍:"你真的是荣王?"

楚若溪摸着下巴,"我也不知道此时此地到底该不该承认,但是她都这样说了……信不信由你吧。"

"你竟然是荣王?"老糊涂的目光亮起,似是看到了救星,一把抓住楚若溪的肩膀,又忽然察觉自己面前的这个熟悉而又陌生的朋友若真的是一人之下万人之上的王爷千岁,那他的动作未免太粗鲁无礼。于是他慌忙松开手,嘴唇颤抖着说:"你若真的是荣王,必然能帮我!对!一定能帮我!"

"你肯说真心话了吗?"楚若溪看他神情,似是惹了天大的麻烦,现在终于见到救星了。

"王辅理,这个名字你可听过?"老糊涂盯着他。

"吏部侍郎嘛,那老狗儿最是刁蛮奸猾,在吏部这些年,经他手提拔裁撤的官员也不少,肯定收了不少好处,却很难被人抓住把柄。朝中的人都叫他'千年辣手老油条'。"

朝中人事的掌故楚若溪信口说来,极为熟稔,对他的荣王身份,老糊涂立刻信了大半,急忙说道:"我现在就是栽在这个人手上了!"

"哦?怎么说?"

老糊涂顿足道:"都怪我鬼迷心窍,听说他家里有一幅上好的春水鸭戏图,是前朝大画家孙祖横画的,便想跑去看一看,结果这老狐狸家里竟然设了几处机关,我一不小心就被他拿下了。本来若是直接把我关到大牢里去,我也没什么,反正这辈子大牢我也进出过好几次了,但他居然查到我儿子那里,把我儿子关起来了!然后威胁我说,如果我不帮他办这件事,就要把我儿子安个罪名问斩!"

玉连城问道："他有什么事是要你来办的？"

楚若溪眨着眼："莫非这事……就和这言守阁有关？"

"这言守阁，不仅仅是个赌城，还是朝廷官员们谈之色变的魔窟。多少人为了销金取乐而到了这里……"说到一半，他突然谨慎地住了口。

楚若溪笑道："怎么？你还敢瞒我？"

"你到这里来，莫非也是为了这件事……"老糊涂下定决心，一口气说出，"这个王辅理前年在外巡差，溜到这里一番豪赌，本来也是化名，但是被人看破，定下了一份契约。"

"什么契约？"

"不清楚，只知道契约在人家手里捏着，对方时刻可以拿着这纸契约对他进行要挟。所以王辅理寝食难安，一直不知道该怎么办。"

"直到你送上门去，他才想到可以借助你这个'盗鬼'帮他把契约偷出来，免掉这桩心事。"楚若溪已经听明白了，"那这份契约现在藏在哪儿？"

"我也不知道。我来这里半个月了，到处看了一圈，此地的守卫看似散漫，但实际森严，是我偷过最难偷的地方了。"老糊涂号称"盗鬼"，行走江湖好多年，连皇宫都去过了，都没有让他这么发过愁。

玉连城和楚若溪对视一眼，两个人都想到上官嫣的住处，但是没有立刻说出来。

楚若溪说道："这件事……我也帮你想办法，王辅理那个老狐狸我也不会让他有好果子吃的，你儿子的事不用担心，肯定帮你救出来。你也不要四处闲逛让言守阁的人看出破绽。只怕你身边时时刻刻都有好几双眼睛盯着你吧？"

听楚若溪这样保证，老糊涂放了一半的心，但又担心地问："听说陛下刚刚去世，你不着急回京主持大局吗？"

"京中还有丞相和皇后，我不回去暂时无碍。"

"可是……"老糊涂顿了一下，"听说庄家……就是这里的后台老板。"

楚若溪冷笑一声："要揪出来的就是庄家！"

老糊涂的话证实了楚若溪之前的猜测，庄家的确是以此为暗箱操作之处，聚八方之财，揽百官之密，以此要挟朝堂上下，令百官不得不俯首帖耳。

"像王辅理这样被庄家捏在手心的官员肯定还有不少，至于那纸契约在哪里，就要问上官嫣了。"楚若溪揽着玉连城坐在床边，一手无意识地在她的手背上摩挲，"我们要是直接去听月楼找，不知道能不能找到？"

"上官嫣是何其精明的人，纵然有这样的契约，也不见得就一定会藏到听月楼里。

言守阁这么大,随处都可以藏几张纸。"玉连城并不乐观,"与其你到处去找,还不如直接绑了上官嫣去问呢。"

楚若溪笑道:"我倒不怕做个辣手摧花,但是我一直摸不出上官嫣的底……"

"那你就摸摸去啊。"玉连城鄙夷地冷笑,"当初你怎么摸我的底的?"

楚若溪嬉皮笑脸的,"只有你的底我敢摸,其他女人我才没有兴趣……"

"你以为我信你?"玉连城冷笑着,"刚才老糊涂临走前还和你提到什么'春日阁',提到什么'娇兰''夏桃',该不会是看的花吧?"

楚若溪脸色微变,赔笑道:"那老小子说的浑话你也当真?当年行走江湖时三教九流的我都认识些,各种地方也都逛过是真的。但那些人和我连露水姻缘都算不上,哪里能和你相提并论?"

"你要是真的把我和她们相提并论,那日后就别出现在我面前。"玉连城冷笑着,推开他的手,抓起一件披风穿在身上。

"要出去?"楚若溪急忙跟上,"去哪里?"

"去找上官嫣。"玉连城冷冷道,"你一天到晚在这里醉生梦死等着人家上门找你,可是要等到几时?陛下去世,后宫空冷,大权被庄家独揽,你以为你还有多少时间在这里虚耗?"

楚若溪的目光闪烁,感动得有些哽咽,将她紧紧抱在怀里,"连城,我真是越来越爱你了,这世上除了你,还有谁能像你这样处处为我着想?"

玉连城心中也澎湃激荡,但不愿意让他看出来,只淡淡说道:"抱完了就快点松手吧。一会儿在上官嫣面前你少说点暧昧的话就好了。纵然她可能看破我是女儿身,也用不着你上赶着去掀我的老底。"

"是的是的,都听你的。"楚若溪赔笑,"那你想怎么套她的话?"

"你觉得上官嫣最想从我们这儿得到什么?"玉连城反问。

楚若溪笑道:"自然是那局棋的破解之法。"

"我们就送上门去,投其所好好了。"

玉连城嫣然一笑,露出属于女人的妩媚风情。

刚刚出门,楚若溪忽觉得眼角余光扫到一处黑影闪烁,他侧目看去,在那片高低错落的树荫花丛之中,却看不到任何异动。但他的唇角却浅浅地流出一抹高深莫测的笑意。

琴音古韵,飞雪飘零。上官嫣坐在窗边,手指在琴弦上有意无意地拨弹着上次从玉连城那里听到的《摄情咒》。

第二十九章 重逢

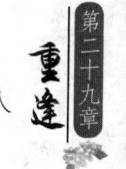

"入我相思门,知我相思苦。长相思兮长相忆,短相思兮无穷极。早知如此绊人心,何如当初莫相识。"

她反反复复唱的就是这几句,声音凄婉,无限惆怅。

此时紫云走进来,轻声说道:"阁主,玉连城和楚若溪来了。"

她的手指在琴弦上一按,落寞的神情立刻变得凝重,"他们来做什么?"

"不知道,说是来找阁主下棋的。"

"之前有谁进出过吟枫轩吗?"

"只有盗鬼老糊涂去过。"

上官嫣哼了一声:"早知道他们要凑在一起,只是不知道是老糊涂去求他们,还是他们去求的老糊涂。让他们进来吧。"

玉连城和楚若溪有说有笑地捧着棋盘棋盒走进来,楚若溪看到上官嫣放在窗边的琴,"原来阁主刚才在抚琴?那是我们打扰阁主的雅兴了。"

"这话是怎么说的?"上官嫣笑道,"雪天有客到访,才是人生至雅之事。"

她笑着摆手,让丫鬟们把桌上的茶具撤掉,两个人把棋盘摆上。

"怎么今天突然想到来我这里下棋?"上官嫣笑吟吟地问。

"就如阁主所说,踏雪访友是人生至雅之事。更何况上次那盘棋,我们还没有下完,还有好多问题没有答案,所以想到阁主这里来寻个谜底。"

"哦?"上官嫣笑笑,"那盘棋我以为是二位不想下了。"

"也不是不想下,而是当时当着那么多人,实在不便下。"说话间,玉连城已经把棋盘重新摆好。"这盘棋的原始棋谱,阁主是从哪里得到的?"

"怎么?这棋谱很见不得人吗?"上官嫣淡淡说道,"那不过是一位朋友送我的棋谱中的一盘罢了,都是些百年难得一破的死棋。我的棋艺不精,却很喜欢探秘,所以想看看到底有谁能破了这些死棋。"

玉连城和楚若溪都知道她说的并非真话,也不再追根究底。玉连城说道:"这盘棋看上去只是一个普通的棋面,其实……很像是一幅地图。"

"地图?"上官嫣一脸不解。

"皇宫中的一幅地图。"楚若溪接过话来,"我小时候常住宫中,对宫里的各条大道小路都再熟悉不过。这条路因为涉及皇宫私密之事,所以当日不好在外人面前将棋面破解。那位送阁主棋谱的人,是阁主可以信得过的朋友吗?"

上官嫣沉默片刻,点点头。

玉连城拉过她的手,她也没有躲开,"阁主的第一枚棋子可下在这里。"

楚若溪坐在对面，下了第二枚。

玉连城引导着上官嫣又下了第三枚。

楚若溪下了第四枚。

一来一去，一往一回，一直下了二十几手，上官嫣忽然叫道："停！"

那两个人便都停下了。玉连城望着上官嫣，只觉得她的面部微微抖动，似是有一种巨大的力量在冲击着她的心灵，玉连城握着她的手，所以能感觉到她的手指冰凉，掌心出汗，竟是极为激动。

"算了，不下了。既然涉及皇宫的私密，让我知道却是平白惹祸。"上官嫣忽然强笑着甩开了玉连城的手，站起身，"今天天气这么凉，二位在我这里用了饭再走。我叫人备好了很嫩的羊羔肉，咱们烤肉吃如何？"

她这转变着实有些快。玉连城望着楚若溪，楚若溪蹙眉想了一下，笑道："好啊，阁主这里的作料齐全吗？我从丐帮学了一个烤肉的法子，烤出来又嫩又油，香入骨肉。"

上官嫣笑道："堂堂王爷，怎么还学丐帮的东西？城主也不管管。"她话锋一转，忽然转到玉连城身上，而且明摆着笑二人有暧昧。

玉连城哼道："他这个人做事向来不讲究颜面，你尊他一声王爷，可他哪里有什么王爷的样子？"

上官嫣对着楚若溪的方向笑道："王爷和城主还真是绝配，一个冷，一个热，可城主也是个外冷内热的人吧？这样的人……定然是风华绝代的，可惜我看不见。"

楚若溪默默笑道："阁主也是风华绝代的人物，至于城城……她的风华绝代让我一人看到就好了。"

玉连城狠狠瞪他一眼，心里明白，两个人的"奸情"在上官嫣面前是瞒不住了。其实从她拉上官嫣的手没有被推开时她也猜到，上官嫣早就识破她的女儿身了，否则，以上官嫣看起来外柔内刚的性子和狡诈深沉的心思，不可能随随便便就让一个男子拉住手。

上官嫣听得楚若溪明目张胆地示爱，忽而露出一抹惆怅似的笑容，"多好啊，神仙眷侣，一生何求……"

玉连城看着她这神情，想起上一次她要求自己再弹《摄情咒》时，也是这样的神情。一个会被"情"字打动的人，就是有弱点的人，一个有弱点的人，便不是可怕到不能战胜的。

那天他们在听月楼里烤肉，上官嫣又找来一瓶好酒，三人饮酒啖肉，偶尔弹琴作

歌,或吟诗诵赋,极是潇洒快意,渐渐地就到了月上西楼之时。

楚若溪见三人都有醉意了,便拉着玉连城起身告辞。

上官嫣带着微微醉意将两个人送到门口,还拉着玉连城笑道:"城主和我很是投缘,我自小到大都没有特别交心的朋友,城主若是不嫌弃,就认我做妹妹好了。"

玉连城也是有些醉了,揽过她的肩膀在她耳畔说道:"好,我就认下你这个妹妹,日后若有人敢欺负你,我绝饶不了他!"

楚若溪拖着玉连城出了听月楼,走出很远,才小声问道:"你该不会是真的喝醉了吧?这演得也太像了。"

"许你醉,不许我醉?"玉连城斜睨着他笑,但眼波如秋水流动,醉意中带着妩媚,脸颊微红。

玉连城睨了他一眼说道,"做你的正事儿去。"

"你……刚才看到了?"楚若溪试探着问。

"嗯。"玉连城面无表情地说,"他必然不方便在人前露面,你还是和他单独密谈去好了,我在外面转转。"

"一会儿回吟枫轩再说。"楚若溪跳出花丛反身往回跑。

玉连城看着他的背影消失在飞雪飘零之间,忽然有种如在梦中的感觉。

几个月前的她哪里会想到,自己竟然被一个人这样紧地拴住心神,以至于可以抛下家园,抛下亲人,为他出生入死,像个初入情网的小姑娘,连原则都不要了。

刚刚出门前,她就察觉到他在往周围看,显然是在找什么人。有道人影也的确在花影树荫中一闪而过,她虽然没有看清面目,但看身形也已认出了,是楚若溪的心腹:黑木。

这个人像影子一样总是在不经意间突然出现,此刻现身必有重要之事禀报,还是让他们主仆私下说比较好。

此时她款步走在雪地之上,看着脚下的一串脚印,忽然觉得自己似是回到了儿时。

那时候古镜城中只要下雪,父亲就让她免练武一天。她最喜欢拉着无双在雪地里奔跑,无双怕冷,总是裹着厚厚的锦裘,小心翼翼地踩着她的脚印往前走,有时候一不小心摔倒了,一屁股坐在雪地里,无双就会撒娇地喊着:"都是哥哥故意害我!"

人,若是一直停留在小时候该多好……不,人应该朝前看,故步自封是一种懦弱的表现。她玉连城从不是个懦弱怕事的人,更何况,如今多了一个人帮她扛过肩上的责任,她还有什么可怕的呢?

正思忖时,忽然听到有侍女的声音飘来:"玉老板,您请往这边走,为您安排的是

采菱苑。那边临水,风景很美,您一定会喜欢的。"

她的心底怦然一震,似是被人在心湖中投进一块巨大的石头。

猛抬头,只见在侍女的引领下似鬼魅一般昂首走进的那个高瘦人影,正是……玉华景!

四目相对,她在他的眼中看到阴鸷的得意,仿佛在说:"终于被我抓到你了!"

瞬间,玉连城不寒而栗。

死亡

第三十章

玉华景推开窗户，在茫茫一片白雪之中，看到一个高挑的身影，如遗世独立的白鹤，就站在那天地之间。

他忽然一晃神儿，好像看到的不是一个人，而是一段记忆。

好多年前的一个晚上，玉连城也是这样独自静静地站着，那时候她周身罩满的白色银霜是月光。

她竟是一名女子……

女人，她竟然骗了他那么多年，她的固执，她的自私，几乎毁了他一生。

他的眉峰一凝，扬声道："怎么？玉城主见到我竟然不知道跑了吗？"

玉连城云淡风轻地说："我知道你是冲着我来的。既然如此，我们不如开诚布公地谈一谈。怎样？是到我那里，还是在你这里谈？"

"你敢单独进来？"玉华景挑起眉尾，"你那个如影随形，愿为你出生入死的保镖呢？"

玉连城笑道："这是我们玉家的恩怨，我不想总让他牵扯进来。"

"他自己愿意裹进来，何用你'怜香惜玉'？"玉华景冷笑一声，"你要是有胆量，就进来！"

玉连城真的进来了。

这采菱苑依水而建，房子就浮在水上，虽不算很高阔豪华，却精巧细致得宛如南方的富家庭院。

玉连城走进来时微笑道："这里比我的吟枫轩好。"

玉华景盯着她："你若愿意，可以搬过来住。"

玉连城唇角一扬，转回身看着他："我给你泡一壶茶吧。"

她突然转了话题，玉华景知道她永远也不可能说出自己想要的那个答案。只是定定地看着她。

原来她是有备而来的，命人带来了整套的茶具，摆在桌上。

看着她气定神闲地坐在桌边，一边烧着热水，一边说："可惜这是今年的初雪，怕会太脏，我不敢用雪水泡茶。听这里的人说，后山有一处山泉，泉水很是清冽，阁内有些储存，我就要了一些来。这茶叶虽然也放了几个月，但还是名贵的夜阑香，经得起放，我记得你以前很喜欢喝夜阑香的。"

"你居然还能记得我的事。"玉华景冷冷道，"我以为你从来都是见我就跑的。"

"毕竟在一起生活了那么多年，衣食起居总是知道一点的。"玉连城说道，"你这

么远路赶来，想来是累了，你我之间，要打要杀，生死之事且放到明天再说。"

玉华景望着她，"你是想要这温柔之计骗我喝下一杯毒茶，然后一了百了吗？"

玉连城浅笑："我知道你心中有顾忌。这壶茶你可以不喝，但是我不能不泡。"

"为何？做完就算是情断义绝？"

玉连城放下手，直视着他："纵然你不承认，但你心中都明白我们是兄妹。父亲在天有灵，必然不愿意见我们这样自相残杀。古镜城已经被你毁了，无双不知下落，你的家园和妹妹们都尽毁在你手中，还不知足吗？"

玉华景冷笑道："古镜城不过搬个家，怎么算得上毁？你和玉无双现在不是都另觅高枝了？更算不得被我毁掉吧？你知道真正的毁掉是什么意思吗？玉连城，你几时也会扮作小羊装可怜了？我以为你的骨头硬得很。"

"无双她……"玉连城这些日子以来第一次听到有关玉无双的准确消息，但这一句"另觅高枝"背后的玄机却让她颇为惊喜，莫非……事情真会如她和楚若溪所料……

但是她问出这句话，玉华景却摆出一副不想回答的样子，闭口不言了。

玉连城稳定了心情，此时水已经烧沸，玉连城先温了杯子，而后做着一泡二泡的工序，也默默不言了。

两个人安安静静地相对而坐，直到那茶的色泽渐渐泛露出来，玉连城托起一盏递到他面前，问道："你可愿意喝这一杯？"

玉华景板着脸："第一杯应该你先喝。"

玉连城笑道："你还是不放心我。好，我就喝了又如何？"她收回手，杯沿刚刚贴到唇边，就听到门外有人大喊一声："慢着！这第一杯茶该是我的！"

紧接着，旋风似的冲进一人，抢过她的杯子一饮而尽。

玉连城叹气道："饮茶是何等风雅的事情，要你个疯子掺和进来……"

那人一屁股坐下来，瞪着她，从牙根儿里往外蹦字："你说谁是疯子？对面和你喝茶的人才是！"

玉华景从那人进来时脸色就变得铁青，此时一拂袖子，打翻了桌上的茶壶，"我就知道荣王早晚要现身，英雄救美嘛，您一贯的手段。"

"多谢你还叫我一声'英雄'，别的美不敢说，城城是我的'专美'，我当然时时刻刻都得陪在她左右了。"楚若溪的脸色也好看不到哪儿去，对玉连城说道："茶壶都打翻了，你们俩肯定也没啥可说的了，现在咱们回去。"

玉连城则直视着玉华景，说道："正事尚未谈清……我们难免又得有几次恶战。我都厌烦了，你不烦吗？"

玉华景盯着她:"你若是离开他,跟我走,我就罢手。"

楚若溪怒道:"玉华景,这里虽不是我京城荣王府或是她的古镜城,但也不是你可以随意撒野的地方。玉连城早就是我的人了,你争来争去还要不要脸了?你以为我就没本事杀你?"

玉连城抬手道:"行了,你们也不要争了,荣王,你先出去,这是我们玉家的私事,我不想当着你的面说。"

楚若溪气呼呼地站起来,扭头就走。

玉华景瞅着他的背影,冷笑道:"还在摆荣王的架势,可是他已经被贬成郡王了,陛下驾崩,江山大变,你以为跟着他还能得到什么?这天下马上就要姓庄了!"

玉连城微微笑着,反问道:"爹曾说过,人活一世,光彩一瞬。如果能灿烂地活过,哪怕是即刻死去,也是幸福。更何况他还是我最在乎的那个人,即使江山大变,生死未卜,只要是和他相守,又有何惧?你心中若有了那样一个人,那样一件事,便会懂我的意思了。人生的意义,不该只是索取和毁灭,还有希望和重生。"

这天楚若溪和玉连城生气了,而且是特别生气。回到吟枫轩时甚至没和她说话,便独自回到自己的房间去了。

玉连城向来冷着他,今天也不解释。等到天黑之后,两个人各自关了门睡觉。

半夜的时候,玉连城忽然惊醒过来,因为有个人正站在自己身前。玉连城心中一软,眼泪差点从眼角流出,她怒道:"楚若溪,半夜三更的,你溜进来干什么?"

"玉连城,你不承认你有多喜欢我,但我对你是掏心掏肺的。有多掏心掏肺你心里明白,你知不知道我今天为什么生气?因为你一点儿也不在乎我们这么久以来付出了那么多的艰辛要换来的是什么。那玉华景是个妖魔一样的人,你居然都不和我说一声,就和他单独见面。如果你出了意外,你让我怎么办?"

玉连城仰望着他满是怒气的一张脸,心里不能说不感动,只是她亦有她的考量。

"玉华景这个人,宜软不宜硬,你处处和他作对,他当然也不会罢休。你怎么不想想如何将他收为己用?"

楚若溪冷笑道:"天下人都可以收为己用,只怕他就不能。"

玉连城望着他:"庄尔雅都可以被你当作棋子,玉华景为何不行?"

楚若溪的面部绷紧,"你又拿庄尔雅说事儿。庄尔雅能和玉华景比吗?"

"怎么不能?"玉连城淡淡道,"这两个人都想要我们的性命,处心积虑,机关算尽,我看不出他们有什么区别。"

楚若溪木然片刻,将她抱起,拥在怀中,下巴枕着她的肩膀,"城城,我只是为你

担心,那个家伙每次看到你都是一副恨不得把你撕碎吞进肚子里的样子,你该不会忘记在皇宫中他怎么穷凶极恶地追杀我们了吧?我们差点把命都丢了。这个人在我眼里就是魔鬼,你想以柔情化魔性,简直就是做梦。"

玉连城柔声道:"世人都有善之一面。我这些日子日思夜想,觉得他幼年失母,又不得与父亲相认,始终活在嫉妒、猜疑和怨恨之中,心中唯一有过的一点儿光彩该是对我的感情,偏偏我又不能回应他。"

"那你凭什么以为你可以感化他?"楚若溪狠狠地说,"难道你以为他一路追到这里来,是为了和你和平谈判的?"

"我在想,他怎么能追到这里来的?是谁给他通风报信?那皇宫中的密道,凭他之力是不可能破解的吧?"

"自然是上官嫣这边给庄尔铭那里透了风声。"

"是。庄家那边已经人多势众了,我们可以仰仗的还能有谁?你和袁飞傲又是死敌,否则说不定袁飞傲可以做我们的帮手……"

"怎么又提袁飞傲?你真以为我那位七皇爷爷说的话就靠得住?"

"今天玉华景说漏了一句话,我觉得无双和袁飞傲之间肯定比我预想的还要好……"

"什么话?"

"他说我和无双现在都已经另觅高枝。我这里的高枝肯定指的是你,而无双那里……也只能是袁飞傲了吧?"

楚若溪默然未语,玉连城已经推开他站在窗边,望着远处影影绰绰的亭台楼阁,湖榭画舟,她喃喃说道:"玉华景来了,说明这事情已经惊动了庄尔铭,你以为你在这里还待得安稳吗?进来这么久,一事无成,每日只是吃喝玩乐,我将古镜城的子民和妹妹丢下,为的是什么?我们到这里不是为了一掷千金,寻欢作乐,而是为了有一番作为。玉华景和上官嫣,这两个人如果能够拿下,你就有了战胜庄家的把握。可是他们的软肋……"

"是情。"楚若溪从背后抱住她,"我并非你所想的那么一无是处。这些日子以来,我也没有闲着。"

玉连城微微侧过脸,"你背着我干什么去了?"

她的发问让楚若溪的脸上露出一抹得意的喜色。"你知道黑木来了。这家伙这些日子以来一直留守在京城替我看着玉华景和庄家兄妹。庄家兄妹这些日子以来也并非咱们所想的那么得意。庄尔铭现在把庄尔雅和太子都软禁在城郊的皇陵之中,这是我们绝好

的机会。"

"哦?"这个消息倒是让玉连城很是诧异。大事将成之前,为何庄尔铭却和庄尔雅反了目?

"庄尔铭是个极其狡诈之人,只怕另有所图。"玉连城猛回头,"还有什么?黑木这次过来必然还有消息要告诉你,你别想瞒我!"

楚若溪幽幽一笑,"好吧,告诉你也无妨。据说袁飞傲回京之后,身边带着一位绝代佳人,将军府内外都说那是他的未婚妻。你猜,那人是谁?"

玉连城兴奋地抓住他的衣领:"是无双!"

"而且从将军府内打听到的消息,都说这两个人感情很好,袁飞傲非常疼这位未婚妻,我想,你应该可以放心了⋯⋯"

玉连城抚着胸口,神情激动,一时无语。

许久之后,她才终于长出一口气:"只要无双一生无忧,我纵然是死了,也无憾了。"

"你这人怎么总不想好事儿?什么死啊死的,我们难道走到绝路了吗?怎么就是死路一条了?"楚若溪不满地吵嚷着,"好吧,既然无双的事情已经给了你消息,咱们现在来想想,怎么对付上官嫣和玉华景。"

玉连城凝眉沉吟:"上官嫣先不用着急,她这个人是个很矛盾的人。一方面替庄尔铭做事,但另一方面⋯⋯她又不快乐。我们今日拿棋局去引逗她,她居然抗拒不想听到破解的谜底,显然,她和庄尔铭并非一条心。至于玉华景⋯⋯"她白了楚若溪一眼,"今天若非你插手干预,说不定他早已被我说动了。"

"哼哼,你以为他会相信你的鬼话?上次在地道中你已经骗过他一次了。现在你和我在一起,再说什么他会信?"

"总要试一试,好歹我们是同父异母的兄妹。"

"就是你这'同父异母'四个字最让他生气,你还要提?哼,你等着瞧吧,他这次跑来,还不定琢磨着怎么害我们呢。不过这地盘是上官嫣的,我倒要看看,上官嫣现在都要认你做姐妹了,会纵容玉华景擅自动你分毫吗?"

玉华景此时已被请到听月楼中。

上官嫣听着婢女紫云为她念出庄尔铭的亲笔信函,微微一笑:"既然庄丞相说了,要让我好好招待玉老板,我又怎么敢慢待于您。只是玉连城这个人,我现在不能交给您。"

第三十章 死亡

"为什么？"玉华景眉心一冷，"庄尔铭和我是早有承诺的。"

"庄丞相怎么应许你的，我不管，但玉连城这个人现在是我的客人，亦是我的朋友，我不能让别人动她。"上官嫣笑眯眯的，语气温柔，却不失强硬。

玉华景怒道："庄尔铭和你是怎样约定的我不管！但庄尔铭既然答应了我，便不能出尔反尔，难道庄家人就可以不信守承诺吗？庄尔铭大概是忘了，昊夜中他之所以稳坐江山大局到现在，是谁在背后力撑他至今的！"

上官嫣淡淡道："玉老板不必生气，我知道庄家受惠于你颇多。但今时不同往日，您大概知道'过河拆桥'这句话吧？"

玉华景赫然拍案而起，上官嫣唇角的笑容却冷凝成杀气，在她身边的两名侍女紫云和黄翎齐声娇叱道："岂敢对阁主无礼！"

玉华景哼了一声，转身便走，上官嫣吐出几字："留下他！"

紫云、黄翎双剑齐出，一左一右攻向玉华景的双肋，玉华景双袖一震，真气反转，将两人的剑刃弹弯。就在这时，门外抢身又冲进四名彩衣女子，六剑交织成一个剑阵，将玉华景围困在当中。

银光闪烁，剑气横飞，玉华景被逼得连抽身拔剑的工夫都没有了。

突然间，一道剑锋擦破了他的袖子，刺啦一声，衣服破了口子，一抹鲜血在他挥动手臂之时飞溅出来。

玉华景直到此时心中才凛然警醒，他一直以为上官嫣不过是为了在自己面前立下威信才故意让一众女子和自己缠斗，现在他恍然明白，上官嫣竟然真的是想要自己的命！

他旋身踢翻一张桌子，在众人中飞身而起，掣出长剑，手腕一抖，使出"一叶三星"，以一变三，分刺数人。这一招是玉家剑法中的救命招数，寻常人都抵挡不得，那几名女子也被这变化万千的招数逼得纷纷后退。

玉华景刚要抽身逃离这间屋子，忽然身后有极细的破空之声传来，他随风声闪躲，脸颊却被刺破，挥手挡落，竟然是一枚银针！

他怒而回头喝道："上官嫣！你和庄尔铭既然不讲信用，就别怪我翻脸无情！"

他长啸一声，双袖卷起两道旋风，冲破尚未合拢的剑阵，纵身跃出大门。

"不必追了。"上官嫣叫住一干侍女，幽幽冷笑，"他已经中了我的梅花针，看他还能跑出多远，这等自负自大、目中无人的人，日后我是不想再见了。"

玉华景跌跌撞撞地往前走，浑身的血液就像是被冰雪凝固了一样，通体彻寒。他知道自己中毒了。没想到他嚣张一世，最后竟然会折在一个盲人丫头的手里，这真是他人

生中最大的笑话。

眼前是一片低矮桃树林。这个季节，桃树早已叶枯花落，只剩下光秃秃的树枝。

他依稀听到两个人正往这边走，其中一人一边走一边说道："强哥，咱们跟的这两个小主子到底是什么人啊？靠不靠得住？"

另一人说道："跟着他们，总比在那小地方当一辈子盗贼强吧？主子说了，让我明天递封请柬到花家去，说要约花家老爷子在这边见。你看我如今这样子算不算得上是锦衣荣归？"

"那是，强哥如今肯定是风光了，但是怎么和人家介绍咱们啊？咱们这对主子的名头，潘若、宋城，江湖上也没名没号的，花家会愿意接咱们的帖子吗？"

"主子说了，就告诉他们，是古镜城的玉家，花家必然会见的。"

玉华景猛地一激灵，即将停滞的血液也似是挣扎着在生命之火将熄的时候再度重燃。

他伸出手去，冲着那两个人的方向，嘶哑地喊着："站……站住……带我去见……你们主子……"

玉连城得到消息跑下楼，见到被方强和他兄弟架着来到楼门前的玉华景。那兄弟一松手，玉华景就像一摊软泥般倒在地上。

玉连城不顾楚若溪的拦阻，奔过去跪倒在玉华景的身边，伸出手去摸他的咽喉处，那里已经很难摸到他的脉搏了。玉连城将一股真气从他的胸前注入，玉华景才终于缓缓睁开眼睛，直勾勾地看着她。

"死在你面前……我心所愿。"他居然笑了，只是身体僵硬得像一块冰冷的石头，已经使不出半分力气，没办法再伸出手去拥抱她。

"谁干的？"玉连城抓起他的肩膀，在他的肩上看到两枚很细的银针。

"上……官……嫣……"玉华景艰难地吐出这个名字，"庄尔铭要自立为王……她……是他的心腹。"他的下巴颤抖着，又挤出几个字："我胸口……挂着的……摘下来。"

玉连城摸到他脖子上的一条银链子，向外一抽，抽出一块金锁，锁上刻着几个字："春和景明"。

"这是……景字号的印鉴。"玉华景的喉咙深处发出似笑似泣的声音，"你拿去，我早立下规矩，认印，不认人……庄尔铭很快就会对景字号……动手……"

楚若溪走到他身后，一掌抵在他背上，也将真气注入他的体内，他眼中即将熄灭的光芒忽然迸出火花，抓着玉连城的手，痴痴地笑："你是那么美……可惜……可惜……"

第三十章 死亡

那两簇微弱的火光乍然寂灭,像是黑夜骤然涂满了他的瞳孔,他的整个身体彻底倒落在楚若溪的怀中,楚若溪和玉连城输入他身体内的真气也在瞬间流逝。

玉连城呆呆地看着他死不瞑目的那张脸,直到楚若溪的手伸过来,将他的双眼合上。玉连城掌心的那块金锁被她从冰凉攥成火热。

玉华景,竟然就这样死在了她面前。

这真的不是一场梦吗?

她的指尖轻轻触到玉华景的脸,那里冰冷得像玉石一样,他平日的飞扬跋扈、嚣张自负,早已随着生命的终结而碎成尘土。

一个人的生命怎么可以脆弱至此?

那些爱恨纠葛,那些剪不断理还乱的故事,就这样轻而易举地画上了句号。

蓦然间,楚若溪拉起她,他的声音在她耳边飘啊飘:"你们几人去听月楼找言守阁的阁主,就说这里出了人命案,这人无缘无故死在这里,问她们该怎么处理。"

说罢,拉着玉连城回了楼。

玉连城的身子一直在微微颤抖,楚若溪把她拉回房间之后,将她紧紧抱在怀里。

"我以为你会长出一口气……"他叹了口气,看到玉华景死在眼前,他本来是很开心的,但是看到玉连城失魂落魄的样子,他又心疼又嫉妒。

"我只是觉得……人命真如草芥一般。"玉连城深深吸了口气,脸色慢慢缓和,"这件事你怎么看?"

"显然是庄尔铭不想再和玉华景联手,所以借上官嫣之手除掉了他。这样玉华景的手下就不会怪罪于他。"楚若溪飞快地思考,分析,"庄尔铭这一招真是狠辣,玉华景和他本来是强强联手,但显然玉华景已经到了以财压势的地步,是庄尔铭不能容忍的。"

"如果庄尔铭真的要造反,那必然需要很大一笔银子,纵然他是丞相,国库的钱也不可能随便支取,所以景字号钱庄是他最大的依仗。"

"但如今这钱都归你了。"楚若溪笑道,抬起她的手,那手掌中一方金灿灿的小金锁,这是决定景字号财富归属的重要信物。没想到,在最后的生死关头,玉华景竟然将这么重要的东西交给了玉连城,除却对玉连城的难以割舍之外,大概还源于他对古镜城的一丝尚未泯灭的良知吧。

玉连城低头看着金印:"我们要尽快离开这里,庄尔铭既然已经让上官嫣暗自杀死玉华景,他自己肯定会想办法夺取景字号的所有财富。其实有没有这个金印也无所谓,

他是丞相,他一句话就可以将整个钱庄查封,那些钱都可以归到他的荷包里。"

楚若溪问道:"景字号除了是银庄之外,没有别的意思吗?"

玉连城一愣:"什么意思?"

"正如你所说,如果只是为了钱,庄尔铭不需要这个金印也可以得到,玉华景难道不知道这个道理?我在想,玉华景这些年为了扳倒你,难道所做的努力只是让景字号成为全国最大的钱庄吗?"

玉连城沉吟许久,"这件事……要等去了景字号钱庄才能确认,但是……我父亲在世时的确怀疑过他私下训练死士。"

"是为自己还是为庄尔铭,就不好说了吧?"

玉连城望着金印,手指攥紧,又看向楚若溪,"上官嫣的下一步是不是除掉我们俩?"

"不会。"楚若溪嘴角一扬,"她留着我们还有大用处。"

"你就这样自信?"玉连城看着他,这人偶尔显露的心思,诡谲得连她都摸不透。

"如果上官嫣是庄尔铭的心腹,以庄尔铭巴不得我们快死的做法,她应该在除掉玉华景之前就杀了我们。但是她却先杀了玉华景,倒像是助我们一臂之力似的。"

楚若溪意味深长地笑:"看着吧,好戏才刚刚开始。"

耀阳花家,是本地的一个大家族,虽然近年来略显没落,但依然是江湖上响当当的门派。花家门风严谨,被逐出本门的人是不可能再回头的。可是当一早方强来花家门口递交拜帖的时候,看守大门的家丁也吓了一跳。他当然认得方强,也知道方强当年犯下的事情,按说再借他几个胆子,他也应该没脸回来了,怎么竟然摇身一晃,穿了身惹眼的行头,又敢登门了?

"方强,你小子混得抖起来了啊!"家丁诧异地说,接过他手中的拜帖,"现在有了新主子了?"

"呵呵,跟着两位大家公子讨口饭吃。老门主身子还硬朗吧?"方强对自己的授业恩师,花家的门主花重锦一直充满感激。只是当年被逐出师门时发了誓,不敢回来,所以纵然心中惦念,也只是想想而已。

家丁笑道:"亏你还有心。每年除夕之前都有外乡人会给老门主送活鸡活鸭好几十只,是你小子孝敬的吧?老门主猜出来了,也曾说过'方强是个知道感恩的'。你放心,老门主身子硬朗得很。"

方强听罢长出口气,笑道:"那点孝敬算不得什么,只是弟子一份心意罢了。这份

请柬你帮我递交给门主，我就在这里等门主的回话。"

过了片刻，家丁再度走出，对他说："老门主让你进去回话。"

方强又惊又喜，自从当年被逐出师门，就没想到还会有回来的一天。他惴惴不安地走进去，目光所及都是再熟悉不过的景象，不由得眼眶一热，泪珠就滚了出来。

他正用袖子拭泪，只听有人高声说道："方强，你跟了个了不起的新主子啊，居然敢让你重新踏上耀阳。既然来了，就到我近前来！"

这声音中气十足，说话的人正是花家的当家——花重锦。

花重锦的手中捏着那封信，气势凛然地望着方强，"你几时和古镜城的玉连城结识的？"

方强先跪下磕了三个响头，跪着回话："是我前不久在一个村子遇到两位公子，说是认识古镜城的人，看我还算机灵，说要帮我引荐给古镜城的玉连城。就这么认识了。"

花重锦沉吟道："这古镜城一向在大漠久居，独来独往，为何会与我们攀扯关系？写这拜帖的人是谁？玉连城本人吗？"

他这么一问，倒把方强问住了，他只是奉命来送信，玉连城并没有交代他那么多。只得回答："那两位小公子说，门主去了就知道了。"

"故弄玄虚！"花重锦很不高兴。他身为武林前辈，也是自视甚高，所以对玉连城并没有结交的兴趣。可是那封信的结尾处却写了一句：花家基业百年，世人景仰，如今却值生死存亡之关键，劝君且自珍重。

这话说得诡异，显然另有所指。花重锦将那信纸在手中掂量来掂量去，终于下定决心道："好，就跟你走一趟，看看两个小孩子能闹出什么故事来。"

惊梦　第三十一章

　　今日一早,上官嫣就派人来找玉连城去游湖,因为玉连城已经约了花重锦,所以犹豫着要不要推却。可楚若溪却让她必须去。

　　"昨天出了玉华景的人命案,她必然是约你说这件事的。她对你,似乎比对我少几分戒心,你们俩私下见面也许能聊出一些她当着我面不好开口的事情。花重锦本来就是我要找的,我单独见他就好了。"

　　楚若溪这么一说,玉连城想了想,便同意了。

　　于是玉连城来到湖边的画舫旁,与第一次乘船时的热闹不同,今日船上面很是清静,除去几个护卫和婢女,偌大的船舱中只有上官嫣,再无其他客人。

　　上官嫣正倚靠着船栏,似是在想什么事情。听到她的足音临近,上官嫣转过头来,微微笑道:"你来了。"

　　这一句喊出,恍惚着让玉连城以为眼前看到的是妹妹玉无双。只是和玉无双相比,上官嫣更多了几分神秘和几分阴郁。她走到近前,说道:"是,今天天气这么冷,阁主还要出来游湖吗?"

　　上官嫣娇笑道:"就我们俩在一起,我们就不要再这么生分地称呼彼此了。我叫你一声姐姐,可好?"

　　玉连城虽然早有心理准备,但到底一震,确认是被她识破了。

　　上官嫣自行解释道:"我早就听说玉城主是个很了不起的人物,只是没想到会是个女子。哦,你一定想不到我为何会猜出你的性别。这也简单,就如同你识破我的身份一样,女人本身是有一种很神奇的直觉的,对不对?我虽然看不见,但那楚若溪和你说话的每一句语气我都听得真真切切,那不是一般的朋友该有的语气,那是只有对情人才会用的口吻,太甜蜜,太宠溺,他一定爱你爱到无以复加的地步了。"

　　这最后一句,又是艳羡又是叹息般地说出,玉连城并没有接话,上官嫣似乎也没有非要等到她的答案。"而且,我和你在一起,就有一种油然而生的亲切感,这种感觉我已经很多年不曾有过了。我小时候,曾经有一个比我年长五岁的姐姐,对我很是照顾。可惜她后来因病去世了,我一遇到你,就觉得好像姐姐又回来了似的。所以我曾问你,愿不愿意认我做妹妹。"

　　她说得很动情,一双手在空中伸出,向着玉连城的方向,祈求般地张开。

　　玉连城轻声道:"我也有个妹妹,自幼体弱多病,像你这般年纪,我自认虽不算是个好姐姐,但总不会让妹妹受人欺负。你好歹是一阁之主,不知道我若认你,是不是倒显得是我在危难关头高攀了。"

　　"怎么会?"上官嫣急切切地抱住她,"姐姐,我能认你做姐姐是我今生的福气

啊,日后谁若是敢欺负姐姐,我是绝不会放过他的!"

"那……"玉连城思忖一瞬,"妹妹若不嫌弃,从今日起,你我便祸福与共,生死相扶了!"

上官嫣粲然一笑,摸到桌边,抓起桌上的酒壶,为两个人倒了一杯酒,"好!你我今日义结金兰,不求同年同月同日生,但求同年同月同日死!祸福与共,生死相扶!"

两个人共饮下这杯酒,结成金兰。

上官嫣这才说道:"昨晚让姐姐受惊了吧?怪妹妹做事不周,没想到那家伙临死前会跑去骚扰姐姐。"

玉连城也没想到她会这么痛快地就承认玉华景之死与她有关,她淡淡地说道:"倒也没什么,这家伙死有余辜。"

"哦?他果然是姐姐的死敌吗?"上官嫣神色愤愤地说,"这家伙一跑来,就大呼小叫地要我把姐姐交给他。看起来就不是个好东西,我怎么可能答应?但他竟然敢威胁我。哼,我上官嫣是怕人威胁的吗?这守言阁中,三教九流什么人我没见过?一个小小的钱庄庄主,不过仗着有几个臭钱而已,都敢在我面前耀武扬威的。既然他是姐姐的死对头,我就帮姐姐处置了这个家伙,以绝后患。"

玉连城的音色中露出几分笑意:"妹妹做得好,这家伙从古镜城开始就找我的麻烦,为了夺取古镜城的继承权,不惜在全城百姓的饮用水源中下毒,害我们不得不举城搬迁,然后又一路追到京城去,几乎要了我的性命。若不是念在我们也算是同宗手足,父亲留言要我多顾及这血脉亲情,我早就把他拿下了,何至于一路躲到这里来?"

"姐姐就是太心慈手软了。"上官嫣撇撇嘴,"对恶人有什么善行好讲?姐姐步步退让,人家就得寸进尺,我做人的原则向来是人若犯我,我必诛之!姐姐好歹是一城之主,怎么这点魄力都没有?"

玉连城苦笑道:"这就是我最佩服你的地方了。或许是因为这个人毕竟是我的亲戚,若是有你的亲人也这样对你,你都能狠得下心吗?"

"当然。"上官嫣斩钉截铁地回答,"倘若有人侵犯了我的利益,或者伤害我喜欢的人,不管他是谁,我都饶不了他!"

那坚定的语气中,毫不掩饰的杀气,与她娇美的容貌形成鲜明的对比,玉连城望着她这张脸,缓缓说道:"既然如此,做姐姐的想问妹妹一句真心话,妹妹可愿意说?"

"姐姐请说。"

"妹妹和庄家,到底是什么关系?"

上官嫣的柳眉一蹙,旋即又舒展开来,握着玉连城的手在顷刻间先是紧握,而后松开。

"庄家……"她吟咏着这个名号,声音中似有笑意,更多的是寒冷。这两个字对于她来说,仿佛可以回味无穷,却难以一语说清。

花重锦来到吟枫轩中,楚若溪含笑迎出,双手抱拳:"花门主,久仰大名!在下前几年曾经和方元盛喝过酒,听他评说,当今天下若论刀法,花家刀法可列头名!只可惜一直无缘结交,今日得见花门主风采,是晚辈三生有幸!"

楚若溪口中所说的"方元盛"是武林上很有名的一号人物,此人武功只是二三流,但是评点武功却是一流行家,任何门派的武功都很是通晓,评点之时极为公允,令人信服。前几年他甚至写过一本昊夜江湖谱排名,经他评点过的人物无一不是身价倍增。各门各派都对这个人的评价很是看重。

听楚若溪说方元盛将自己家排在刀法门派第一位,花重锦一脸的严肃也立刻放了下来,呵呵笑道:"这怎么敢当,天下门派这么多,人之一生能见多少?"

楚若溪连忙又说道:"花家之所以位列头名,不只是刀法精湛,还有门风严谨,谦虚谨慎,晚辈真的很是仰慕,门主请里面坐,我略备薄酒,待与门主同醉一场。"

花重锦就这样高高兴兴地被楚若溪请进屋内,只是他还不清楚楚若溪到底是谁。待两边坐定后,他才顾上询问:"小兄弟怎么称呼?难道姓玉?"

楚若溪笑道:"在下只是玉城主门下之人。玉城主本要当面拜见老门主的,不想此地出了人命,言守阁阁主找我家城主商议此事,所以城主临时走开。临走前千叮咛万嘱咐,要我一定招待好门主,也请门主见谅。"

"出了人命?"花重锦呵呵一笑,"谁敢在言守阁闹事?若真出了人命,也是言守阁自己能办得了的案子,玉城主不必太操心。"

"关于言守阁,老门主似是很了解内情啊。"

花重锦哼一声:"这里能有什么内情,尽人皆知而已。"

听他有口风透露之意,楚若溪连忙补上话:"言守阁以一方风水之地,敛八方不义之财,这当然是尽人皆知的事情了。只是花家本是此地豪杰,被这外来人夺了领袖之风,未免……"

花重锦看他一眼,"小兄弟是想来挑拨我们花家和言守阁的关系吗?那还是不要想了吧。这言守阁背后之人与花家也算是有些关系的,我们不是得罪不起,而是没必要自相残杀。"

楚若溪笑道:"我哪里敢挑拨。门主所说的'关系',我也是略知一二的。花家这些年虽然身在江湖,但心系朝廷。皇后身边最可信的贴身侍卫多是花家人,而这言守阁是庄家的后方财库,当然与花家也算是殊途同归,共侍一主了。"

花重锦有些诧异地看着他："你怎么会知道……"花家为皇后庄尔雅派遣贴身侍卫之事本是极为隐秘的，一是因为此事是花家的高度机密，动辄关乎花家荣辱，皇后贴身侍卫的差事本应该由皇宫中的近侍担当，但几年前皇帝楚若涛秘密派人与花家接洽，希望花家能有人入宫护卫皇后以及太子的安全。这对于花家来说是一个难得的机会，可以光宗耀祖，名垂青史。所以斟酌之后，花重锦答应了。但也为了避免天下有大变之时，花家遭受牵连，所以他做得很是谨慎，连花家门下的弟子，都没有几个知道这个秘密。

二来，花家是江湖门派，正是处江湖之远，心高气傲的那一种，也怕门下之人入宫给皇家做内侍，会在一些武林同道中人眼中失了风骨，故而也不愿意宣扬。

所以当楚若溪当面说破这件事时，花重锦心头一紧，赫然意识到眼前这位看起来笑意盈盈的俊秀年轻人果然大有来头。

楚若溪笑得依旧灿烂，"老门主不用惊诧我是怎么知道这件事的，实话实说，花家之所以会有入宫侍奉御前的机会，与在下也有些关系。"

"你？"花重锦被他说得更糊涂了。

"因为是我向陛下，不……"楚若溪的声音一沉，"是先帝，是我向先帝举荐的花家。"

"你？"花重锦情不自禁地站了起来，"你到底是谁？若是妄说谎言，我花家可是容不得人这般欺哄的！"

楚若溪挺起脊背，伸出左手，在那手上有一道明晃晃金灿灿的巴掌大的令牌，上面刻着"如朕御临"四个字。"花门主，不知道您可见过这个东西？"

楚若溪的一句话，一道金牌，让花重锦惊吓不轻，倏然跪倒，对那金牌叩首，口中说道："花重锦在此，吾皇万岁万万岁！"

楚若溪抬手扶起他，笑道："门主不必如此大礼。先帝去世，这道金牌在我手中，如今拿出，并非要恫吓门主，而是有天大的事情，要与门主商议。"

花重锦站起身，手掌还微微颤抖。当年花重锦被秘密召入宫中时，楚若涛曾经亲自给他看过这块令牌，交代他："日后若有人手持这金牌见你，必是天摇地撼之时。持此金牌者，是朕之特使，见之犹如见朕。盼卿届时能鼎力相助，为江山力挽狂澜！"

当时楚若涛说得很郑重其事，但花重锦以为这只是帝王为了自己的江山稳固未雨绸缪罢了。太平盛世，四海清平，哪里需要他一个江湖门派来"力挽狂澜"？

但是当今天楚若溪手持金牌出现在他面前时，他终于相信当日楚若涛的话并非一时戏语。

"那么，阁下是陛下的特使？"花重锦谨慎地询问，言语间已经换了对楚若溪的称呼。

楚若溪点点头:"我只想代先帝问门主一句话。"

"请讲。"

"门主是效忠先帝,还是效忠庄家?"

花重锦双眸圆睁:"自然是先帝!"

"纵然先帝如今已然仙逝,幼主尚未登基,门主依然愿意恪守当年在先帝驾前发下的洪誓吗?"

"当然!君子一诺,值千金!"花重锦回答得斩钉截铁。

楚若溪感慨地点点头:"先帝若听到门主之言,必然欣慰自己没有看走眼。"

"如今……是庄家终于要造反了吗?"花重锦压低声音询问。

楚若溪望着他:"怎么?老门主莫非慧眼独具,早已看出庄家的狼子野心了?"

花重锦寂然良久,缓缓说道:"庄家修建的这座言守阁,乃是昊夜最穷极奢华之地,此地不管是为了销金囤财,还是另有目的,恕我直言,都不是任何一个皇帝眼中容得下的。我不知道为何陛下一直对此地坐视不管,庄家如今财势渐盛,早已不把任何人放在眼里了。他日若想铤而走险,夺取天下,也并非不可能之事。"

楚若溪轻叹道:"陛下其实早已对此地有所察觉,但无奈大半江山都在庄家操控之下,陛下早已力不从心,为防江山有变,才一味忍让至今。但正如门主所言,如今是养虎为患,患及耳畔,再忍,是忍不下去了。只是庄尔铭既然已经盘踞此地数年,不知道是否也对门主有些怀柔拉拢之计,或者,要挟恫吓?"

花重锦答道:"言守阁的主事之人很是神秘,每年逢年过节之时倒是都派人给花家送些节礼,但都被我婉言谢绝了。而我早已明令门下弟子不得到言守阁中狎戏玩赌,与他们应该说是井水不犯河水吧。"

"老门主这般恪守操守,真是清者自清,为人楷模。"楚若溪少不得又对花重锦一番吹捧。听花重锦所言,显然他和上官嫣并无私交,甚至与庄尔铭也没什么私下来往,那就让他放心多了。

花重锦说到这里,也知道楚若溪找他来必然有极为重要的事情要和他谈,既然他手中握有皇帝的特使金令,自然花家上下都要供其驱遣。只是楚若溪刚才所说的那一句"是我向先帝举荐的花家"似乎另有玄机。

难道只因为听到方元盛说花家刀法精妙,于是就将这么大的责任交给花家了吗?

楚若溪看出他的眼神背后另有深意,便笑道:"实不相瞒,我是灵玄子的徒弟。"

提到灵玄子这个异人,花重锦方恍然大悟。灵玄子是江湖上少见的奇人,精通奇门遁甲,易容机关,和花重锦是很好的朋友。两个人都有个共同的爱好,就是——吃。每

年春天，河开鱼肥时，两个人要都要约在枫江楼大吃一顿。

"你是若溪吧？"花重锦听过灵玄子提到自己有个徒弟，只说他的名字叫"若溪"，花重锦一直以为是个女子，没想到是个俊俏公子。

楚若溪笑着再拱手："是我。没想到师父和您提过我的名字。师父曾说花门主是江湖上难得的有情有义之人，做事果断，是非分明，眼中容不得半点沙子。所以当陛下说想从江湖上找一个可靠之人做皇后与太子的贴身近侍，以防内宫生变时，我先想到的就是花家。"

花重锦长吸一口气，"原来如此，此事困扰我多年，当年也不好向陛下询问。只是小兄弟你实在是胆子太大，这么重要的事情，也不能全凭外人一语评价。"

"门主还记得我师父当年在枫江楼上因为吃霸王餐和人打斗，结果被官府捉拿的糗事吧？"

"当然，当初我晚到一步，没想到他就出了这样的事，事后我还带人去找官府商量放人之事，不过他命好，据说遇到了什么贵人，在我去救他之前就把他放了。"

楚若溪再笑道："那个'贵人'就是我。门主愿意为了一位饕餮老友，不惜奔走周旋，解救脱困，这件事还不足以印证门主的人品吗？所以我心中认为真是再无第二人选可以与门主相比了。如今，昊夜即将遭逢浩劫，朝中大权被庄尔铭把持，太子若想顺利登基，都是难事。"

"也不至于到这么严重的地步吧？"花重锦小声说道，"朝中毕竟还有老臣，还有先帝其他可信的旧部。对了，还有袁飞傲袁将军、先帝的弟弟荣王……"

"门主……"楚若溪打断他的话，苦笑道，"门主知道我的名字，却不曾问我姓什么。"

"是啊，那，阁下尊姓是……"

"楚。"

花重锦猛地一激灵，"楚？楚……若溪……您就是荣王？"

楚若溪叹口气："什么王，如今也不过是被个外臣追得犹如丧家之犬的倒霉蛋罢了。"

花重锦吃惊不小，怎么也没想到荣王竟然会亲自出现在自己面前，而楚若溪自曝真实身份同时也意味着一件事：朝廷的局势已经严重到刻不容缓的地步了。

"那，荣王需要我们花家做什么？"既然已经确定了楚若溪的身份，花重锦就更没有顾虑了。他是个一诺千金的人，当年入宫，本是浑浑噩噩，不明白皇帝为何秘密召见他。楚若涛将江山大事托付给他时，他也以为那不过是皇帝帝王之术中的一个小小策略。

但是，现在……

"门主暂时可以放心，若需金戈铁马，战场厮杀，并非我小瞧花家，楚氏江山的胜负，总不能指望花家上下百余口的血肉之躯来抵挡。其实我今日请门主到此，要求门主做的事情很简单——帮我盯住此地，盯住言守阁，盯住言守阁的阁主：上官嫣！"

花重锦挺起胸膛，双眸炯炯有神，"荣王是在和我说客气话吗？荣王既知我是个重信重诺之人，此事又关乎江山社稷，花家上下所有人只要荣王一句话，都可以供君差遣！"

楚若溪紧紧握住花重锦的双臂，"有门主一句话，我还有什么可忧虑的？可惜我年轻，师父灵玄子是您的同辈，否则我真想和门主拜个把子了。"

花重锦呵呵笑道："王爷真是拿我打趣了。我这等江湖中人，可不敢与王爷称兄道弟。王爷刚才所说的上官嫣……原来言守阁的阁主是个女人？"

"门主竟然也没有见过她？她是个盲人，但身上可能也有功夫，在这里一直深藏不露，见过她，并知道她真实身份的人应该不多。"

花重锦想了想："好，荣王交给我的这项任务并不算难，我从今日起就叫门人日夜守在所有言守阁的出口，严密监视此地动向。"

"还需做得不露声色为好。另外，据说皇后和太子现在被庄尔铭软禁在皇陵中了，这件事门主是否有所耳闻？"

"前两日刚刚接到门人密报。但因为先帝驾崩，皇后保持沉默，我还不知道该做什么，只得让他们按兵不动，只是保护皇后和太子安全，一切饮食起居加倍小心。"

"门主做得对。其实这几年，庄尔铭一直企图掌控后宫中的一切。花家的加入他应该早已知道，先帝去世，他肯定不会对花家太过忌惮。门主也一定要告诫手下，没有发生大事之前，切勿在庄尔铭面前太过骄横，无端生事。"

"自然。"

两个人又说了一会儿话，秘密商议定妥了一些事情之后，花重锦才告辞离开。

到了晚间，玉连城从外面回来，看起来心事重重，楚若溪却春风满面，招呼她吃晚饭。还体贴地问："坐了一天的船，晕不晕？我怕你胃口不好，就吩咐这里的厨子做了几道清淡小菜和小米粥，不知道你吃不吃得惯。"

玉连城看着他："看来你今天和花重锦谈得很好。"

"那是当然。"楚若溪舀起一勺粥递到她嘴边，她摇摇头，楚若溪就自己吃下去。"花重锦这个人是师父向我推荐的，他力荐之人我是信得过的。"

"那他肯站在我这边了？"

"当然。"楚若溪再度肯定地说,"皇兄当初以金令向他提过要求,持金令者便是皇兄的特使,他见到金令岂有不从的?更何况,我连我的真实身份都告诉他了。"

"你说了?不怕惹出麻烦?"玉连城眉心一皱。

楚若溪笑道:"其实也没什么可瞒的,除了方强那几个人浑浑噩噩还搞不明白,你想想,上官嫣一早就识破咱们了吧?庄尔铭也知道咱们到这儿来了,你还想瞒谁?我现在就盼着袁飞傲快点来,再和他联络上,咱们就稳操胜券了。"

"看你颇有些三国周瑜的架势。谈笑间,樯橹灰飞烟灭啊……可是世上之事,不如意十之八九,哪有你说的这么简单?"玉连城的眉心依旧没有舒展。

楚若溪又看她一眼,"你今天好像不顺利。怎么,上官嫣给你脸色看了?"

"没有。"玉连城摇摇头,"她和我义结金兰了。"

楚若溪一口菜没有夹到嘴边就掉下去了,"啊?我没有听错吧?她……"

看他嘴角的笑容都快扯到耳根子后面了,玉连城淡淡道:"你也别以为这是多好的事情,更不要指望我们口头上一句姐姐妹妹能帮到你多少。你可知道她和庄尔铭的关系,远比我们想的要深厚,你就算是用尽三十六计,也离间不了他们的关系。"

"为何?"

"因为……上官嫣其实是庄尔铭的未婚妻。"

上官嫣也在吃饭。今天的食物端上来后,她有些心不在焉地坐了一会儿,才去伸手拿筷子。她身边的丫鬟都是服侍她很多年的人,对于她的饮食起居各种细节习惯早已了然于胸。所以每次只要她抬手,碰到的必然是饭碗和筷子该在的位置。但此刻她碰到的只是一个盘子边儿。

她立刻皱起眉头,刚要发作,紫云在旁边小声说道:"阁主,这里放的是薄饼。"

"饼?我不是说今晚我要吃芙蓉鱼片吗?要饼来做什么?"

"薄饼当然是用来卷鸭肉的。"一个清冽的嗓音出现在她对面,让她瞬时似是被闪电击中了心脏,整个人都僵在那里。

那人走进来,大大咧咧地坐在她身边,"这鸭子是我从京师带来的,现杀现烤,连薄饼用的面都是京师自产的雪花粉。小时候你每次只要吃到这个春水鸭,就赖在餐桌上不肯下来,一个人能吃十几个鸭卷。怎么现在倒一动不动了?"

上官嫣的手指碰到了一个已经卷好的鸭肉卷,就握在对方的手上。

她没有接过,只是低下头,像个羞涩胆怯的小姑娘,轻声说:"你没说你要来。"

"已经一年没有来过了,我知道你心中一定很想我来,也很气我不来,但你知道,国事繁忙,朝务那边,我也实在是脱不开身。"

"我知道。"她幽幽笑着，笑容满是苦涩与无奈，"你一直都是这么忙的。你是这国家里最不可或缺的一个人，无论何时，天下人都是需要你的，非你不可的。只除了一个人——我。"

"你怎么？你不需要我吗？"他握住她的手，握得很紧很紧。

"不是不需要，而是要不起。"她想将手抽回来，却因为他攥得太牢而抽不动。"嫣儿，我千里迢迢赶来，不是为了看你的脸色。你若能看得见，当知我送给你的，比一个皇帝所能给予皇后的还要多。"

"可惜我看不见，所以你的心血都是白费的。"上官嫣冷笑一声，用尽力气抽回手，反身往后走。身后他冲过来，将她一把抱住，"嫣儿……"这魅惑般的声音，夺人心魄，让她的心一下子就软了，连挣扎的力气都没有，心都仿佛是揉碎在他怀抱里的。

许多年前，当她还能看到这个变化万千的世界时，她便牢牢将他的五官印在心里了，即使这么多年再也看不到一丝光亮，她依然命令自己不许忘记他的相貌。

她记得他有一双好看的眼，那样清澈，又那样深邃。很矛盾的词，对吧？却那样真实地体现在一个人的身上。他笑的时候，眉梢、眼角和嘴角都会微微上翘，带着几分坏坏的味道，又让人移不开目光。

他还有一双修长的手，手指如女子一般细白，指尖处微尖，看不到一般男子那凸起的大骨节，好看得让她总忍不住想偷偷摸一下。

第一次摸到他的手是一次她假装站立不稳撞到他怀里，他伸手扶她，她便迅速碰到他的手。心头小鹿乱撞，怕他看穿她的心思，只是在抬眼间，就见到他的笑容，似是早已洞悉一切。

一眼定千年。

自此，便成了他的人。

纵然经历了沧海桑田，她对他那份炽烈的、义无反顾的爱却从未变过。而他呢……为她修建了这么大一片庄园，将倾国的财富交到她的手上，他的心似是也已告诉她了，可她却越来越不安，越来越看不到未来。

"我听说……最近有许多人登门给你说亲。"她喃喃说出压抑在心底许久的心事。

他的指尖抚摸过她的耳垂，"别瞎想了，我说过，我身边的夫人之位是为你保留的。"顿了一顿，再道："江山和后位，都是你的。"

她用力抱紧他："我不要那些看不到的东西，我只要我能触碰到的。"

江山再壮丽，后冠再华美，对于她来说又有何用？她只要他，要这个可以抱着她，也可以被她全身心拥抱的男人。

第三十一章 惊梦

可是,她现在抱着的,真的还是她深爱的那个男人吗?

到最后,依旧是一片漆黑。

"你特意从京城来这里,绝不是为了给我送只鸭子。"睁大眼睛,她看到的是什么?什么都没有。"你是为了楚若溪和玉连城而来。但是,我要告诉你,我不会帮你杀他们的。"

搂着她腰上的那只手忽然向回一收,"怎么?小兔子要长出尖牙利齿,变成小豹子了吗?"

"玉连城,我今天已经认她做姐姐了,我发了誓,要和她同生共死。"

"为何?"他的声音一沉,"你明知道他们是挡在我面前的最后一道屏障……"

"因为我不想你走得再远,错得再多。"她默默说道,"这些年,我帮你在这里开设赌局,陷害着一个个朝廷大员,搜罗任何可以置他们于死地的罪名,我的两只手甚至不惜为你染上血腥。我累了,纵然看不到他们死在我面前的惨状,午夜梦回,也似是能听到他们在阴间的哭泣,你大概不能懂得我的心情,我现在需要的不是金银珠宝,不是古董字画,这些我看不见,也用不到,我需要的是一个家,温暖的家。"

"我不是告诉过你……"

"你说等大事得成,会和我团聚,会接我回京,会给我一个温暖的家。我等了你五年,我不想等了,这里太孤独寂寞,你听过那句话吗?冠盖满京华,斯人独憔悴。"

他沉默片刻,说道:"玉连城许了你什么了?让你竟然转了性子。"

"江山易改,本性难移,我的性子没有变,只是我对她有一种久违的感觉,好像……她就是我的姐姐……"

"哼,你姐姐早就死了。"

"所以我才迫切地思念她,希望有一天能再遇到一个像姐姐那样给我温暖的人。"

"难道玉连城可以?"

"是的。"

又是一阵静默,然后是呵呵的轻笑声,"你是在这里一个人住得久了,所以心也软了,心眼也盲了。玉连城和楚若溪是一对多么心机狡诈的人,知道你和我关系密切,所以以情动你,可恨的是我们是怎么样的感情,竟然就这样被个外人动摇了?嫣儿,你是不想和我白头到老了吗?"

上官嫣凄然说道:"我怕我等不到白发那一天,铭哥,做皇帝,真的对你那么重要吗?"

"是。"

上官嫣一把揽过他的脖子，"有多重要？重要过我吗？"

"重要到我要你陪着我，看我如何打下万里河山。"

"我看不见！"

"但那种荣光，我只愿意和你分享。"

死寂，又是死寂。

然后，听到上官嫣颤抖的声音："你究竟想要我怎么办？"

他的嘴唇贴着她的耳郭，吹吐着火热的气息："很简单，嫣儿，我可以不要你这位姐姐的命……但是，你不能让她威胁到我。你的梅花针，除了杀人之外，不是还可以做别的吗？"

上官嫣浑身轻颤了一下，音色却凉了下去。"好吧，我会如你所愿，只是记得你答应我的，不杀她。"

"当然。"声音穿过后背，烫印在心脏上。他的热度透过肌肤和骨肉似乎可以直通她的心脏，那里倏然揪紧，疼痛。

夺魄 第三十二章

上官嫣和庄尔铭的关系，楚若溪曾经有过猜测，事实上，能让一个年纪轻轻的姑娘在这么大的庄家产业中坐镇，绝对是庄尔铭最信得过的人，至亲之人。

所以当玉连城说出上官嫣和庄尔铭的关系后，楚若溪虽然有些震动，但也在他的意料之中。

"就算他俩是未婚夫妻关系，但看两人现在聚少离多，只怕已经是貌合神离了。"楚若溪做着判断，"不如今天你再去打探打探，看看有无动摇他们的可能。"

"你要去干什么？"玉连城看他面有兴奋之色。

"我想去阁外转转。玉华景刚死，此地不知道有没有景字号钱庄，必须尽快通知他们已经换了新的东家。"

"言守阁的人会让你自由进出吗？"

楚若溪笑着摇晃着手里的那块玉佩，"你别忘了，凭此玉佩，我可以在言守阁自由行走进出。"

玉连城握住那玉佩，"可上官嫣初识我们就送了这样一份大礼，你不觉得奇怪吗？我看这玉佩你还是不要用了。说不定你不用玉佩还可以自由行走，如果用了，反而惊动他们。"

楚若溪恍然大悟地拍了拍脑门，"还真是！你说得对，那这玉佩我就先放下。言守阁这么大，纵然防守森严，也不见得我就出不去。咱们各自行事，晚上碰了头再说详细。"

他下楼时招呼着方强："你也不必总是在这里闷着，带着兄弟四处玩玩也好，若输了钱，叫他们记在我账上就是了。"

方强不好意思地说："赌博这事儿不是好事儿，我答应过老婆，不敢碰这个东西。"

"大赌败家，小赌怡情。玩两把，只要不把裤子输光也没什么。五万两以内的，我帮你买单就好。"楚若溪笑着拍拍他的肩膀，潇洒地走了。

耀阳城内当然不只有言守阁，也有一家景字号钱庄，只是这一家钱庄并不算大。

当楚若溪走进去，言明要见主事的人时，从里面走出来的是个青年文士模样的人，讶异地看着他："这位公子，不知有何见教？"

楚若溪一语不发，将玉华景的金锁晃了晃，那青年文士登时脸色大变，低头道："请至后院厢房。"

将楚若溪请到后院的一间厢房内，那青年文士躬身行礼："景字号第一百三十八记钱庄掌柜许世友见过大东家。"

楚若溪笑了："你都不问我是谁，就直接叫我大东家？"

"阁下不是玉老板，"青年文士很肯定地说，"但是阁下手握金锁。玉老板早就告知全国三百家分店的主事，若是有朝一日他不能亲自到店议事决断，凡持金锁者，便是新任大东家。"

楚若溪怔住，听这人之言，显然玉华景对自己的身后事早就有了安排。

但是他怎么会知道自己几时要遭遇毒手？

知道他可以把金锁交给一个他信得过的人的手里，代他行使管理金钱王国的权力？

他默默地坐着，那文士躬身问道："不知道大东家到此是为了……"

"哦，想问问柜面上有多少钱。"

"昨日刚刚盘点过，有十几万两银子吧。"

"就这么点？"楚若溪再一次出乎意料。

那人笑道："此地的销金窟是言守阁，言守阁中的客人身上动辄就有十几万两银子，不输光了是出不来的，所以都不会到钱庄借贷，寻常百姓的钱能有多少？日常流水不过千把两而已。"

楚若溪思忖道："怎么？言守阁的客人不会到你们这儿支取银子吗？"

"一般不会，而且钱庄有规矩，若超过三万两的现银支取需要提前三天打招呼，以防柜台被提空。"

"那……言守阁也不会把钱存到你们这儿了吧？"

那人笑道："其实言守阁才是本地的大财主，他们的银子当然是自己保管。只不过……大约每年年末的时候言守阁会派人来钱庄存一笔巨款，然后再从京城的总店将这笔钱提走。"

"哦？为何这样麻烦？"

"因为如果京城有人用这笔巨款的话，言守阁自己没有能力押运这么大一笔钱，又不想惊动其他江湖中人来保镖，所以将银子存到景字号。景字号的分店遍布全国，由景字号将这笔钱支给需要用钱的人，时间快的话，两三天就可以完成，比镖局押运银子都要快。"

"那，是谁在京师提走这笔银子的？"

"这个……就不清楚了。"

楚若溪想了想，微微一笑，自言自语："其实我也猜得出来。"

言守阁赚的银子，动用景字号钱庄，千里迢迢瞬间转汇支取，而京师中能动用这样人力物力，需要动用这么大一笔银子的人，除了庄家，还能有谁？

　　从景字号出来,楚若溪又印证了心中的一个猜测,对于庄家来说,言守阁所赚的银子已经足够庄家的开销,景字号对于庄家的意义更多的是用来转运那些巨额财富。

　　除掉玉华景,可以让庄尔铭完全坐拥两边的巨额财富,自己办事儿也更加顺手顺脚了。

　　站在路边,他思虑着下一步该做什么,忽然看到一乘马车由远及近,跟随在马车旁边的马匹上高大的熟悉身影,让他又惊喜又难免有几分尴尬,刚想找个地方先躲一躲,不想对方一眼看到他,大喊一声:"荣王!你站住!"

　　旋即,虎虎生威的两道拳风扑面而来,差点将他逼得摔倒。

　　"袁飞傲,你好大胆子,敢冲撞皇亲国戚!"楚若溪也喊了一声,一脚退到墙边时身形如蝴蝶翩然翻转,飞掠到他身后的马车上,"你信不信我对你这马车里的人不利?"

　　"你敢?"袁飞傲怒喝一声,刚要再打,马车内的人娇笑出声:"荣王当然不会对我不利。否则他会被我姐姐狠狠修理的。"随着笑声,马车门被人从里面拉开,在里面端然稳坐的那位绝色佳人,不是玉无双还能是谁?

　　楚若溪笑道:"是啊,得罪了袁将军我不怕,但是若是让城城知道我欺负她妹妹,她必然要和我翻脸。"

　　玉无双的脸色微红,继而说道:"荣王,你好歹也是要做我姐夫的人,庄重些吧。"

　　两个人相对而笑,袁飞傲的拳头也不好再打下去了,但他冷着脸说道:"荣王,为何要谋逆叛变出京?连陛下过世,入殓皇陵都不见你出席!"

　　楚若溪神色一凛,"谋逆叛变?哼,这是庄尔铭告诉你的吧?"

　　"难道你要否认?"袁飞傲把眼一瞪。

　　"在你心中,庄尔铭必然是个大好人,我说什么你也不信,随你的便吧。可你千里迢迢带着如花美眷跑到这里来,难道是为了追捕我?"

　　"不错!"袁飞傲一本正经,"我要抓你回京,和庄尔铭当面对质。你们两个都自以为是聪明人,真相如何,对质之后自有公论。"

　　楚若溪哈哈笑道:"你知道我们俩都是聪明人,还要我们对质?我们说出的话里十句中有几句是你信的?别闹了,袁将军,你若是为了追捕我,何必带着玉无双这个娇滴滴的大姑娘。此地有龙潭虎穴,你倒不怕伤了她,后悔终生?"

　　袁飞傲哼了一声:"你人不在京城,耳朵还伸得挺长。"

"袁将军大喜之事,纵然远隔千里,也是要刮到我耳朵里的。更何况此事还涉及城城的妹妹。"

楚若溪对着玉无双温柔笑道:"你姐姐担心你好久了。若不是因为我这边一直有事把她拖累牵绊,她早就要去找你了。只是你们俩一片苦心兜兜转转,你到底还是跟了他……"

玉无双急急打断他:"我姐姐人呢?"

楚若溪猜她可能至今都没有和袁飞傲说起自己与他本有婚约之事,便一笑改了口:"在言守阁里呢,她若知道你来了,还不得欣喜若狂地飞奔出来找你!"

"言守阁?"袁飞傲对言守阁也早有耳闻,"你们两个很能躲啊,躲到那个大赌坊去,哼哼……"

"你哼什么?"楚若溪白他一眼,"我们是去查案的,你以为傻乎乎地坐在京城里,听着庄尔铭的胡编乱造,就能知道事情的真相?你可知言守阁是什么地方?它背后的老板是谁?"

袁飞傲扬起眉毛:"你肯定要说言守阁的背后老板是庄尔铭吧?你们两个人就会背着对方说三道四,有种当面锣对面鼓,看看到底是谁不要脸,一个谎话接一个谎话,信口开河,瞒天过海。"

楚若溪笑道:"真是士别三日,当刮目相看啊。我记得以前袁将军就是个粗人,成语都不知道,这一句话里倒说了三个成语。这是因为无双姑娘御夫有道吗?"

玉无双顿足道:"越说越没正形了。看我见到姐姐怎么说你!"

楚若溪道:"你要见她说容易也容易,说不容易也不容易。请问二位这次来,带了多少银两?"

袁飞傲冷冷道:"怎么?妹妹见姐姐,还要付银子吗?"

"只怕……是的。"楚若溪促狭地笑,"而且这银子还不少,至少要两万两。"

"什么?"袁飞傲几乎蹦起来,伸手又去抓他的衣领,"你好好的王爷不做,不造反就是要做强盗啊?"

楚若溪一边轻身闪躲,一边解释道:"将军且慢动手,不是我要做强盗,而是这言守阁的入门费就是这么定的,按人头算钱,一人一万两。"

袁飞傲一听,立刻火冒三丈——"这还是不是太平天下?居然有人这么胆大妄为,敢在陛下眼皮底下赚这种昧心钱?"

楚若溪说道:"现在你也知道庄家在赚昧心钱了?"

"你说庄家就庄家?他们承认了?"袁飞傲还是不愿听他一面之词。

楚若溪并不着急，他问玉无双："玉姑娘怎么看？"

玉无双沉吟片刻道："若此事属实，庄家难逃干系。"

袁飞傲不愿意附和楚若溪的话，不高兴地说："你别因为他和你姐姐相好，就胳膊肘往外拐。"

玉无双笑道："他若真做了我姐夫，这就不是胳膊肘往外拐，而是往内拐了。你别瞪眼，我对事不对人。你想啊，庄尔铭是当朝丞相，总揽全国政经大事，国中有这么一个销金如粪土的地方，他岂能不知？他既知道，却并未取缔，若非从中可谋得好处，我绝不信他袖手旁观是为了不挡人财路。"

她几句话说得掷地有声，袁飞傲虽然不愿意认可，却也只是喔嚅几下，就沉默了。

楚若溪见他沉默，便说道："无论我说什么，袁将军都不信。俗语说，不入虎穴，焉得虎子，袁将军跟我进去看看不就知道了？"

袁飞傲怒道："我又不是贪官，你以为像你似的？挂着个王爷的头衔搜刮民脂民膏！"

楚若溪笑道："将军就说囊中羞涩不就好了，为何又借此骂我？我生来是皇子难道就有罪了？若非为了昊夜苍生，我为何要到这里，让自己置身险境？"

玉无双拦住两个斗嘴不停的人，"现在你们在这里斗嘴就是浪费时间，你们不急，我还要见姐姐去呢。"

她的话终于让两个人暂时停了口，放下政见，正视现实。

玉无双对楚若溪微笑道："我知道荣王必然有钱有本事弄我们进去，而我也知道飞傲肯定不愿意领王爷这个人情。不如这样，我从古镜城出来的时候，身上本来是带着银子的，可惜没有带来，就当我先向王爷借这两万两的入门费，等我们有朝一日回京的时候，自会还上这钱。看在我的面子上，相信王爷不会不借这笔钱的。"

楚若溪笑道："纵然你不说借，我就是白送也要送这个红包。当然……"他又看了一眼袁飞傲，"你说的也对，袁将军是个最讲究骨气的人，好，我就先借你这两万，其实也不用说借，就当是我给你们玉家下的聘礼，你替你姐姐收着就好了。"

玉无双笑道："我姐姐是何等人物？两万两的聘礼王爷好意思拿得出手吗？且不说不配我们玉家，也配不上王爷这等尊贵身份吧？"

三个人一边说着、笑着、斗着嘴，反身回到言守阁。楚若溪说他们是自己的朋友，言守阁认钱为上，楚若溪只要交了保银，也不会盘问太多，就放他们进去了。

"我们如今就住在吟枫轩，你们既然来了，也和我们住一起最好。无双和城城这对姐妹花肯定是不能分开的，还不知道有多少知心话要说，就趁机让她们说个够好

了。"楚若溪冲袁飞傲眨眨眼,"至于袁将军,您肯定是要盯着我的,那就跟在我身边。"

玉无双不容袁飞傲反对,立刻说道:"好啊!就这么定了吧!"

袁飞傲哼了一声,紧紧拉住她的手。

走到吟枫轩门前,正见方强和两个兄弟从外面回来,一眼看到他们这几个人,尤其是玉无双,那三个男人都看呆了。

楚若溪笑着打招呼:"怎样?出去试了试手气?"

"哪儿敢啊,那里下注动辄要一百两银子,我们也只是四处转转看看罢了。"方强笑着回答,眼神中充满好奇。

显然袁飞傲的冷峻气势,一身的武风凛然更吸引他的目光。

楚若溪也不介绍,就领着玉无双和袁飞傲进楼,喊了一声:"城城,看谁来了?"

但过了半晌,楼内也没有回应。

"大概是去找上官嫣了。"楚若溪回头对两人道,"不如你们先在这里等一会儿吧。"

"上官嫣是谁?"玉无双问。

楚若溪答道:"她是这里的阁主。哦,这也算是个秘密,一般人并不知道。"他看了眼袁飞傲,"据说……她还是庄尔铭的女人。"

袁飞傲又哼了一声。

楚若溪说道:"袁将军无法证实又不愿提前承认的事就只能哼一声吗?你也可以当面去质询,她是亲口向城城承认的,并非我无端臆断,信口开河。"

他对方强吩咐道:"麻烦去趟听月楼,和阁主说一声,我这边有朋友过来,让宋城公子回来。"

方强走后,三人在楼中坐了一会儿,楚若溪询问玉无双近日的状况,玉无双只温柔看着袁飞傲,楚若溪便都明白了。

玉无双问楚若溪近况,楚若溪也故作神秘状地笑,玉无双便也明白了。

等了片刻,方强气喘吁吁地回来说:"听月楼说,宋城公子并没有去那里。"

"没去?"楚若溪讶异道,"是说今天没去过,还是去过已经走了?"

"说是今天没有去过。"

"那她能去哪儿?"楚若溪起身对玉无双说道,"这里地方很大,保不齐你姐姐去四处闲逛了。她也不知道我今天会遇到你,那我就先去找找她,你稍等我一会儿。"说

着又冲袁飞傲做了个鬼脸:"袁将军要不要跟着我啊?"

袁飞傲摇摇头:"谅你也耍不出什么手段来。"

楚若溪笑笑,心里挂念着玉连城,就先跑出门去找人。可是他找了一圈,也没看到玉连城。

因为他最近和上官嫣走得很近,所以阁内的许多人也都对他礼敬有加,他挨个儿问了一遍,竟然都说没有见过玉连城。

渐渐地,他开始正视这件事的严重性。难道是玉连城有事外出?

可也不该不和他打声招呼吧?

问遍了守门人,都说没有见过玉连城出去。

无奈,他返回吟枫轩里,玉无双还在热切地等待,见他垂头丧气地回来,便知道了:"没找到姐姐?"

"也许她就是出去转转……"楚若溪虽然这样说,但是口气并不坚定。阁内没有人见过她,又说没有见她出去,难道她能凭空蒸发了吗?"再等等吧。"

这样一等就等到天黑,依然不见玉连城。

楚若溪丢下玉无双满是焦虑的目光,也不再和袁飞傲斗嘴,回到两个人住过的房间,一个人安静地坐下,努力平抑心头越来越严重的忧虑和恐慌。

若玉连城不是自行离开,而是被人掳劫呢?

虽然他知道以玉连城的武功,一般人奈何不了她,但这里毕竟是言守阁,是上官嫣的地盘,若上官嫣要翻脸做出什么事情,恰逢他不在,方强也不在,岂不是白白给了对方乘虚而入的机会?

他猛地一掌扫落桌上的茶杯,茶杯跌在地板上,摔了个粉碎,房门被人推开,玉无双站在门口,静静地问:"姐姐是不是失踪了?"

他强笑道:"不至于,她……"

"她以前曾经这样不打招呼就消失好几个时辰吗?"

"没有。"

"她之前曾有奇特的举止表明她会离开吗?"

"……没有。"

"那她,就是被人劫走了。"玉无双斩钉截铁地说,神情凝重,但并不慌乱,显然她刚才已经深思熟虑过这个可能以及后果。

"荣王,你不要一个人坐在这里发愣,这里既然是言守阁的地盘,言守阁该为大家的安全负责,为何不亲自去问问上官嫣?"

"因为若她真的是被人劫走而失踪,我担心上官嫣是幕后黑手……不,应该说,只有可能是上官嫣做的。"楚若溪一拍桌子,跃身而起,"我只能去找上官嫣要人了。"

玉无双拉住他:"少安毋躁,你直接去要,上官嫣必然不认,今天她不是已经否认过一次了?"

袁飞傲站在门外,不悦地将玉无双拉开,"我以为荣王是聪明人,关键时刻也会自乱阵脚。玉连城只是失踪,又不是见到尸体,可见人是没事儿的。"

这一句话却激怒了楚若溪,他猛地冲到袁飞傲面前,一把揪住他的衣领,怒喝道:"不是你的女人,你是不在乎的,什么叫'又不是见到尸体'?说得这么轻巧!别忘了她是你未来妻子的姐姐!"

袁飞傲把眼一瞪,"是你的女人,你倒是看住了啊,丢了人和我发什么脾气?"

玉无双忍无可忍,将两个人分开,"你们两个男人真是厉害啊!大事当前,我以为你们也算是一代俊杰,竟然还在这里逗口舌之快!荣王,当务之急你要冷静下来,有我和袁将军在此,也总好过你一个人面对。你想想看,需要我们做什么?"

楚若溪瞪着袁飞傲:"袁将军是来帮我的吗?只怕是来给我拖后腿的吧?"

"你不要再怀疑我们的心意。"玉无双瞪着袁飞傲,"事到如今,你还不愿意和他推心置腹地说出真情吗?"

袁飞傲依旧是哼了一声,"要说你说!"然后甩手下楼去了。

玉无双叹口气,"他平日在朝中被你坑害的次数不少,所以成见很深,你别介意。"

楚若溪急问道:"你刚才说的'真情'是……"

"陛下去世前,飞傲就在陛下身边,听到陛下临终遗言,'信荣王,除奸党,耀阳、庄家'这几个字。所以……他心中其实对你已经消除了很多怀疑。我们这么远赶过来,也是为了助你一臂之力。"

楚若溪忽然沉默。他没有想到皇兄会在临终前将这么重要的信息透露给袁飞傲,可见在皇兄心中,在昊夜生死存亡关头,唯一可信的人除了他,还有袁飞傲。

他自己也是信任袁飞傲的人品的,满朝文武中,也只有袁飞傲的忠诚不掺杂任何私欲和杂质,平日里在朝堂上斗嘴也好,或者暗中使绊儿打发袁飞傲离京剿匪也罢,不过都是他的一时娱兴玩闹之心。

再加上他骨子里也是个心高气傲的人,既然文武百官里,只有袁飞傲一个人敢对他横挑鼻子竖挑眼,那他便要逗一逗这个愣头青。

之前在潜龙寺,七皇爷也提醒过他,那个可以和他携手抗敌的只能是袁飞傲。但千

言万语也好,千思万想也罢,都抵不过玉无双带来的这句话惊人。

喉头哽咽了一下,他仰起头,沉默好一阵,才又开口:"你们离开京城的时候,庄尔铭怎么说的?"

"关于庄尔铭,我是站在你这边的。"玉无双将自己在京中与庄尔铭的所交所感详细叙述给他听,然后说道,"这样处心积虑算计我和飞傲,企图离间我们的感情,可见这人之阴险歹毒,心机深沉。"

楚若溪握紧拳头,"好无双!真不愧是你们玉家的女子!你姐姐都不见得有你这样慧黠!"

玉无双苦笑道:"真不知道你这样赞我,我是不是该高兴。但是你真的可以放心,飞傲绝对是来帮你的。陛下临终遗言虽然没有说清让他来这里干什么,但是和你的话相照映后,他必然也明白了,只是嘴上要强,不愿意承认而已。"

"既然如此,好吧,我也说说我的心里话。这言守阁显然是庄尔铭的后方大本营,除了为他敛得巨额财富之外,还帮他搜罗了朝廷各位大员的罪证,使得朝堂上的文武百官都不得不遵从他的指令行事。"

玉无双哼了声,道:"果然这个人的城府比我们想的还要深。所以,他安排筹划这一切绝不仅仅是为了独揽大权……"

"对……还为了改朝换代。"楚若溪的神色更加凝重。

为了改朝换代,历朝历代多少人用尽计谋,不惜以牺牲千万人的生命,来谋得一己之私。

这样的人,可以狠毒,可以残忍,可以杀人如麻,可以做尽世间任何令人想都不敢想的事情。

若玉连城落在这种人手里,会是什么后果?

他的手已经开始微微颤抖起来。

玉无双看出他内心的焦虑和恐惧,柔声道:"你先不要想得太多,他们若是只为了杀姐姐,便不会让人失踪,显然他们是要让姐姐作为可以和你谈判的筹码。所以,我们是不是应该按兵不动……"

"不!"楚若溪昂首道,"从来到这里时,我已经按兵不动很久了,事实上我一直在和对方周旋,我们彼此都知道对方的底细,只是还没有到撕破脸的地步。可现在玉连城丢了,我就没办法再和对方装这谦谦君子风度了。"

他走下楼去,看袁飞傲端然稳坐在桌边,扬声说道:"袁将军,你手下可以调动多少兵马?"

袁飞傲瞥了他一眼，说："你是让我现在就调兵夷平言守阁吗？告诉你，那是不可能的。"

楚若溪深吸一口气，袁飞傲那冷冷的态度倒并没有激怒他，而是让他骤然安静下来，站在原地默默思虑良久后，认认真真地看着他："我要去找上官嫣要人，不如你先带着无双离开，景字号钱庄的人算是我们自己人……"他将金锁递过去，"你持金锁去见，那掌柜的必然会言听计从。"

袁飞傲却没有接，而是看着他："你这是就要和他们翻脸了？事情还没搞清楚，你的屁股倒先坐不住了？哼，我以为陛下将昊夜交给了多么了不起的人物，原来就是个冒失鬼。"

楚若溪凝视着他的眼："如果无双在你眼皮底下丢了，你会不着急吗？眼前局势，是别人已经骑到我头上了。我若再退让，身后就是万丈悬崖。"

"刚才无双都说过了，对方如果让玉连城死，岂会让她失踪？这点道理你都想不明白？"

"我想得明白，只是我这个人不喜欢等，与其原地坐等，不如主动出击。难道你在战场上不是这样的吗？"

袁飞傲一笑："说得不错。好吧，看来是拦不住你了。你要去就去，我也不会带着无双逃跑，就在这里等。我就不信，他们抓走玉连城是为了杀你。"

楚若溪昂首道："好，你这个大将军就是有种，我也不和你客气，若是上天注定我们要死在言守阁，轰轰烈烈地和大将军死在一起也挺好。"

袁飞傲鄙夷地说："谁要和你死在一起？"

庄尔铭看着坐在自己面前的美丽的活死人，过了好久才带着一抹微笑般赞许道："嫣儿，你下针的准头和力道还是那么好。"

上官嫣冷冷道："但我的针只能确保她一天任人摆布，总不能不让她吃喝拉撒吧？"

"有这一天也够了。"庄尔铭笑着摸了一下面前这张美丽的脸——柔嫩的肌肤，没有在大漠中经历风沙天气后的粗糙，明明是这样美的一张脸，真不知道怎么能以男儿身瞒骗世人那么久，难道天下男人的眼睛都瞎了吗？不，有一个没瞎，楚若溪。哼，倒让他捡了艳福一桩。

此时在他面前如木头一般直挺挺坐着，却连眼睛都不会眨一下的木头美人正是楚若溪遍寻不着的玉连城。

被上官嫣用梅花针封了穴道的她，不哭，不闹，没有反抗，不会争吵，只是木讷地坐在那里，任人摆布。

上官嫣站在旁边，虽然看不到他的动作，却忽然问道："你对玉连城，是不是有我不知道的企图？"

庄尔铭眼波一震，笑道："能有什么？我的心思不是都告诉你了？"

上官嫣冷冷道："别欺负我看不见，我听说玉华景送你的那只波斯猫被你取名为'连城'，这'连城'指的是谁？该不会是玉连城吧？"

"那个啊……"庄尔铭拉长了声音，"那不过是玉华景送来时已经取好的名字了。我没有和你说过玉华景对玉连城的私情？既然那只猫已经听习惯了那个名字，我也就随他了。更何况，将一个敌人玩弄于股掌之中的感觉不是很好？"庄尔铭信口雌黄地编造一个死人的谎言，也不怕被人拉出来对质，"嫣儿，我总不好把你的名字用在猫身上吧？"

上官嫣依旧面无表情道："你的花言巧语也不用说给我听了。我只问你现在到底准备怎么办？"

这时，就听外面有侍女禀报："荣王又来了，说是要见阁主。"

"看来他这一次不是来找人，而是来要人的。"庄尔铭笑嘻嘻道，"我不便立刻出去和他碰面，还是你去替我打发了吧。"

上官嫣执拗地说道："我可以去打发他，但是这间屋子，你也不能待。"

庄尔铭笑道："你是真怕我把她怎么样吗？放心，她是你义结金兰的好姐姐，看在你的面子上，我也不能动她。"

上官嫣固执地站在原地，那双空渺的眸子似是有一种看穿人心的力量。庄尔铭忽然觉得被她看得心里犯寒，便耸耸肩膀道："好，听你的，我也走，这房间你一定要让人看好。"说着，走出门去。

上官嫣对站在身边的侍女说道："这间密室，没有我的命令，任何人都不得靠近，记住，任何人。包括丞相！"

上官嫣从后堂走出，主动开口问道："荣王还没有找到姐姐吗？"

楚若溪脸上没有一丝笑意，"阁主在我心中是个再聪明不过的女人，你我是否可以开诚布公地说真话？"

"当然可以。"上官嫣微笑道，"我在你们面前向来都是知无不言的。"

"那好，玉连城是否在阁主手中？"

"当然没有。"

"阁主可敢发誓?"

"为何?"

"不发重誓难以让我信服。"

上官嫣面露不悦之色,"荣王是否要求过重了?"

"你不敢。"楚若溪无声地一笑,"好,就算是阁主已经告诉我答案了。"

听他有步履移动之声,上官嫣急道:"好,说就说!若玉姐姐在我手中,就让我这言守阁毁于一旦。"

"誓不够重。"楚若溪盯着她,"请阁主跟我说,'倘若我将玉连城掳劫他处,就让庄尔铭不得好死,遗臭万年'!"

上官嫣怒而跳起:"荣王!你果然是得寸进尺!谁给你的胆子敢在我面前这样放肆?你以为这里还是你的京城吗?别忘了你也不是皇位继承人,如今还……"

她蓦然停了口,楚若溪却抓住她的话追问道:"如今我还什么?狼狈沦落到被你的情郎追到天涯海角?阁主知道的事情着实不少,像你这样的人就算再聪明也不过是庄尔铭手中的一颗棋子,也没有资格在我面前耀武扬威。"

上官嫣冷笑道:"我们是要在这里放狠话看看先能吓倒谁吗?荣王有和我在这里磨牙的工夫,不如尽快去找人,也免得错过了救人的最佳时机!"

楚若溪昂首笑道:"阁主这是承认了。"

"什么?"

"若非阁主的确把她掳劫走了,为何要说让我去救人?"

"断章取义,咬文嚼字!"

"人在慌不择言的时候最容易说出真话。"楚若溪微微躬身,"多谢阁主告诉我实情,所以我也要拜托阁主,莫忘了玉连城和阁主刚刚义结金兰,她一生做人谨慎,明知道阁主暗藏杀机,还是放开胸怀接纳你。只因为……她认为阁主是个孤独的人。"

上官嫣一震,面部抽搐,"你们果然喜欢以情动人这一招……可我,不会无缘无故接受荣王的指责,荣王无凭无据的判罪!"

楚若溪依旧淡淡:"阁主还是不要再说话了,说得多错得多,言多必失这句话您一定是听过吧?玉连城失踪之事还未弄清楚,你一口一个让我救人,又说什么'无凭无据',可见在你心中,一定要我拿出真凭实据你才肯承认。好吧,既然如此,那我再追问下去无非是和阁主打口水战。在下告辞,阁主请好自为之,若是城城少了一根头发,我定然会把这言守阁……不,把庄家闹个天翻地覆,让庄尔铭悔不当初!"

楚若溪离开好久，上官嫣依然挺直僵硬的背脊，直到身后一双大手悄悄按在她的肩膀上，轻柔地帮她揉捏着紧绷的肌肉。

"被他吓到了？楚若溪总是喜欢虚张声势。这……"

"是他惯用的伎俩，对吧？"上官嫣不耐烦地甩开他的手，"你也不要忙着贬低别人，如今他早已看破，知道玉连城在我手上，你要我怎么做？"

"这言守阁有的是固若金汤的地方，你难道还怕他一把火烧了不成？放心，他不过是说说大话，并不能真的把你怎么样的。我倒是听人说，袁飞傲已经到达这里了，就住在吟枫轩。"

"你怎么知道？"

他趴在她耳边轻吐热气："就像你在丞相府安了监视我的眼线一样，我在你这里也自然请了一尊耳报神。"

"不就是庄英杰吗？不学无术之辈，吃喝嫖赌，最是个无能之徒，真不知道你看上他什么了，竟把他留在这种重地！"上官嫣语气中鄙夷的味道越来越重，"早晚我不耐烦了，将他一脚踢出去！"

"庄英杰这个人还是很有用的，没有他装疯卖傻，故作愚笨，怎么能把那些自以为聪明绝顶的人骗到这言守阁来？"他问道，"路胜旗怎么样？那小子可愿意站在我们这边了？"

"他是有几分硬骨头的，路家也算是有头有脸的人家，家规甚严，这次若不是欠下巨额赌债，岂会任人摆布？"上官嫣曼声说道，"他一直抓着刘传南不放，想让刘传南借钱给他，可刘传南欠下的赌债更多，已经自顾不暇。昨天刘传南已经将长乐钱庄抵押给我了。路胜旗肯定扛不了几日。"

"这个人是不是拖得有些太久了？"庄尔铭微微蹙眉，"袁飞傲已经到了，此人若是和楚若溪真的缔结联盟，就是一大麻烦。路家是唯一能对袁飞傲稍有遏制的武将之家，所以……"

"不用你教训我怎么做！"上官嫣愠怒道，"你难道要我把他绑起来鞭打一顿，然后他就乖乖答应和我们合作了吗？"

"嫣儿，我这次来看你，你的脾气好像变了很多。"他轻轻抚摸着她的后背，"千万别让我伤心，你知道我谋划了这么久，对这件事寄予的希望和期待究竟有多大。"

静默，没有回应。

庄尔铭有些尴尬地站了片刻，说道："好吧，既然时间紧迫，咱们俩也不要忙着争

执，为了外人伤了感情还伤了大事。今晚，我想让那位玉城主去做些事情。不知道你要不要和我同行？"

上官嫣猛地伸手抓住他的手腕，眼睛直勾勾地"盯"着他——"尔铭，若是你成心欺骗玩弄我，我宁可死，也不会再做你的棋子！"

庄尔铭一惊，旋即将她抱进怀中："怎么会？愿得一人心，白首不相离。我不是一直都和你这样说的吗？嫣儿，无论世事怎样改变，你都是我最爱的女人。"

惊魂 第三十三章

玉无双也很为姐姐担心。分别这么久,一直不知道彼此的消息,好不容易能够重逢团圆,却又突遭变故,这真的是她们姐妹命中注定充满劫数和变数的一年吗?

楚若溪让她住在楼上玉连城住过的房间。楼下,他和袁飞傲一直在单独交谈。

从上官嫣那里回来之后,楚若溪说他坚信玉连城就在上官嫣手上,对于下一步的计划,他有他的想法,但袁飞傲并不是完全赞同,这两个男人性格大相径庭,平时又一贯不和,骤然让他们联手去做一件事,还需要一段时间的磨合。

可是……他们的时间已经不多了。

若这里是庄尔铭的后方大本营,无论是为了敛财,还是为了控制朝臣,这个人都比她想的更加可怕,更加心机深沉。这样的对手,在朝中渗透已深,而楚若溪,是背着叛逆罪名逃出京城的一个无权王爷,袁飞傲,纵然是皇后认定的大将军,但面对统治朝堂数载,手握文武百官的庄尔铭,他的耿直率性,会不会很容易被对方利用?

楼下的秉烛夜谈持续了一夜,玉无双也一夜不能入眠。忽然,紧闭的窗户被什么东西敲打了一下,窗纸都被敲破了。她举着灯在屋内逡巡了一圈,一时间并未找到敲破窗纸的东西。

犹豫了一下,她走到窗边,侧过身子,将窗户一把推开。

外面夜色深沉,树影如魑魅一般,什么也看不清。正在她狐疑时,忽然一道黑影裹挟着森寒的剑光从外面一跃而入,一剑刺向她的胸口。

她大惊失色,但无奈没有抵挡的能力,只是本能地向后躲,但那剑尖还是刺进了她的肩膀。她的惊呼惊动了楼下争执不下的两个男人,几乎同时,楚若溪和袁飞傲冲上楼来。

那名行刺她的杀手一身黑衣,从头到脚包裹得密不透风,只有一双眼睛露在外面。

乍然对视上这双满是杀机又冷得像淬了寒冰的眸子,玉无双一震,嘴唇方才翕动了一下,第二剑又刺了过来,这一剑稳、准、狠,没有一丝一毫的凝滞,重重地插进玉无双的小腹。

玉无双痛得眉宇紧皱,但一双手却向着那刺客伸去,剑刃从她的身上拔出时,鲜血飞溅到冲进来的袁飞傲身上。袁飞傲见到一身是血的玉无双,又惊又怒,双掌一错,高山瀚海般的掌风呼啸着拍向那名杀手身上。

楚若溪在他身后喊道:"抓活的!"

但借着他的掌风,那杀手身子一荡,倒从窗口飞身出去。玉无双痛得即将晕倒,袁飞傲将她抱在怀中,伸手连点她身上多处大穴,玉无双向着楚若溪的方向痛呼道:"荣王……快……快追……那个人……好像……好像是姐姐!"

楚若溪眸光震碎，不敢停留，顺着那杀手消失的窗口冲了下去，但是夜色太深，正赶上风声萧瑟，到处都是树影晃动，根本看不到人影。情急之下他对着黑夜大喊一声："玉连城——"

但是回应他的只有风声中那清清淡淡的回音……

上官嫣听到庄尔铭的笑声由远及近，便知道他要做的事情已经做了，而且非常成功。

她面无表情地说："紫云，带玉城主去睡觉。"

"不用，一会儿你帮我解了她的穴，我还有事想盘问她呢。"庄尔铭拉住像木偶一样跟在他旁边的玉连城。

上官嫣淡淡道："这针虽然封住了她一部分心神，但不能保证她完全没有知觉，你若是太折腾她，很有可能会让她的迷神情况更加严重。"

庄尔铭思虑片刻，说道："好吧，听你的。"

此时黄翎走进来禀报："庄英杰要见丞相。"

庄尔铭打了个哈欠："让他明天再来，我今天累了，不见。"他揽着上官嫣的肩膀，"你也该休息了。"

"我还有事，你先去睡吧。"上官嫣提高声音，"黄翎，带丞相去鹦鹉洲休息。"

庄尔铭的眉头一紧，随后放开，笑道："好吧，我先去睡觉，有什么事明天一早再说。若是楚若溪来找你麻烦……你也不要太客气了。"

听他终于走远，上官嫣的手掌摸索着握到玉连城的手，然后摸到她手腕上的脉搏。

"我知道你听得到一些我的话……"上官嫣启唇轻声，"你不要想用功力抵抗我的梅花针，这针只要你运功越狠，就扎得越深，倒不如顺着它，你还能舒服一些。"

玉连城一直呆呆的目光中仿佛有了些许变化，那是一种愤怒，也是一种无奈的绝望。

上官嫣轻叹道："我认你做姐姐时的心意是真的，但是……他是我最爱的人，你也一定愿意为了你最爱的人牺牲一切，对吧？所以抱歉，两相权衡，我只能牺牲你，但是我可以保证，不会伤害你的性命。"

玉连城倏然闭上眼，似是不愿意再听她说下去了。

疼，沁入骨髓般的疼痛。

当上官嫣的第一针扎在她的后颈上时，猝不及防的她被那一针扎得昏厥过去。那一刻的疼，她以为已经是人间极致，直到——

她怎么能忘记，刚才自己那充满血腥的两剑，将妹妹刺成了重伤。

她一直是那么渴望见到无双啊！那么想伸出双臂拥抱无双纤瘦的身体，询问她最近究竟去了哪里，过得好不好……可是让她可以拼出性命去保护的妹妹，却被她刺得浑身上下鲜血淋漓，几乎被她置于死地！

魂魄被扎碎了，疼痛弥漫进全身的血液骨头里，身体完全不受控制，仿佛被一个恶魔占据了灵魂。

她曾经无数次设想过与上官嫣和庄尔铭对决时的惨烈，却没有想到会是这样的开端，甚至……不敢想那结局。

无双，无双……她那么娇弱的身子，被她刺中要害，还能活吗？

若无双死在她的手上，那她也无颜苟活于天地。

好狠毒的手段，好狠毒的计谋。是十个玉连城也想象不到的。

庄尔铭……她若是能脱离身体的桎梏，第一件事要做的，就是把他碎尸万段！

可是，身体已经不受自己掌控，那个可怕的自己，仿佛沾染了庄尔铭的恶魂。

现在的她之所以更清醒了些，应该是上官嫣在她身上施用的针已经渐渐失效，但倘若她再被施针，依然会变成那个任人摆布的玩偶。

那下一个被她伤害的人会是谁？楚若溪吗？

难道这是一个地狱？一脚踏进之后，就无法逃出去……

她相信无双认出她了，因为无双被刺中第一剑后是那样震惊地向她伸出双手——若不是认出她来，无双是应该逃命的，她不逃，反而张开双臂要拥抱对面那个双手沾满自己血腥的杀手，为什么？

无双啊无双，你一直是那么冰雪聪明，可是姐姐现在不希望你出现在这里，你应该和你爱的人，在一个安静安全的地方，幸福地白头偕老。

猛地，颈部又是一疼，那令她心悸颤抖的疼痛再次像千万只蚂蚁一般钻进了她的每一个毛孔，钻进她的骨头缝里。

上官嫣的声音虚无缥缈地在她耳边回荡："休息吧，明天，又是新的一天。"

袁飞傲寸步不离地守在玉无双的身边，楚若溪并没有去追击那个可能是玉无双的人，当务之急是救助玉无双。所以他立刻去通知言守阁的人玉无双遇刺的事情，无论那杀手是不是言守阁派来的，从面子上来说，言守阁都必须派人救治。

言守阁中的确有大夫，大概平日赌徒们在这里赌急了也会不管不顾地动起手来，所以那大夫看上去还是很懂得治疗外伤的。查看过玉无双的伤口后，大夫不乐观地说："这位姑娘的脉相虚弱，可见平日就有气血不足之症，又中了这么重的两剑，失血不

少，只怕……"

袁飞傲怒极破口大骂："老子要听你这狗屁话吗？快说怎么救人！"

袁飞傲的气势果然震慑住了那大夫，结结巴巴地说："得用药帮她止血，如果一直靠您点穴止血，那她的经脉不通，气血不行，伤也是好不起来的。"

"废话，这还用你说？你的药箱子呢？止血还要老子教你吗？"

袁飞傲一脚踢在那大夫的膝盖上，把大夫踹得摔倒在地。

楚若溪并未随着这大夫一起回来，他离开言守阁，去了花家。

花家不仅仅是此地的大家族，对于练武出身的花家，各种刀剑之伤的治疗方法也很精通，花重锦听说楚若溪有朋友受了重伤，立刻亲自带人赶到了言守阁。

守门之人还是一贯地拦着要收那入门费，楚若溪怒而揪住他的衣领子，喝道："这里有人要死了，你若是再不让他们进去，闹出人命来，信不信我一把火烧了你们言守阁？"

他的疾言厉色吓得那守门人也不敢把他怎样了，都知道他和阁主关系很好，也怕是阁内真的出了事儿，只好暂且将他们全都放入，然后跑着去通知上官嫣。

上官嫣听到消息后只淡淡说道："既然是为了救人，就让他们进来好了。"

有她这句话，言守阁内再不会有人阻拦楚若溪了。

当楚若溪带着花重锦赶到吟枫轩时，那大夫已经帮玉无双包扎好了伤口，血也止住了。

花重锦赶到时，玉无双还被袁飞傲紧紧抱在怀里，花重锦走上几步，袁飞傲就警惕地抬起头，花重锦看到他时愣了一下，犹豫着问："是……袁将军？"

袁飞傲的脑子有点木："你认得我？"

花重锦拱手道："犬子花万里七年前入伍，一直在袁将军麾下效力。在下曾与袁将军有过一面之缘，袁将军可能不记得了。"

"哦……"袁飞傲还是有点愣愣的。忽然发现花重锦伸手来拉玉无双的手，他猛地全身绷紧，喝问道："你干什么？"

楚若溪在旁边柔声说道："花当家的是来帮无双的。他手上有最好的大夫，也有最好的药，而且最重要的是，他是我们信得过的人。"

袁飞傲的目光游移到楚若溪的身上，因为无双受伤之后一直被打得乱七八糟的思绪终于渐渐整理起来，他缓缓站起身，将无双平放在床上，低声说："你们治。"

站在楚若溪面前，他盯着楚若溪，从牙缝里挤出一句话："要我怎么做？"

楚若溪默默道："你劝过我不要冲动，而今这话我也要劝你。如果那个刺客真的是

玉连城，那事情就远比我们预想的还要可怕和严重。如果不是……那我们也已经知道，我们的对手已经按捺不住。"

袁飞傲昂着下巴，虎目含怒："你的意思是，我们也该放开手脚了？"

楚若溪摸摸下巴："现在还不知道玉连城的下落，我不敢擅自行事。但是上官嫣行事的风格突然大变，这点让我觉得很奇怪。之前我们来到这里时，她一直是好言好语，还拉着玉连城义结金兰，为何一夜之间就突然变成这样？"

"狐狸尾巴藏不住了呗。"

楚若溪摇摇头，看着窗外："我猜……应该是有什么人给了她指示或命令。而能够命令得动她的人，只有一个。"

两人四目相视，同时说出那个名字："庄尔铭！"

深夜，渐渐安静下来的言守阁忽然火光冲天。

火光是从采菱苑开始烧起的。这里本是依水而建，但是火势起得突然而凶猛，根本来不及扑救，烧了个精光。

所有在言守阁的住客都跑出来围观这场大火，纷纷猜测这火到底是意外还是人为。

上官嫣本已睡下，听到消息也起来了。下面的人跑来禀报情况，她听完后神色镇定地问了几个问题："起火时那里有人吗？"

"因为暂时无人入住，所以只有两个丫头在那里值守，火起之时她们都睡得很死，所以到火势很大时，旁边住处的人赶去救火才把她们两个叫醒，所幸没有人员伤亡。"

上官嫣又问道："吟枫轩那边有动静吗？"

"没有，似是在忙着救治之前受伤的那个姑娘，也只是有几个随从出来看了看，就又回去了。"

"鹦鹉洲那里呢？"

"鹦鹉洲的主子爷还睡着呢，一直没有起。"

上官嫣哼道："他倒真沉得住气。既然火势已经灭下去了，那就不必管它。"

但是后半夜，庄尔铭忽然跑来了，将上官嫣从梦中叫醒后，他劈头盖脸地就问："玉华景的尸首呢？"

上官嫣不悦地靠着床栏说："当然是埋了，难道还要我供起来吗？"

庄尔铭急问道："当时他随身携带的东西是否都已经拿走了？"

"什么东西？"

"任何东西！"庄尔铭提高了声音。

上官嫣笑道:"他又不是个女的,难道还要我把他身上的首饰都扒下来吗?"

"今晚烧了的采菱苑原本是玉华景所住的?"

"对,那又怎样?"

庄尔铭在原地来回踱步,霍然站定,斩钉截铁地说:"开棺!把他的尸首挖出来!"

上官嫣吓了一跳,从床上跳下:"你说什么?"

"开棺验尸。这个浑蛋把一个重要的东西藏了起来,他肯定是随身携带着的。"

上官嫣冷下脸来:"不管你和玉华景平日有什么过节,但人死为大这句话你总该知道吧?人已经入葬了,你还要开棺,不觉得是造孽吗?"

庄尔铭冷笑道:"我造的孽又不止这一桩。你若是不愿意,我叫人去挖就好。"

"慢着!"上官嫣怒道,"别忘了这里是言守阁,任何人在这里都不能放肆!你也最好收敛点!"

庄尔铭一怔,眉峰皱得峰峦叠起,手指暗暗攥紧,骨节凸出而泛白,他努力压抑心中的不满,保持冷静的语调:"嫣儿,你知道我现在日理万机,有多少事情亟待解决吗?我千里迢迢跑到这里来,不仅仅是为了看你,也不仅仅是为了追捕楚若溪,还因为大事将成,我决不允许任何人成为阻碍我的绊脚石!"

上官嫣握着旁边的床架,凄然说道:"你不用把我先说在前面,你心中也不见得真的有我。你是想说我是你的绊脚石,对吧?那你找个你信得过的人来管言守阁好了,反正我也烦了!"

庄尔铭看着她的眼中竟然流出两行清泪,抢步上前,将她一把抱在怀里,柔声说道:"嫣儿,我脾气有点坏,你不要生气,我心中一直都只有你一个,这句话还要我说多少遍?我不怕日后世人对我的千夫所指,我最接受不了的是你对我的误解和指责。难道……要我把眼珠子挖下来给你吗?"

说着,上官嫣竟听到他抽剑出鞘的声音,吓得她急忙用手拦住:"你是要拿自己的身体威胁我吗?算了算了……你要开棺……就开棺吧……"

无论生前多少荣光,也敌不过死后的任人摆布。

当玉华景的一口薄棺被人从地下挖出时,庄尔铭站在他的棺木旁冷冷地看着这几块廉价的木板,在这里躺着的那个人曾是他的"盟友",曾经目空一切,曾经富可敌国,是不是有些像他自己?

言守阁中的人也不是人人都认得他,少数认得他的人,都以"主子爷"称呼他,以

避免暴露他的真实身份。

此时黄翎站在他身边,小声问道:"主子爷,真的要开棺吗?"

"开棺。"庄尔铭的声音不高,却有着不容辩驳的强硬。

钉下去的铁钉被撬起,棺盖被移走,躺在里面的玉华景面目如生,只是微微泛黑,还没有出现腐烂的样子。

庄尔铭居高临下地看了一眼,说道:"搜一搜他身上有什么东西。"

有两个人跳下去拿手中的剑柄在他身上触碰翻找,找了好一阵,找出了些银票、散碎的银两,除此之外什么东西也没有了。

"只有这些?"庄尔铭皱着眉,"再搜!"

再细细地搜找了一圈,还是什么东西都没有。

庄尔铭细白的牙齿紧咬着嘴唇,思虑半晌,问道:"他是死在阁主面前的?"

"不是,阁主的梅花针射中他之后,他就带着伤跑掉了。后来是吟枫轩传来消息,说他死在了那里。"

"吟枫轩?"庄尔铭一惊,"死在吟枫轩门前?死在楚若溪和玉连城的面前?"

"应该是。"黄翎因为紧随在上官嫣身边,早已对楚若溪和玉连城的真实身份知晓得一清二楚。

庄尔铭冷笑一声,甩手便走。黄翎急问道:"主子爷,这棺材怎么办……"

庄尔铭也不理睬,一径走远了。

袁飞傲守了玉无双整整一夜,花家后来使用的药有内用有外敷,很是灵验,不仅更好地止血,而且玉无双在服药之后脸上也慢慢有了血色。

等到玉无双喝了药,也吃了一些米粥,有些力气之后,楚若溪从外面回来,坐在床边,小声问道:"无双,你能确认那个刺伤你的人是姐姐吗?"

玉无双倚靠着袁飞傲的肩膀,深深喘气:"姐姐的眼睛……我不会认错……只是,那眼神……像是个活死人……"

袁飞傲侧目楚若溪:"这是为什么?"

楚若溪沉吟良久:"只怕她是中了敌人的封穴迷神大法。"

"这是什么东西?"袁飞傲是戎马疆场的人,对这种旁门左道并不清楚。

楚若溪解释道:"传说这是一种失传很久的刺穴之术,可以控制人的心神,但能够控制的时间很短,若是被这种针法一直控制,很有可能会造成终生残疾……"

"言守阁的人会有这种本事?"

楚若溪想到玉华景死时的惨状,当他在玉华景的背后灌输真气时,曾经在玉华景的身上发现两枚可疑的银针。银针的尾部有小小的梅花图腾。

那梅花针会不会就与玉连城的心神被控有关?如果……那晚的刺客的的确确是玉连城的话。

此时方强跑上楼来,气喘吁吁地说:"楼下来了个看上去很气派的人,说是要见什么荣王。我说这里没有荣王,他执意不走。"

方强至今都不知道楚若溪的真实身份。

楚若溪问道:"那人是言守阁的?"

"看起来好像不大像。"方强挠了挠头,"哦,对了,他说他姓庄。"

楚若溪倏然站起,袁飞傲看他一眼,哼道:"果然被你料中,他自己送上门来了。"

楚若溪看着他:"你不要冲动,也不要出去,我自己去对付他就够了。"

"若真的是他设计的让她们姐妹相残,害无双受此大难,记住,留着他的命给我!"

楚若溪转身下楼,玉无双轻轻拉着袁飞傲的袖子:"是不是……吓到你了?"

袁飞傲这一夜始终没有合眼,此时眼中布满了血丝,他低头望着怀中的玉无双,这一夜的震惊、愤怒、焦虑,都被她这句话戳中,他咬着后槽牙说:"反正你这丫头就是命中注定要来吓我的!我已经被你吓习惯了。"

玉无双微微一笑,伸手抚摸着他的脸颊,柔声说:"倘若昨晚我死了,有件事我还没有来得及告诉你……"

"少说不吉利的话!"袁飞傲大手捂住她的嘴。向来不信天命的他在昨天看到玉无双被刺成重伤的时候,心中竟然也升起一句话:"天不从愿!"

当她像一团没有生气的轻雾蜷缩在他怀中时,他深深地恐惧,仿佛她随时就会化碎在自己怀中。

这丫头,从认识她的那一刻起,他的生命就被她紧紧攥在手心,她的一颦一笑、一举一动,都牵动了他的喜怒哀乐,或者说,牵扯了他身上的每一块骨肉,每一根筋。

这辈子,真是想不到他这个以戎马为乐,从不懂怜花解语的大老粗,也能落到今天这步田地。

想笑,可是笑不出来。

玉无双拉开他的大手,轻轻说道:"我不是要说什么不吉利的话,是有件事我一直

瞒着你，没告诉你，我觉得是不应该的。"

袁飞傲瞪着她："你有什么事瞒着我了？总不会是你早就许了人家吧？"

玉无双扑哧一笑，却撑不住又使劲儿地咳嗽了几声，袁飞傲急道："看！谁让你这时候急着说话了？"

玉无双咳后脸颊通红，也不知道是因为咳嗽，还是因为她要说的事情，"我……的确是许过人家了。"

这一回，袁飞傲瞪目结舌，差点被自己的口水呛到，重重地咳嗽起来。

咳嗽完，他板起面孔："不许在这时候胡说八道！是不是发烧了？"他的手摸着她的额头，还好，并不热，但不热这丫头怎么说起了胡话？

"我没有胡说八道，我说的是实情。"玉无双的眼眸清亮，"还记得我和你提起的冲岭之战吗？"

"怎么？"

两个人曾经聊起过的冲岭之战是袁飞傲父亲袁成化少有的败仗，三万大军在沙暴中损失一半，袁老将军在风暴中迷路七天才走出来。可这一仗有什么特别的吗？

"那是十八年前的事情了，对吧？"玉无双幽幽说道，"冲岭紧挨着古镜城，袁老将军在沙暴中迷路，无意中走到古镜城门前。是我父亲救了他和他手下的部队。"

"啊？"袁飞傲还是第一次听说这件事。

"那一天，正好是我的出生日。"

"啊？"

"老将军和我父亲谈得很投机，我父亲说在我出生之日，会有老将军这样的贵客造访，这是缘分，主动询问老将军是否有孩子可以结亲。老将军说有一个儿子叫飞傲，但是已经九岁了，只恐年纪差得太多，并不相配。我父亲却是个豁达之人，只说这是缘分，不在乎年纪大小，于是，两边就这样口头约定了。而后老将军离开，我父亲亲自将他们一行人送出沙漠。只是后来不知道为何，这件事就这么断了，双方并没有再联络。"

袁飞傲愣愣地听着，过了好一阵，才说道："十八年前……我知道了，那年先是我娘重病，然后朝中有人对我爹不利，在先帝面前又折腾了足足两年，紧接着我娘去世，可能我爹就把别的事儿丢在脑后了……等等！也就是说，你是我名正言顺的媳妇儿？"

"是。"玉无双娇羞地垂下头。

"那就是说也不用你姐愿意不愿意，你本来就是我老婆？"

"嗯。"

他没有狂喜，反而勃然大怒："那你居然还敢背着我找一堆男人招亲？"

玉无双就知道他会为这件事震怒，所以也迟迟不敢告诉他真相。此时看着他像老虎一样瞪大眼睛，满腔怒火，只好先保持沉默，呻吟了两声，袁飞傲就立刻软了下去，将她又抱紧了些，咬牙切齿地说："哼！等你身体好了，早晚要你说清楚！"

"其实，也没什么……"她吸了口气，身子还是无力，但怕他心里结了疙瘩，以后不好化解，还不如一口气说完，"谁让你在外面的口碑不好，姐姐怕我嫁给不该嫁的人，所以才决定替我做主。更何况十八年了，十八年来袁家都没有来过人，难道要我一辈子做老姑娘吗？"

"什么我的口碑不好？"袁飞傲怒道，"外头人嚼舌头是他们无知！好歹你是要选男人，不能也这么无知吧？随随便便把自己的终身托付给不靠谱的人，我还觉得你们姐俩是聪明人呢，没想到就是一对大傻瓜！"

他发他的雷霆怒，玉无双只闭上眼默默听，等他喷了半天的怒火，她才又呻吟一声："好疼。"

袁飞傲忙着检视她的伤口，"哪里疼？不是说这药都有止痛的效果吗？要不然我给你点穴止痛。"

"不是伤口疼。"她嘟起小红唇，指着自己的胸口，"心好疼，被你骂得心里疼。"

袁飞傲瞪着她，半响，也只得呼出一口无奈的长气。

京城一别，这是楚若溪与庄尔铭的再度相见。

曾以为，再见面就是你死我活的殊死之战。更何况这一个月他们经历了这么多变故，尤其是楚若溪：皇兄病故，爱人失踪，昨晚玉无双又莫名其妙遇刺。

楚若溪很佩服自己，竟然没有立刻拔剑相向，而是平静地与对方相对而立，仿佛，这只是一场老友重逢。

"荣王……"庄尔铭的嘴角挂着一抹微笑，"好久不见了。"

楚若溪的嘴角一扯，言语间皆是鄙夷："嗤——我还以为丞相大人能说出什么了不起的话，倒是这么老土。且不说我们分别不过月余，也算不得好久，如今我不是荣王，而是荣郡王，难道丞相忘了？称呼可不好叫错，若你叫了，我答应了，日后因此平白扣我个藐视圣旨的罪名，我岂不是冤枉？"

庄尔铭岂能听不出他话里的针锋相对，却笑道："荣王虽然被陛下贬级，但在大家心中始终都是荣王。在这言守阁中，叫你荣王的人也不少，难道你个个都要反驳解释？

已经欺君，何惧再欺？况且陛下也已不在了，如今这天下，说不定立刻就是荣王的天下了。"

楚若溪冷冷笑道："这话应该是丞相的心声吧？这天下除了可能是太子的天下之外，最有可能就是丞相的天下，我就算不是被通缉追拿的叛国谋逆罪臣，也是个逃亡天涯的可怜虫，丞相这是亲自来抓我的？"

"荣王是皇亲国戚，没有陛下的圣旨，我哪里敢捉拿荣王？"庄尔铭微笑道。

楚若溪挑眉："但你可以请皇后下懿旨，或者挟太子以令群臣。"

庄尔铭叹气道："荣王为何对我这样有成见？当初在皇宫下令捉拿荣王和玉连城的人都不是我啊。"

楚若溪似笑非笑道："这言守阁是丞相的吧？"

"何以为证？"

楚若溪哼道："丞相这就没意思了，你敢来见我，却不说实话，难道我还能把你怎样吗？言守阁是不是丞相的，我们彼此心里清楚，纵然你不承认。"

庄尔铭思忖一下，道："好，真人面前不说假话，不错，这言守阁可以说是我的。"

"可以说？"楚若溪挑他的字眼。

"这里的主人是上官嫣。"

楚若溪想了想，呵呵笑道："我明白了，丞相是个多情人，为自己心爱的女人建了这片人间美景，所以不愿自认是此地主人。但这也不过是你用来欺骗世人的幌子，此地也并非人间仙境，而是你用来满足私欲的藏污纳垢之所。可怜上官嫣，本是佳人，甘为贼使。"

庄尔铭神色一凛："荣王，我言语间处处敬你，你却如此胡言乱语。何人是贼？"

楚若溪一字一字，清晰念道："窃钩者诛，窃国者侯。但纵然成王成侯，终究是窃，只要窃了，就是贼，我有用错字眼吗？"

庄尔铭一甩袖子："荣王，看来需要我提醒你一下，你现在站在言守阁的土地上。"

楚若溪哈哈大笑："这时候丞相不说这天下将是我的天下了？不说这言守阁不是你的了？"

庄尔铭的脸色越发难看，冷笑一声："好，既然要撕破脸皮，我也就不和你兜圈子了。王爷没有什么要问我的吗？"

"你是说……玉连城的下落？"楚若溪微微眯起眼，"你敢问这句话，就说明玉连城在你手上。你冒着生命危险来找我,应该不是为了通知我这件事,而是来和我谈判的。"

"生命危险?"庄尔铭鄙夷地笑,"王爷倒反过来威胁我了。好,就算我冒着生命危险来和你谈判,可是你手里握有什么值得我和你谈的?或者说,你有什么东西可以拿来交换玉连城的命?"

"这要问你啊……"楚若溪拉长尾音,"你这么气急败坏地跑来找我,一定是我这有你想要的东西,否则你这只老狐狸怎么舍得露头?"

庄尔铭斜睨着他:"荣王,不如直接亮出我们的底牌吧。我手中握着的是玉连城的命,你手中握着的是什么?"

楚若溪微微一笑:"你的命!"见庄尔铭只是皱紧眉头,他便又明说了一句:"就是你遍寻不着,甚至不惜开棺验尸的……那条命!"

离心

第三十四章

楚若溪平静地回来,身上没有血,没有伤,平静得还带有一丝高深莫测的微笑。

袁飞傲看着他:"楼下的是庄尔铭吧?"

"是。"

"是他指使人刺伤的无双?"

"他没承认,但是,也没有否认。"

袁飞傲怒道:"阴险小人!玉连城是不是在他手上?"

"这一点他倒是承认了。"

"那你……"

楚若溪抬起手打断他:"我不能立刻动手。因为有件事他说得对,我们现在是在言守阁的地盘上。我们不知道他身后埋伏了多少人马,只靠我们两个人的力量想拿下他,只怕很难。你的大军不在身边,但他的杀手就在左右。"

"难道就任由他为所欲为?"袁飞傲不信这是楚若溪唯一的应对之策。

楚若溪微笑道:"他之所以也没有立刻把我们怎么样,是因为他想从我们这里得到他想要的东西。"

"什么东西?"

"将军的兵权,玉华景的财富。"

袁飞傲皱眉,还是没太听明白。

玉无双却听明白了,说道:"他要飞傲心甘情愿地交出兵权,这样昊夜国的军政就真的把持在他的手里了。但要夺取将军的兵权也并不容易,除非皇帝下旨,或者将军自愿拱手让出。"

楚若溪点头道:"但如今这两件事都不可能。他若是挟皇后太子下旨夺权,将军已经不在京城之内,只要登高一呼,自有旧部会响应,到时候天下大乱,不是他一时三刻所能把控的局面,这绝不是他这个聪明人想做的。"

"可玉华景的财富……难道是指景字号钱庄?"玉无双不解地问,"这和我们有什么关系?"

"玉华景已经死了。"楚若溪平静地说。

玉无双刚刚知道这个消息,不由得一声惊呼:"怎么会……"

"就死在我眼前。"楚若溪淡淡道,"他死时将景字号的管理权交给了你姐姐,可以说,你们两代人的恩怨随着他的死算是终结了。这个人虽然不是好人,但是临死之前也总算是做对了一件事,我就不说他的坏话了。"

"交给了姐姐……可姐姐现在就在他们的手里……"

第三十四章

"但象征着景字号管理权的金印却在我手里。"楚若溪长长吐了口气,该说是自己幸运吗?本来跟玉连城要那金印是为了便于自己去打探景字号的底,没想到此时玉连城失踪。还好这金印现在握在他手中,才有了可以和庄尔铭谈判的最重要的筹码。

袁飞傲想了想,说道:"你昨晚派人去烧那个地方,就是为了引庄尔铭来找你?"

"是。"楚若溪一笑。他知道自己被监视,行动不便,但他有一个行动如鬼的得力助手——黑木。黑木一直是留在京城监视玉华景的,玉华景来到这里后,黑木也跟了过来。玉华景死后,黑木一直潜伏在周围待命,并且发现了庄尔铭的踪迹。

引诱庄尔铭现身并不容易,必须要抓住他的要害。楚若溪立刻想到玉华景的死,和那枚关系重大的小金印。

他不确定庄尔铭是否在找那方金印,也不确定庄尔铭是否从玉连城口中审问到那块金印的下落,更不确定庄尔铭的下一步计划是什么。但是不管怎样,他讨厌被人牵着鼻子走,他必须让整个局面的形势反转过来,跟着他走!

烧掉采菱苑,是故意制造"此地无银三百两"的效果,果然惊动了庄尔铭。当对方气急败坏地来找他谈判,局面算是有了松动。

"你们俩刚才达成协议了吗?"玉无双急急问道,"他肯放姐姐了?"

"他是只老狐狸,怎么可能立刻答应,还得回去琢磨琢磨。这两天没准又要闹出些幺蛾子来,所以我建议袁将军带着你先出去养病。花家答应全力帮助我们,你们住到他家比较安全。"

袁飞傲原本是不答应的,但是玉无双的遇刺让他后悔了自己的固执。所以当楚若溪再次提出这个建议的时候,他看了眼无双,点了点头。

"还有,也不是让袁将军就去花家闲坐着。庄尔铭之前一直处心积虑要挑拨你和无双的关系,就是为了让袁将军站在他那边。如今他的真面目已经暴露,将军也无须再顾虑之前的同朝情意了吧?"

袁飞傲又看他一眼:"我知道你是什么意思,不过大军调动,需要陛下的圣旨。"

"夷平这里,你说要多少人?"楚若溪眨眨眼。

袁飞傲想了想:"起码也要一千人才能控制场面。"

"距离这里最近的隆城有多少兵马?"

袁飞傲哼道:"你倒会算计。福峥嵘那里全城也不过一万人,驻军就一两千,总不能为了你都拉过来吧?"

"那……请将军为我写一封亲笔信,我去找福峥嵘借人。只借五百就好。"

玉无双吃惊地说:"你要亲自去?那这边怎么办?"

楚若溪弯下腰对她说："将军要守着你，你现在不便移动，所以不能远行，这件事我亲自去办最好。隆城那里，本来先帝就有旨意，让我去那里常住，其实我也算是那里的地方官了。但要福峥嵘打消疑虑肯痛快借给我人，还是得要一封袁将军的亲笔信。一来一回，速度快的话不过两三天，我相信庄尔铭也需要时间来谋划怎么对付我们，所以不怕这两天时间。"

袁飞傲和玉无双对视了一眼，都知道眼前也没有更好的方法，只能如此。

是夜，楚若溪离开耀阳。袁飞傲带着玉无双住进了花家。

这两条消息汇报到上官嫣和庄尔铭的耳中时，很是出乎他们的意料。

庄尔铭尤其震惊："他竟然跑了？"

"世间多少痴女子，可怜错付薄情人。"上官嫣的幽幽感慨让庄尔铭很是敏感地看着她，"嫣儿，你该不是以她自比吧？你与她可是不同人也不同命，没有半点可比之处。"

"我有说我在拿我们两个相提并论吗？"上官嫣淡淡道，"倒是你想多了。"她端起茶杯慢慢喝了一口茶，"既然他们都主动走了，我看玉连城也没有多少价值了。不如放了吧。"

"放了？"庄尔铭睁大眼睛，"你是在和我开玩笑？纵然是杀了她，也不能放了她。楚若溪那家伙也是诡计多端的，谁知道他这一走又是为了什么，也许是以退为进……之前纵火烧采菱苑也必然是他的手笔，哼，就为了引我上钩，怪我太沉不住气了。"

他后面的两句话已经是自言自语，上官嫣起身往后堂走，庄尔铭追过去，说道："我有话要盘问玉连城，今日我要见她。"

"好，但我要在场。"她依旧淡淡的说，一手在墙壁上敲击了几下，那道墙裂开一条缝。墙内的密室里有一个铁做的笼子，只够一个人勉强栖身，玉连城就坐在其中。

昨天上官嫣在她身上扎的针效还没有完全退去，她的神志依旧是迷迷糊糊的，靠在铁栏杆边上，紧闭双眼。

"这要我怎么问她？"庄尔铭蹲下身，一指穿过栏杆抬起玉连城的脸颊。

玉连城的脸色苍白如雪，全然没有了平日的神韵。

上官嫣也蹲下身，摸着她的背脊，在她后背上按了几处穴道，然后用力推拿了几下，玉连城渐渐苏醒过来，但睫羽张开时，眼神中还有着宿醉般的茫然和混沌。

"玉连城，楚若溪已经抛下你跑掉了。"庄尔铭蹲在她面前，一字一顿地说道。

玉连城的眼帘眨动，而后清浅地一笑："是吗？"

"你后悔吧？后悔跟错了人。"庄尔铭魅惑般地压低声音，"其实这样也好，他跑掉了，但我们并不想伤害你，只要你乖乖和我们合作，嫣儿是会放你回去的。"

"合作？"玉连城古怪地笑，"我不是已经合作了？'配合'你们，杀了我的妹妹。"

"可以告诉你一个好消息，玉无双并没有死，而且现在也转移到别处去了。"

从庄尔铭口中说出的好消息，并没有让玉连城露出欣慰的表情，她依旧古怪地笑，笑声从干渴的喉咙中发出，"咯咯咯"沙哑的笑声却听得人浑身不自在。

"你不愿意信？你可以问嫣儿。你们不是结拜姐妹吗？她总不会骗你吧。"庄尔铭将上官嫣推出来。

玉连城闭上眼："背后下手的姐妹，还是姐妹吗？"

上官嫣的脸色铁青，不耐烦地催促庄尔铭："你不是说有话要问她吗？该不会就是你啰唆的这些吧？"

"好，嫣儿别急，我这就问。"庄尔铭安抚地握握她的手，而后对玉连城说道："玉华景死的时候，有没有把什么东西交到你手上？"

玉连城眨了眨眼，"你指什么？"

庄尔铭是何等精明的人，看她这个表情便心里有数了。"这东西现在在你的手上还是楚若溪的手里？"

"我不知道你在说什么。"玉连城背过身去，不再看他。

庄尔铭声音一沉："玉连城，你别逼我对你用什么手段，我向来是不喜欢为难女人的。"

玉连城在狭小的铁笼里轻轻舒展了一下四肢，说道："你要怎么为难我，随你的便。"

庄尔铭看了一眼笼子上的铁锁，又看了一眼旁边的上官嫣，突然伸手点倒了上官嫣。他从上官嫣的身上摸出一把钥匙，将笼子门打开，把玉连城从里面拽了出来。

玉连城全身无力，被他拖倒在地上，并不反抗。

庄尔铭一手提起她的肩膀，抽下自己的腰带，将她的双手牢牢绑在铁笼子上。

玉连城盯着他紧皱的双眉和一脸的凶神恶煞，不禁又笑道："我以为丞相是个做坏事也要讲究文雅的伪君子，没想到丞相也有真小人的时候。"

庄尔铭紧紧盯着她的眼睛："我再问一遍，玉华景死的时候，把什么东西交到你手上了？"

玉连城淡淡看着他:"不知道你想说什么。"

庄尔铭冷笑一声,走到门口,对外面喊道:"给我拿一根鞭子过来!"

外面的人并不知道这里的情况,有人取来一根皮鞭,刚要踏进来,就被庄尔铭喝退:"出去,没我的命令,谁也不许进来!"

外面的人被吓退,庄尔铭手中握着鞭子,抵住玉连城的下巴,冷冷道:"好歹你也是个姑娘家,细皮嫩肉的,我不想扒光你的衣服搜你的身,若是在你的身上,就趁早交出来,免得皮开肉绽,自己受苦。"

玉连城鄙夷地冷笑:"我就知道你会用这种下三烂的手段。对,我是姑娘家,所以姑娘家应该怕流氓的行径,但是无论是男是女,最先是一个人。只要是人,就应该有做人要坚守的底线,无论你用什么样的手段对付我,我该守着的东西分毫都不会给你。"

庄尔铭的神色一敛,皮鞭甩开,两步后撤,重重的一鞭就抽打在玉连城的身上。

玉连城闭上眼,任那一鞭抽破身上的衣服,抽红了皮肉。紧接着,第二鞭又甩了下来。这一鞭更狠,直接将她的皮肤抽破,鲜血立刻泛了出来。

第三鞭甩下来,鞭鞘正好扫到玉连城的脖颈和下巴,并沿着那里撕扯开一条很长的伤痕。

三鞭过去,庄尔铭站在她面前,厉声问道:"现在感觉如何?"

玉连城缓缓睁开眼,"为了江山,你不择手段。丞相,你要的应该从来都不是大权独揽,而是整个昊夜。"

庄尔铭冷冷笑道:"你知道的太多了,看来你的命我也真的不能留。"

"你不怕上官嫣伤心?"玉连城微微笑,仿佛刚才的一切都没有发生过。

庄尔铭看了眼上官嫣,"嫣儿一切都以我为重,无论我说什么,她都会答应。她为我杀的人也不止一个,你以为你在她眼中会是例外吗?"

"也许是我想错了,但她……这辈子应该没认过什么人做姐姐。"玉连城深深吸了口气,也许是因为被针封穴后神经都有些麻痹,伤口的疼痛现在才开始发作,"而且我知道,她现在对你,已经没有你以为的那么坚定。也许,你也从来没有在乎过她的感受,从来没有问过,她真正想要的是什么。"

庄尔铭倏然扔下鞭子,将上官嫣一把抱在怀中,踢开房门,大步走了出去。

玉连城低下头,看着滴落在地上的鲜血,轻轻叹了口气。

上官嫣醒来时,感觉到自己的双手都被人紧紧握着,她稍稍动了动,那双手也动了,"为什么点我的穴道?"她启动双唇,听得到自己声音中的愤怒,"你有什么不可

第三十四章 离心

告人的事情，不愿意当着我的面和她说？"

"并非不可告人，只是不想因为你而分了我的心。"庄尔铭握紧她的手，"嫣儿，你的心越来越软了，我不能让你动摇我的心。"

"你对她做了什么？"上官嫣的牙齿打着战，"刑讯逼供吗？还是我更加猜想不到的非常手段？"

庄尔铭顿了顿，"只是抽了她三鞭子而已。"

上官嫣骤然推开他坐起来，大声喊道："紫云！黄翎！"

庄尔铭大声说道："嫣儿！别逼我和你翻脸！"

上官嫣冷冷说道："这话应该是我要对你说的！"

紫云和黄翎抢步走进来，诧异地看着两个主子皆是一脸怒火的样子，也不知道该说什么。

上官嫣说道："紫云，你去叫阁子里治外伤最好的大夫过来！黄翎，我现在在哪儿？"

黄翎结巴地说："在……在鹦鹉洲。"

"带我回听月楼！"她咬牙说道，"若是玉连城死了，庄尔铭，别怪我真的和你翻脸！"

庄尔铭也咬着牙："若是因为一个外人就让你和我翻脸，还要我怎么相信我们俩能够地久天长，白头到老？"

上官嫣凄然一笑："这是你的真心话吗？或许……这才是我的心里话。"

语毕，她扶着黄翎快步走了出去，庄尔铭震怒地将周围桌上的茶盏茶碗一并扫落到地上，摔溅起的碎片竟然将他的手指也划破了一道，但上官嫣的脚步毫无凝滞，更不回头。

当玉连城被人从铁笼上解下时，她已经没有多少气力站住。纵然她身上的封穴快过了时辰，上官嫣还是让大夫先为玉连城检查身体，看看有没有大碍。

言守阁的大夫查看了一遍，回禀道："阁主，她似是受过内伤，再加上外伤这三鞭，使得身子内忧外困，如果不能好好调息几日，可能会种下病根，一辈子都好不了了。"

上官嫣思量许久，说道："把她抬到床上去。"

几名侍女七手八脚地把玉连城连扶带抬地弄到床上去。上官嫣不知道从哪里弄了一副金锁，锁在了玉连城的手上，然后说道："就这么给她治，无论外伤还是宿疾，务必

治好！"

玉连城一直闭着眼，也不回应。直到此时才扑哧笑出声，只是笑声中满是嘲讽："你们两个，是在我面前一个扮红脸，一个扮白脸吗？"

上官嫣沉默了，袖子一挥，屋内的人都悄悄退了下去。

上官嫣的手指悄悄摸向玉连城的身体，当碰到她肩膀上的伤口时，明显感觉到她的肌肤一抖。

"抱歉……"上官嫣气馁地垂着头，"我一直警告过他不能动你，但他还是……你现在肯定不会再将我当作姐妹，但是我必须和你说清楚。"

玉连城没有回应。

上官嫣似是也不在乎她到底会不会听，就自顾自地陷入属于自己的回忆。

"我和庄尔铭也算是青梅竹马，我娘是他娘的表姐，因为两家走动并不频繁，直到十二岁时我们才见第一面，但只见一面，我们就彼此倾心了。我好像没有告诉你，我以前是看得见的。我这双眼，是为了他而瞎的。"

玉连城此时才突然震动一下，双目重新睁开，略带讶异之色地看着面前这个过于平静的女孩子——上官嫣和庄尔铭，还有这样一段孽缘？

"那一年丞相府失火，我正好借住在府中，起火最严重的地方就是尔铭的跨院。我当时奋不顾身地冲进火海，而他已经晕倒在房间中，我将他努力拖出火海，眼睛却被烟火熏到，很快就失明了……"

时至今日，说起当年的惊心动魄，上官嫣的语气却很平静，一点儿也没有过多的情感渲染。

"所以，你应该理解我们两个人的感情。他发过誓，永远不会抛下我，终生只爱我一个人，我相信。他为我修建了这片言守阁，答应我这是日后我们的终老厮守之地，我相信。他说无论我们相隔多远，分别多久，心中永远有一块地方是属于对方的净土，我相信。他说无论任何人想要阻挠我们未来的美好，他都不会允许那个人继续存在，我相信。"

玉连城呵呵笑了："以情动人，女人总是容易陷在男人的花言巧语里。"

这句话，并非完全是为了讽刺上官嫣的痴情，其实也是在说她自己。若不是楚若溪指天誓日，花言巧语地骗她，她又怎么会沦落到现在这步田地？可是，她竟然无悔，而且一点儿也不怨恨那个现在下落不明的臭小子，这是有多痴？有多傻？比起上官嫣的痴情，也算是难分伯仲了吧？

上官嫣却默然片刻，笑道："这样的话，他也警告过我。"

第三十四章 离心

这个他是谁，不言自喻。

玉连城长吸气："他无论做什么，你都是支持的，那你还要给我解释什么？想解释你为什么要站在恶人那边？"

"恶人？"上官嫣本能地反驳，"你们所能看到的只是他对待国家大事上的态度，别说是他，就是你们，不也是仗着自以为是的正义去打击所有你们认为的反对势力吗？他是不是坏人，自有千秋后世评说，我们就不要为自己的男人斗嘴了。女人再强，也不过是男人的陪衬。能被世人记住的女人有几个是好名的？"

玉连城望着她："你为他牺牲这么多，却给自己的评价这么低，难怪他对你可以颐指气使。随你怎么决定，也不必和我解释。"

"我和你解释，是因为我心中真的愿意把你当姐姐。但是如今这情势，也只能各为其主。"上官嫣的语调沉了下去，"今日之事，是个意外，怪我对他太信任……"

"是你高估了你在他心中的分量。"玉连城一笑，上官嫣默然不语了。

玉连城微微动了动，手上的锁铐哗啦哗啦响了几声，她叹道："真有意思，当初在王府被他囚禁，而今在这里被你们囚禁，我玉连城一世所求是要像男儿一般顶天立地，但到底还是别人的笼中鸟。"

她看向上官嫣："上官阁主，等你日后做了皇后，便会知道，你所想象的那个世外桃源，终究只是你的一场梦而已。"

上官嫣突然震怒地跳起来："你凭什么对我选择的人指指点点？你以为楚若溪就是个可靠的人吗？若不是因为你是古镜城的城主，有可用之处，你以为他会一直巴结你吗？"

玉连城忍不住又笑了起来，只是因为伤病，这笑声又被咳嗽声打断，"好吧，我们本来也没想说服对方，的确不该为了男人争执。其实不用你说，我也知道楚若溪不是个好东西，但是就如你爱庄尔铭一样，我对他也是义无反顾，我们就不要再自说自话了。我累了，实在不想和你斗嘴。如果楚若溪已经跑了，那我也没有利用价值了，建议你，不如直接把我杀了吧，给我一次痛快的，也不枉你叫我几声姐姐的情分。"

上官嫣的面部微微抽搐，倏然转身离开。房门砰地一关，只听见她跑到门外之后似是绊倒了，有几名侍女惊慌失措地喊着"阁主"，继而，声音渐渐远去，终于消弭于沉寂。

玉连城望着头上那片屋顶，喃喃自语："楚若溪，你若是真的跑了，才是聪明人。只是……我赌你是个傻瓜！"

福峥嵘见到楚若溪的时候很是吃惊。他当然早已得到旨意，知道荣王被贬为荣郡王，要入主隆城。但是楚若溪在皇帝病故之后突然单枪匹马地跑来，是他没有想到的。

而且楚若溪一见面就要求借兵，这更是让福峥嵘吓了一大跳。

"荣王……郡王……您这是……请恕末将多言，能和我说清是为什么吗？"

楚若溪说道："有人聚众谋逆，此时陛下刚刚去世，时局动荡，我若不能力挽狂澜，枉自姓楚！"

福峥嵘犹豫着："但是……调兵这事，要陛下的手谕……"

"先帝病逝，新帝没有登基，哪儿去给你弄手谕？再说，我又没有要你全部的人马，给我几百人即可。"见福峥嵘思量，楚若溪才拿出袁飞傲的信递过去，"我知道你们武将出身的人对命令手谕看得很重。但此时只怕是昊夜江山大变的时候，将军不可犹豫。袁将军已经在耀阳等候……"

"袁将军也在耀阳？"福峥嵘吃惊地问，"那……玉姑娘难道也……"他问到一半，似乎觉得问得不对，立刻说道："袁将军还平安吧？"

楚若溪是何等机灵的人？福峥嵘稍一口误，他察言观色便猜出了端倪，立刻说道："唉，玉姑娘的确在，但是……唉……"

他两声叹息，叹得福峥嵘心惊肉跳，掩饰不住自己的真心，连忙问道："玉姑娘怎么了？"

"她……被言守阁的阁主算计，被人刺成了重伤。"

这其中的内情，楚若溪自然不会说，但是只这一句话，就将福峥嵘说得剑眉倒竖，拍案而起道："这言守阁主是什么人？竟然这样胆大妄为！好！郡王稍等，等我今晚和几位副将商议之后便点兵出关！"

福峥嵘答应得痛快，楚若溪也只是松了半口气。说实话，他希望福峥嵘立刻就带上人马和他走，毕竟玉连城在对方手中，现在到底是什么情况还不明朗，多拖一刻，玉连城就有可能会多受一分罪。一想到这里，他就自责得心痛如绞。

但是，这世上之事，岂能尽如人意？还好此地距离耀阳不远，一切都还来得及。

因为他赶到隆城时已经是深更半夜，所以他只得先住下。

但就在他跟随将军府的丫鬟去后堂休息时，却看到有个人影一闪，出现在西角门的门口，另有一个副将模样的人迎着走了过去。

那人影似熟非熟，楚若溪一时没有认出来，心中疑惑地默默往后院走。刚走到一半，陡然惊醒——那人，不就是在言守阁遇到的庄英杰吗？难道他和福峥嵘早有勾结？

这一下子他浑身都像是被抽干了血液似的霎时冰凉。

第三十四章 离心

原本的困倦之意都一扫而光。待丫鬟们退去，他也没有脱衣服，而是从屋子的窗户一跃而出，跳上旁边的树枝，朝着西角门纵身掠去。

庄英杰是奉庄尔铭之命来到这里的。但并不是为了楚若溪而来。

庄英杰是庄尔铭用心安排在民间的一颗棋子。他以庄家近亲的身份结交很多朝廷官员，并拉拢哄骗那些心中欲求不满的人到耀阳的言守阁销金。

要知天下没有一个深潭可以深得过赌场，言守阁的门，进去不容易，出来就更难。这几年，庄尔铭一直希望能把福峥嵘拉下水，奈何福峥嵘自律甚严，始终不着道，庄英杰也没有白忙活，便从福峥嵘的手下下手，终于把福峥嵘的副将令常山拉到言守阁去了。

令常山这人一向自视甚高，但是迟迟得不到升迁，所以总觉得是福峥嵘故意打压，对福峥嵘久已不满却不好表露。庄英杰的拉拢引诱一击就中，成功将令常山拉到了庄尔铭这边。

此次庄英杰奉命来找令常山，便是要催促令常山尽快"行动"，隆城这个地方如果不在庄英杰的掌控之中，言守阁便有危险。平时也不会怎样，但现在是庄尔铭和楚若溪对峙之时，一个小小的隆城站在哪边便显得极为关键了。

庄英杰出现在隆城，让令常山心中很是紧张。说实话，他虽然很嫉妒福峥嵘的年少有为，不满现状，但他也明白自己被庄尔铭操纵在手心的境况也好不到哪里去。

如今前脚楚若溪刚刚抵达，后脚庄英杰就来了，纵然不知道内情，令常山也知大变在即。

他神色严峻地将庄英杰领到一个角落，低声问道："你来之前怎么也不先知会一声？"

"事出突然，难道还要丞相先给你写拜帖吗？"庄英杰的口气也不善，"丞相问你，几时能搞定福峥嵘？"

"丞相不是曾经答应要先让我升迁，把我调到京城吗？为何现在要我先对福峥嵘动手？难道丞相亲自动手解决他不是更容易些？"

庄英杰冷笑道："你现在还没有尺寸之功呢，就想着升官发财？不对丞相表现你的诚意，要丞相怎么重用你？至于你说为何丞相不亲自动手，这话问出来我得问你是不是脑子坏了？你要丞相亲自出面给他捏造一个罪名入狱吗？你知不知道福峥嵘是袁飞傲的心腹？福峥嵘一旦下狱，袁飞傲必定要干预，丞相可不想惹这个麻烦。"

令常山紧皱眉头："福峥嵘身边也有几个心腹，我若立刻起事，大局难控……"

庄英杰更加鄙夷地冷笑："这点小事你都搞不定，那我也没办法在丞相面前保你

了。你别忘了，你欠下的那二十万两赌资，还有你写给丞相的忠心书……"

令常山不耐烦地挥手："好了好了，我知道了，用得着你说得这么直白吗？小心隔墙有耳！"

庄英杰阴阴地说："我该提醒你的也都说完了，丞相只给你十二个时辰，该怎么做，你自己斟酌吧。"

夜色下，两个人陷入沉默。

不远处的树梢上，一双明亮的眼睛静静注视着这个角落，眼帘垂落，星子般的光芒被黑夜吞没，如魅影一般消失，那两个人竟然全无察觉……

清晨，令常山如常到将军府领命，福峥嵘的规矩一直是早起要练兵。

今天福峥嵘也是一早神采飞扬地走出来，问道："常山，昨天说过要把左军那群懒鬼拉去东山跑步，现下人马都聚集齐整了吗？"

令常山点头道："他们都在校场等候了。"

福峥嵘和他说着话，走出将军府，上了马，一行人很快就到了隆城的校场。但这校场上空空荡荡的，竟不见一个人影。

福峥嵘诧异地问："怎么回事？人都去哪儿了？"

令常山冷着一张脸，缓缓抽出佩剑，他身后的七八名亲随也随之抽出了腰刀。

福峥嵘身边的几名亲随感觉到出了变故，急忙挡在福峥嵘的身前，喝道："令常山，你敢对福将军无礼？"

令常山冷冷道："抱歉，福将军，我并不想与你为难，只是受人所托，必须取你性命。你放心，待你死后，我会代你照顾好暂时安身在隆城的古镜城百姓，不会让你失信于人。"

福峥嵘直视着他的眼："令常山，我素日待你不薄，今日你是受谁所托？如果肯说出来，我也能帮你排忧解难，你对我动手，就是犯了以下犯上之罪，可是要被问斩的。你竟然不怕死吗？"

令常山并不接话，对左右喝道："还犹豫什么？难道要等他的大队人马赶到吗？"

这句话之后，他身边七八位亲随一起挥刀冲向福峥嵘，福峥嵘凝眉疾步后退，他那几位护卫也并不恋战，反而且战且退，一团乱阵退到校场的中心之地。忽然间，福峥嵘将食指中指放在口中，一声呼哨，从校场四周涌动出近百名手持弓箭的士兵，全都虎视眈眈地盯着场中的令常山等人，手中的弓箭也都瞄准了他们。

令常山一下子从头冷到脚，眼前一黑，心知大事败露，已无可挽回。他也不争辩，

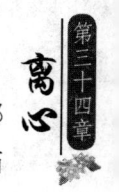

横过长剑就要自刎，突然从旁边什么地方射来一颗石子，正打在他的手腕上，生生将那里打出一个血洞，这锥心刺骨的疼痛让他不得不扔掉了剑，并立刻被从四面八方一拥而上的人按倒在地上，很快就被结结实实地捆绑了起来。

　　从头至尾没有出手的福峥嵘此时走到令常山的面前，居高临下地看着被压跪在自己身前的这个老部下，"常山，我知道你心中对我有不满，却没有想到你会突然使出这种手段，难道你习武这么多年，竟连个'义'字都不讲了吗？"

　　令常山低着头不说话。

　　福峥嵘看着他，叹口气："我知道你有难言之隐，今日之事也是别人挑唆。"

　　他向远处一招手，早已被捆绑起来的庄英杰也被押了过来，按倒在令常山的旁边。

　　"这个人，虽然不是罪魁祸首，却也是个极为可恶的传话人。"福峥嵘手指庄英杰，冷哼道，"我是应该先砍了他的舌头还是他的手指头？"

　　庄英杰吓得放声大叫："福将军，请手下留情，在下也不过别人手下的一条狗而已，不值得福将军如此大费手脚……"

　　福峥嵘听了哈哈大笑，说道："你这主子真是没选对人，竟选了你这么个贪生怕死之徒，你也不必说了，我知道你主子是谁，说出来倒让他丢了面子。"

　　他又看向令常山："我知道你心中的算盘，是想着陛下不在了，幼主一时不会登基，如今的昊夜江山都是那个人做主，只要你表示出全心归顺，便会在他手中谋得一份好差事，比在这穷乡僻壤之地做个小小的副将要好上不知道多少。"

　　令常山此时才微微抬起眼皮，看了他一眼，又迅速垂下眼皮。

　　福峥嵘慢条斯理地说道："我听说，耀阳的言守阁会扣藏一些人的要命把柄，我不知道那里有没有你的一份，若有，我可以答应，帮你毁了它，让对方再也不能持之要挟你。"

　　令常山似是全身一震，不敢相信地再次抬头看他，福峥嵘诚挚地说："常山，你我虽然政见有不同之处，但到底同袍多年，我不愿看到自己的兄弟死在我的手里。"

　　令常山的嘴巴嚅动了一下，艰涩地说："言守阁让所有欠下巨额赌资的人写下一份契约，发誓会在昊夜大变的时候，效忠言守阁。"

　　福峥嵘有些蒙，"这种东西随时可以反悔的，能有什么效用？"

　　"契约必须是我们每个人手书，还要按上指印，所以倘若被人追究下来，是抵赖不过的。而且……"令常山咬着后槽牙，"这是话分两头的一步棋。倘若大事成了，这契约则是对方将来给所有人论功行赏的邀功表，倘若此事计败……亦可以作为要挟，去向当政之主请功。"

福峥嵘震怒道:"原来世间还有这么歹毒的计谋!"他一怒之下,一脚踹在庄英杰的心窝子上,庄英杰当场昏死过去。

福峥嵘对左右说:"先把令副将关起来,单独一个牢房,不得再见任何人,但也不得用刑!一切等我回来定夺!"

说完,他一声呼啸,所有在校场四周准备好的弓箭手立刻整装出发。

一路赶到城门口,楚若溪正骑着马,领着另外的四百多人马静静等候。

看到他们终于赶到,楚若溪淡淡问道:"事情都解决了?"

"一切如您所料。"福峥嵘快速地将今天在校场发生的事情,连同令常山的话转述给楚若溪。

若不是楚若溪昨日警觉,偷听了令常山和庄英杰的对话,福峥嵘今日可能就真的遭了黑手。

而令常山的供述,无疑也解开了一直盘绕在楚若溪心头的疑问:为何被庄尔铭控制在手心中的那些人这样敬畏庄尔铭,不敢反抗?原来不说,或许还可以保命,说了,反而会招来灾祸。

庄尔铭这一招一石二鸟,一箭双雕,不可谓不厉害。只是这样私设国中国,将所有人玩弄于股掌之中,岂是朝中肱骨之臣应做之事?

该是和庄尔铭一决雌雄的时候了!

莫情

第三十五章

庄尔铭和上官嫣闹了一天冷战,上官嫣一直拒绝和庄尔铭说话,庄尔铭哄了一日,见她还不高兴,心中也焦躁了,说道:"嫣儿,在这样的大局面前,你我还要闹小儿女的脾气吗?若如此,怎么能成大事?"

上官嫣冷冷道:"你心中只有大事,那就做你的大事去。现在袁飞傲搬走了,楚若溪逃跑了,你的敌人不是都不在了吗?那你还留在这里做什么?"

"楚若溪的跑肯定是假跑,指不定躲在什么地方等着救玉连城呢。"

庄尔铭也不信楚若溪是真的逃跑,若楚若溪是个肯低头折眉的人,当初就不会从宫中带着玉连城逃跑。

但是楚若溪逃到什么地方去,一时还没有情报回馈。

这下子,楚若溪反客为主,变成了他在暗,自己在明,这实在是让庄尔铭不舒服。一直以来,他都习惯藏身幕后,暗箱操作。

但是楚若溪临走之前已经明确"暗示"了他,自己掌握景字号的关键,可见,能拿来号令景字号的金印就在楚若溪手中。

既然握有这等可以拿来谈判的关键,楚若溪又怎么舍得丢下玉连城呢?

这时候,紫云来报:"阁主,那个老糊涂最近又开始四处活动了。好像在找什么东西。"

"老糊涂?"庄尔铭听着这名字陌生,他毕竟不了解江湖上的那些奇奇怪怪的外号。

见上官嫣不回应,紫云忙回应道:"他是江湖上有名的老贼,之前到了言守阁之后虽然也赌了几把,但是并不见他下很大的赌注,只是四处转转。阁主曾经试探过他,但是老贼很谨慎,没有露出太多破绽。"

"这样的居心叵测之徒还留着做什么?轰出去就是了。"庄尔铭挥挥手,让紫云去办。

此时上官嫣缓缓开口:"他和楚若溪相熟,两个人在言守阁相遇后曾经私下密谈过。"

庄尔铭这才警觉地问:"莫非他们俩是提前约好的?"

"那我就不清楚了。"

庄尔铭起身道:"不如我去会会他。"

"我已经摸过他的底了,都没有摸出来。这老贼这些年在江湖上虽然是个盗贼,但据说并不是家财万贯之人。我估计他背后另有金主。"

"这么说来,就更加可疑了。"庄尔铭说道,"叫人把他抓起来就是了。难道我们

言守阁还怕一个老贼吗？"

上官嫣迟疑道："无凭无据，怎么就能……"

庄尔铭冷笑一声："嫣儿，你对玉连城心软也就罢了，连个老贼都要滥施同情心了？"

上官嫣又沉吟片刻，才问道："老糊涂现在在哪儿？派人过去将他直接扣下，就地关押，不要惊动左右住客。"

紫云领命而去，庄尔铭看着上官嫣，微笑道："嫣儿终于可以和我站在一头说话了，若是对玉连城和楚若溪也能如此，我也就能安心回京城了。"

"你要回去？"她问，"几时动身？"

"总要等摆平楚若溪才行。"庄尔铭一想到楚若溪那张吊儿郎当的笑脸就浑身上下不舒服。

他自幼被人称作神童，少年考学便得功名，做一国之相这么久，未曾遇到堪与匹敌的对手，直到这位在江湖上流浪数年的王爷回朝。

起初，他也未曾将楚若溪当作死敌。尤其当楚若溪和袁飞傲在朝堂上发生激烈摩擦的时候，他很乐得坐山观虎斗。

但是逐渐地，他意识到楚若溪这个人的厉害——这两年，楚若溪不断地给楚若涛出主意，干预朝堂的很多事务，企图使整个朝廷一步步脱离庄家的掌控。

所幸他意识得早，及时反击，而楚若涛又着实"病树难开万木春"，这才让楚若溪没有成了真正的气候，但纵然如此，也惊出庄尔铭一身冷汗。

楚若溪和玉连城同回京城，让他心中警惕到了一个高度。

古镜城深不可测，不为外界所知，纵然他和玉华景认识多年，彼此也互相利用，但是对古镜城的内部详情，玉华景还是不肯吐露。

玉连城能有多大能耐，会被楚若溪这样看重？

皇宫那一夜，他第一次见到玉连城，应该说这也是他这辈子第一次对一个除了上官嫣之外的女人印象深刻。

她的俊美，机敏，行动矫健，武艺高超，与他平日所认知的女人都相去甚远。

若是能引为所用，该是很得力的左膀右臂。

只可惜，她竟然是楚若溪的女人……

言守阁的人并没有抓到老糊涂。因为老糊涂并不在他的住处。

身为天下知名的"盗鬼"，老糊涂有着寻找财宝的本能。他最擅长偷盗的是名人字

画，可是真正一流的名人字画并不见得会被拥有者挂出来，而是收藏在许多难以寻找的密室中。

楚若溪临行前，悄悄找到他，希望他帮忙寻找玉连城的下落，而且怀疑玉连城可能被藏在了什么密室之中。

老糊涂根据楚若溪的描述来判断，认为玉连城的关押地点不应该是偏僻的角落，因为玉连城是何等重要的人质，若是藏在太偏远的地方，很容易被人救出，上官嫣和庄尔铭岂能犯这种低级错误？

他见上官嫣和庄尔铭频繁出入的地点就只有鹦鹉洲和听月楼，所以料想玉连城一定是被藏在这两处中的一处了。

但是他也知道自己被人盯梢很久，若是贸然行动，很容易被人抓住。因而他故意在言守阁中窜来窜去，故布疑阵，让上官嫣和庄尔铭猜不出他要干什么。

待到天色较暗的时候，他换上一身夜行衣，溜出自己的住处，确认没有被盯梢的人发现，藏夜色，攀屋脊，潜伏到了听月楼的屋顶之上。

今夜的听月楼好像比较安静，他亲眼看着庄尔铭离开，听到上官嫣对底下人说要两碗燕窝粥。

庄尔铭已经走了，上官嫣为何要两碗燕窝粥？他从屋顶瓦片的缝隙悄悄向下看，只见上官嫣走到一扇门前，左右有人将门上的一道锁解下，托着粥碗随上官嫣走了进去。过了好一阵，上官嫣才反身走出来，对手下人说道："去找一套从里到外都全新的衣服给玉姐姐沐浴后换上。"

旁边一个着青色衣裙的丫鬟小声问道："阁主，还要沐浴……不怕她跑了吗？"

"将浴桶搬到床边，她手上戴着链子，纵然想跑也跑不掉。"

上官嫣和手下人的对话让老糊涂兴奋不已，终于确定玉连城就在这里了！

但是他也知道上官嫣不是个好对付的人，若是自己稍有闪失，就会事败。好在他这个盗鬼身上各种玩意儿不少。

他从身上取了迷魂香，悄悄点燃，放在瓦片之下。那香无色无味，药气慢悠悠地从屋顶飘落到屋中。

上官嫣揉着头说："今天怎么觉得这么累？头都有些疼。"

丫鬟也揉着头说道："可能是天凉了，阁主您穿得太少了……"正说着，那丫鬟就咕咚一声先倒了下去。

"你怎么了？"上官嫣坚持的时间久一些，但也只是问出这句话后就伏倒在桌子上了。

时间紧迫，老糊涂怕惊动了听月楼外面的人，将屋顶的一些瓦片掀开，使了一个缩骨功就钻了进来，轻轻巧巧地落在地上。

那房间的门还紧锁着，老糊涂熟门熟路地从丫鬟身上找到钥匙，将铜锁打开，门缝后的一隙光亮刚刚透出，他便钻了进去。

一盏小小的油灯，一张孤单单的床，床上有一个毫无反应的人。

老糊涂摸到床边时，床上的人淡淡开口："怎么？还有话要和我说？"

"玉城主，是我。"老糊涂小声说道。

玉连城赫然睁开眼，惊诧地看着他："你……你怎么会……"

老糊涂将食指竖在唇边，"城主请少安毋躁，屏住口鼻，我这就救你出去。"

玉连城轻声道："我手上被铐了一个铁锁链，上面的锁……"

"我能开。"老糊涂平生开过的各种奇难锁没有一千也有八百。将这锁头看了看，就拔下头上的铁簪，插进了锁眼儿，来回拨动了四五下之后，咔嗒一声，锁头就掉了下来。

"行了！"老糊涂将她扶起就往外走。但玉连城全身虚软，根本走不快。老糊涂一着急，就说了句："得罪了！"然后将玉连城背在身上就往外跑。

这回因为他带了一个人，不能再从原来的小天窗上跑，只能从正门走。

但是正门处却有几个值守的丫鬟，骤然看到一个陌生人背着一个人跑出来，先是愣了一下，出口道："你……"

老糊涂反应也快，大声说道："阁主受伤晕倒了，你们快找人去看看，这个重伤，我先背她去治伤。"说话间，他已抢步出去。

那两个丫鬟怔了一下，听到他说上官嫣受伤了，就本能地往屋内跑去，老糊涂趁此时机，就又蹿出去七八丈远。

玉连城听着耳畔风声呼啸，小声说道："老糊涂，我们这样目标太大，不如你先把我放在一个地方……"

此时身后的听月楼中忽然响起了尖锐急促的哨音，这哨音似是一道警钟，霎时间在言守阁中如回音般此起彼伏地响成一片。

玉连城忙说道："对方已经察觉了，我们不能再这么逃，去吟枫轩……那里应该不被关注。"

老糊涂因为提着一口气，不敢开口说话，以免真气泄露就跑不动了，但听得她的话和哨音，便一转身跑向了吟枫轩的方向。

在吟枫轩中，方强和他的兄弟还在此留守。对于最近一段日子以来他们追随的这两

位主子为何奇奇怪怪地先后离开,楚若溪并没有给他们明确的说法,但是就因为留着方强在这里,楚若溪也等于给了庄尔铭一个暗号,告知对方自己早晚还会回来。

当老糊涂背着玉连城冲进吟枫轩的大门时,方强等人听到动静跑出来,吓了一大跳,纷纷上前帮忙把玉连城从老糊涂的身上救下来,问道:"这是怎么回事?"

老糊涂说道:"你们别问,先把她扶进去,外面有什么动静也别吱声!"

说着,他反身就往外跑。玉连城撑着力气叫道:"老糊涂,你必须立刻离开言守阁,别在这里多做留恋,你要办的事情,我和他会给你办好!"

老糊涂回头笑道:"好,有你的保证,我信!但是……"他坚定地说:"我要去帮你引开追兵!"

他从旁边的桃枝上折下一节干枯的树枝,一跃而起,跳向远处的大树,一边跳跃,还一边用树枝抽打着周围的树枝树叶,终于引起了追兵的注意,于是有人高喊道:"在这边!"

众多人影举着火把顺着老糊涂所在的方向奔去,庄尔铭也已得到消息从鹦鹉洲出来,听闻上官嫣被药迷倒后,他蹙眉说道:"除了玉连城,其余她的帮手都可以杀了。"

老糊涂的轻功不错,在树枝间腾挪闪跳,比猴猿还要矫捷,但是越来越多的人发现了他,弓弩也纷纷瞄准了他的方向。

一瞬间,十几支弓弩射发,老糊涂的后背洞开,他挥手丢出一溜流星镖,打落了十几支弩箭,但他的行动也迟钝了一下,此时树下的暗影中蹿出来七八人,一起跃上树梢,几招对打之后,就将老糊涂从树上踹了下去。

老糊涂虽然轻功了得,但对敌的格斗能力并不高,七八名言守阁的死士围攻上去,老糊涂已经没了还手的余地。

这时候有人喊道:"不对!他只有一人,被他救走的那人去了哪里?叫他招出来!"

老糊涂被人踹倒在地上,一脚踩在他的胸口,另外两只手也被言守阁的人踩住。还有两把刀架在他脖子上。

庄尔铭分众而出,居高临下地望着他:"你就是那个老糊涂?"

老糊涂笑笑。

庄尔铭俯下身,"你把玉连城藏哪儿了?"

老糊涂依旧笑笑。

庄尔铭冷笑道:"我知道她跑不远,你若是招出来,还有你和她的一条活路。你若

是不说，我就顾不得你的命了，掘地三尺也能把她搜出来！"

老糊涂还是笑了笑，开口说道："盗亦有道，我不能说的，当然不能说……"说罢，他竟猛地一挣，将自己的脖颈迎上旁边的刀刃，那持刀之人躲避不及，他脖子上的鲜血也喷涌而出。

此时远处亦传来一声惊呼："且慢！"

众人回头去看，就见夜色下玉连城似一片微微颤抖的花瓣，正一步步艰难地往这边走。

庄尔铭挥挥手，众人让开一条路来，玉连城踉跄几步之后，就用尽力气奔了过去，脚下一软，扑倒在老糊涂的身边，一边用手按压住他的伤口一边喊道："还不救人？"

庄尔铭不发话，只冷冷地看着她。老糊涂无奈地苦笑："傻丫头……为何出来……倒让我白白牺牲……"

玉连城握紧他的手，目中含泪，柔声说道："你放心，我会告诉你儿子，他爹是世上最了不起的大英雄！"

老糊涂露出骄傲的笑容，嘴唇嚅动着，说出两个无声的"谢谢"，而后缓缓闭上眼。那鲜血沾满了玉连城的双手，浸透了她的衣袖。

这是玉连城来到言守阁之后第二次面对死亡。上一次是玉华景，这一次是老糊涂。

前者纠缠她半生，后者，却是无辜的路人。

刚才看到老糊涂的临别眼神时她就知道老糊涂已经做好了为她牺牲的准备。她不愿意任何人为她牺牲，尤其在言守阁的杀手倾阁而出时。

她知道老糊涂还有一个心心念念惦记着的儿子，她怎能让老糊涂一把年纪却与儿子阴阳相隔？

所以她不顾一切地冲出来，奈何……依旧因为身子虚软而慢了一步。

这个人，为她而死，她欠下的情，却是用一生都难以还清……

有人在此时抓住她的肩膀，按住她的锁骨穴道，让她使不出力气。她冷冷回头，盯着庄尔铭的眼，"你的王权之路，一定要这么多人用生命铺垫吗？"

"这才只是开始，你便受不了了？一将功成万骨枯，更何况是王权。"庄尔铭抓起她往外拖，此地距离吟枫轩最近，庄尔铭便将她拖到吟枫轩，看着她半身鲜血，极为不悦地从楼上翻出一件衣服丢给她。

玉连城漠视着他，也不动。

庄尔铭冷笑道："我不是楚若溪，别指望我伺候你宽衣解带。"

玉连城望着他："阶下之囚不求丞相善待。我玉连城今日一人一命就在你面前，你

赌的是我怕死和楚若溪的回头，但若这两样都落空，你如今就不仅仅是失望了。"

庄尔铭按住她的肩膀，"哈哈，你倒好意思威胁我？既然知道自己是阶下囚，就不该死鸭子嘴硬，白白要别人为你牺牲。"

玉连城冷笑一声，也不理睬。

庄尔铭盯着她的侧脸，忽然将她一把按倒在桌上，俯身凝视着她的眉眼，"嫣儿从来不会这样无视我，我真不理解你们女人，男人好言好语地哄着时也不识趣，非要狠一些才肯乖乖听话吗？"

玉连城察觉到一丝诡异的气氛在两个人之间流动，她冷笑道："丞相是想说女人都是被宠坏的吧？丞相可以再抽我几鞭子，看看我能不能听话些。"

"你这话听起来倒是很有挑逗的味道了。"庄尔铭幽幽笑道，"你女扮男装这么多年，要说浑身上下本没有一丝一毫的女人味儿，可是楚若溪是怎么把你当块儿宝挖出来的？"

玉连城纵然是在被他抽鞭子时也没有像现在这么不舒服，敏感地察觉到庄尔铭对自己的兴趣已不仅仅是抓住自己来引诱楚若溪了。

她警惕地提醒："上官嫣和我说过你们两个是青梅竹马，说过她对你的一往情深，可是我怎么觉得丞相现在有背叛她之嫌？"

庄尔铭微微一笑："嫣儿永远是我最珍爱的女人，但是纵然是权贵富豪，哪家不是三妻四妾的，难道我就不能？"

玉连城浑身一颤，忽然越过他的肩膀看到门口不知几时竟幽幽伫立着一道黑色的人影，如鬼魅一般，一动不动。

她放声喊道："阁主现在可知道男人的花言巧语有多靠不住了吧？"

庄尔铭大惊，回头时，才发现上官嫣一手扶着门框，面无表情地站着。而他竟不知对方几时到来。

"嫣儿。"他急忙放开玉连城，反身回去安慰，上官嫣却丢下一声冷笑，转身而去。

庄尔铭喝来旁人将玉连城看押起来，自己去找上官嫣。

上官嫣对这言守阁的道路熟悉程度远超明目之人，更何况此时正是黑夜，庄尔铭在黑暗中辨别事物亦不如她。结果上官嫣竟先一步回了听月楼。

庄尔铭进门时，只听见屋里噼噼啪啪有众多瓷器被摔碎的动静，他站在门口扬声道："嫣儿，你若要发脾气就尽管发，这屋内千金万金也不足惜，只是我的心，你不能错怪。"

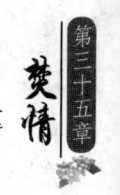

第三十五章 焚情

"你的心?"上官嫣猛地从屋内冲出来,将手中一个茶杯丢给他,"你有心吗?这些年我一个人苦苦地在这边守着,为的是什么?只为了听你说一句'纵然是权贵富豪,也可以三妻四妾,难道我就不能?'"

庄尔铭自知理亏,便想像以往一样柔声安抚两句,但上官嫣神情激动,手掌微微颤抖,根本不听他的。

"你可知我一人在黑暗之中的感觉?仿佛面前随时有一个巨大的深渊会让我掉下去。是什么支撑着我活到现在?是你!我一直把你当作这片黑暗里唯一的一束光,你对我的每一个字的承诺,我都死死地记在心里,把它当作圣旨佛音,但是今天我才知道,我竟是这么傻!傻到会把你的话当作圣旨佛音,可那不过是你用来哄骗我的谎言罢了!"

庄尔铭皱紧眉头:"嫣儿,你不要无理搅三分,我不过是为了引诱那玉连城说出实情。"

"哼,引诱,你这个词用得好,为了引诱她,不惜牺牲你的男色,真是辛苦你了,丞相大人!"上官嫣昂首道,"既然如此,我看这言守阁的阁主就让给玉连城来当好了。她才貌双全,有勇有谋,堪做丞相大人的佳偶。"

"嫣儿,你再无理取闹下去就没有意思了。"庄尔铭显然也烦了,甩脱开她的手便走。

上官嫣扶着门框,嘴唇颤抖地大喊道:"庄尔铭!若没有我,可还有这言守阁?"

庄尔铭回头望望她——那羸弱的身影让人看来心疼,往日种种浮现在脑海,心底像是被夏日阳光下的沙砾灼烫得生疼。

他翕动着嘴唇,本想说句宽慰的话,但到底硬着心说道:"这言守阁,不论是为谁而建,但它如今已不仅仅是你一人的世外桃源。嫣儿,你应该知道惜福,不要总让人哄着你。难道我欠你一双眼睛,就要拿一生的前程来赔你吗?我许了你未来,自然不会失信!但无论是谁,只要'他'挡着我的路,就是我的敌人。"

这几句话,貌似宽慰,实则坚定,真正让上官嫣彻底寒了心。

原来庄尔铭一直装在心中的那份"顾忌",不是对她的情意,而是对她的歉疚。

纵然这世上没有一个上官嫣,依然会有言守阁,因为这是他为了成就自己的"大事"而斥巨资破土兴建的最豪华的那颗棋子,他怎么会因为有她或没她,而丢掉这步棋呢?

于是她凄然一笑:"我懂了,庄丞相,祝你大业早成!"她这一次转身,毅然决然,不做留恋,也许是因为伤心太过,也许是因为积怨深。

庄尔铭认识她这么久，第一次见她有这样决然中带着一丝狠意的微笑，心中隐隐觉得不妥，但他是一人之下万人之上的丞相，平时多少人巴结着他，早已惯出了他目空一切的骄纵。

他坚定地认为女人纵然再强，也不能爬到男人头上去，更何况自己现在面对楚若溪、玉连城、袁飞傲这些强敌，已经分身艰难，若再分出心神去劝慰她，这个女人也未免太折辱他的面子，不顾他的感受。

所以，纵然看到她的表情时，庄尔铭的心有不安，有忧虑，有绞痛，可他还是忍下这一切，先去处置玉连城那边。

回到吟枫轩，玉连城还是原样坐在那里，仿佛一步都没有挪动过。

庄尔铭此时有些心浮气躁，进屋时向来处处讲究的他也不管不顾地先抓起桌上的一个茶杯喝了口凉茶，然后才掷下杯子问道："你为何不逃？要拿自己的命去救那个一文不值的老贼。"

玉连城缓缓说道："这世上总有一种人，愿意牺牲自己去救你认为不值得的人或事，我纵然说了，你还是不能理解，何必要说？你又何必要问？"

庄尔铭哼道："不错，你们这些傻瓜的脑子想些什么我是懒得知道。我只是要提醒你，我马上要回京了，楚若溪若是再不回来，你就要跟我一起回京！"

玉连城轻叹口气："漫漫回京路，会生出多少变故？丞相就不怕我被人劫囚？"

庄尔铭冷笑道："不要想激我杀你，只有留着你的命，我才能把楚若溪的命真正攥在手里……"

他话刚说到一半，忽然有人气喘吁吁地跑来，说道："主子爷，又起火了！"

"起火就去救火，和我说干什么？"庄尔铭很不耐烦地轰他。

那人结结巴巴地说："是……是阁主放的火。"

庄尔铭震惊得瞪着他："什么？"

"是阁主叫黄翎放的火。"那人半天倒过来那口气，才说得更清楚些。

庄尔铭怒道："女人发脾气就是这么不管不顾，她烧了哪里？倒让她烧去！难道我还烧不起吗？"

他这一声怒喝，把那报信的人吓得倒退了几步。

但是紧接着，紫云也跑来了，脸色煞白地一下子跪倒在庄尔铭面前："主子爷，快去劝劝阁主，阁主大概是……是疯了……"

"不就是烧几栋房子吗？用得着你们一个个这样惊慌失措地跑来……"

"主子爷，阁主烧的是听月楼啊！"紫云骤然大哭出来，"而且无论别人怎么劝，

她都待在里面不肯出来！黄翎已经吓得自尽了……"

她的话还没说完，玉连城大声喊道："言守阁养你们何用？冲进去救人是第一……"她的下肢穴道被庄尔铭点了，根本动不了，听得上官嫣竟如此疯狂，也惊出一身冷汗，恨不得立刻奔过去救人。

她虽然和上官嫣各为其主，结下梁子，但心中还是在意上官嫣的，否则就不会答应和对方结拜为姐妹。

这几日的流血死亡已经够多了，她实在不敢再听到更多的死亡了，尤其是上官嫣那个已经失去光明的可怜姑娘。

但也就在她呐喊的时候，庄尔铭便冲了出去，那急匆匆的背影，似是一团坠落深渊的黑雾——从不会想到自己有朝一日也能走到这一步！

听月楼冲天而起的火光艳丽而壮观，听月楼的整个结构都是木质的，所以火势一起根本无法施救。

庄尔铭赶到的时候，一楼二楼都已经起火，熊熊大火将整座楼包裹在中间，就像是一朵怒放的红色睡莲，别说是冲进去救人，就是靠近都会被炽热的烈焰和浓烟逼得步步倒退。

庄尔铭大喊道："嫣儿！上官嫣！"庄尔铭焦急万分，不由得对下人大吼道："你们把阁主救出来没有？"

左右的人哭着跪倒回应道："阁主把自己锁在屋内，不许任何人进，然后让黄翎点了火，还说谁若是靠近就要一剑杀了谁。"

"你们不去救她，你们才一个个都该死！"庄尔铭气急败坏地一个个踢过去，抽出其中一人的佩剑，乱砍乱刺，言守阁的死士躲避不及，亦不敢躲避，伤的伤，死的死，倒下一片。

"嫣儿！跳出来！我在外面接着你！"庄尔铭对着楼上声嘶力竭地大喊。

但是楼上的窗纸都已烧着，火舌肆无忌惮地卷过窗棂，卷过房梁，卷过一切东西。火场中，噼噼啪啪，不时传来有东西跌落的声音。

庄尔铭的大脑一片空白，怔怔地望着那火场，仿佛时光逆流，整个人回到了当年丞相府失火的时候。

那一年他是受困于火场中的人，浓烟滚滚，昏迷不醒。依稀仿佛，是被一个娇小的身影拖出火场。

待他昏迷三天后终于醒来，陪在身边的那个人是已经失明的上官嫣。

当时他娘感慨地说："谁都不敢去救你，只有这丫头敢。眼睛为了你都失明了，可

是她心中只有你，一醒过来就非要来照顾你。唉，这可怜的傻姑娘，尔铭，你这一生不要辜负了她啊……"

这一生都不该辜负的姑娘，他曾经发誓要珍爱一生的姑娘，那个曾娇嗔着在他怀中的姑娘，那个愿意为了他牺牲一切的姑娘，怎么可能如此惨烈地在自己面前化为一缕青烟？

他大喊道："上官嫣！你若是死了！我就要天下人给你陪葬！"

但楼上依旧没有回音。事实上，也不可能再有回音。

轰然一声巨响，整栋听月楼承受不住烈火的焚烧，瞬间倒塌。火星四溅，烟灰飞扬，所有人都纷纷往后撤，只有庄尔铭还傻呆呆地站在原地一动不动，任凭旁人死拖活拉将他拽开。

这一刻的他像是被抽干了心神的木头人，眼前只有那片绚丽的红色。

原来，拥有和失去竟真的是转瞬云烟。

他曾经拥有的，未曾珍惜的，以为会白首一生的，就这样失去了，寂灭了……

上官嫣，从今日起，他要死死地记着这个名字，不再为了爱她，而是为了强烈地，矢志不渝地，恨她一生一世，至死方休！

"庄尔铭！若没有我，可还有这言守阁？"

她最后的问题，现在听来是带有五脏六腑都碎透的疼痛。

若没有你，言守阁对于他的意义真的还会重要吗？气愤之语，怎可作为判定的依据？可他俩这样骄傲，一转眼就错失了彼此解释的机会。

猛地，他抓起地上一根烧得旺旺的残木，冲向距离听月楼最近的一栋庭院，狠狠扔了进去。

要烧，就把这里所有的一切都烧干净！那才是彻底地毁灭！

嫣儿，你要烧的不是听月楼，不是你自己，而是我的一颗心，那我便用整座言守阁为你陪葬。

你才会明白，若没有你，还会不会有这言守阁……

楚若溪率兵赶回耀阳时，见到的是他无论如何也想象不到的震惊场面——那曾经有拂堤杨柳、雕梁画栋的言守阁，行走其间如在画中游的言守阁，已成了一片废墟！

"怎么回事？"他疯了般地跑向花家，袁飞傲和玉无双也是清晨才得到的消息，正在商议时，楚若溪冲府而入。

周围花家很多人甚至还没搞清楚他到底是什么人，他已经冲进来大声喊道："袁飞傲！袁飞傲！"

第三十五章

袁飞傲从屋内走出,冷着脸道:"一进门就大呼小叫的,喊什么?你喊得再大声,能把你女人喊出来我就服你!"

听他这样一说,楚若溪心就凉了,"玉连城呢?言守阁怎么变成了那个样子?"他脸色惨白,嘴唇颤抖,几乎站立不住。

方强竟从里面走出来,纳头拜倒:"公子,我没守住那位,那位……"他昨晚已经发现玉连城是个姑娘,虽然惊异,但也还不知道玉连城的真实身份,不知道该怎么称呼。

昨晚当玉连城缓过些力气,要去救老糊涂之时,她指点方强等人趁着阁中大乱,先行逃走,虽然她还不知道袁飞傲和玉无双去了花家,但花家既然已经结盟,那就是可以信赖投奔的地方。

那时候言守阁的守卫并不森严,况且她还有一块上官嫣送的玉佩,可以自由进出言守阁。恰好在此时可以发挥重要的效用。

那块玉佩就留在吟枫轩中,方强等人拿了玉佩就往外跑,因为阁中混乱,看门的人看他们有玉佩,没有多加盘问,便放他们走了。

只是他们刚到花家没多久,就听说言守阁方向火光冲天,整个耀阳的人不出家门都可以看到映得通红的那一片天空。

这场大火整整烧了一夜,烧死了多少人,还是烧毁了多少建筑,烧光了多少金银珠宝名玩字画就不知道了,但向来门禁森严的言守阁从半夜起就不断有人从阁内往外跑,竟没有人阻拦,显然阁内已经一片混乱。

"走,我们去看看!"楚若溪对袁飞傲说道。

袁飞傲回头看了眼门内,玉无双在屋内努力大声说道:"去看看吧,你们两个人不要吵架,去找我姐姐……"

袁飞傲看向花重锦:"有劳你了。"

花重锦躬身道:"袁将军可放心,花家上下会全力护持玉姑娘安全的!"

袁飞傲得此保证,即刻与楚若溪分乘一匹快马,联骑奔向言守阁。

言守阁的实际情况比楚若溪在外面看到的还要糟糕。

大门已经敞开,所有言守阁中的丫鬟、护卫,一个个木呆呆地正在低头从废墟中向外捡拾着还有用的东西。

楚若溪进门时,甚至无人询问。

楚若溪拉起一个坐在地上哭的小丫鬟,问道:"到底发生什么事了?为什么好端端

的起这么大的一场火？"

"昨晚阁主疯了，放火把自己烧死在听月楼了，后来，后来这火就越来越大，大到控制不住了……"小丫鬟是被昨晚的场景吓到了，身子紧紧蜷缩，满脸的惊恐还没有退却。

楚若溪呆怔住："上官嫣放火自焚？为何？"

小丫鬟拼命摇头。

"那庄尔铭呢？"他再追问。

"主子爷……不知道……"小丫鬟痴痴傻傻的，一脸迷茫。

楚若溪一眼看到远处跪在废墟边上哭的紫衣女子，正是跟随在上官嫣左右的紫云，他几个箭步蹿过去，抓起紫云的胳膊，问道："你们家主子爷呢？庄尔铭呢？"

紫云根本没有留意到是谁抓她，只喃喃地，痴了一般地说："走了，都走了……阁主死了，黄翎死了，主子爷走了……言守阁毁了……怎么会……"

"玉连城呢？玉连城去哪儿了？"楚若溪疯狂地摇着她的肩膀，在她耳边大声吼。

紫云被他晃得发钗掉落，头发披散，这才缓缓醒过神儿来，指着他惊讶地说："你是……是荣王……"

"玉连城呢？"楚若溪急了，手指紧捏着她的腕骨，"再不说别怪我捏断你的手腕子。"他刚刚使了三分力，紫云已经疼得痛呼起来了，连声说道："荣王饶命，玉城主被主子爷带走了！"

"带去哪儿了？"确认玉连城没有葬身在这片火海中，楚若溪的心稍稍放下来。只要庄尔铭是把她带走，而不是就地杀死，那一切就有转圜的余地。

紫云茫然地摇头："不知道……主子爷没有交代。"

"你们阁主的尸首呢？"袁飞傲忽然开口。

紫云叹气道："整座楼都塌了，一时间很难找到阁主的尸首，而且死在楼中的不止阁主一人，还要分辨……"紫云说着号啕大哭起来，"阁主您为何这样想不开？世间让女子伤心的男人多的是，难道就要为他们去死吗？主子爷为了您，连这言守阁都烧去给您陪葬，难道还不足以表示他的诚心？为何您就不肯多等一等……"

楚若溪大致听明白了：上官嫣不知道因为什么事和庄尔铭发生了激烈的争执，竟导致她宁愿自焚。

而庄尔铭在爱人自焚之后也许是愤怒，也许是万念俱灰，便毁了整座言守阁为她陪葬。

这一对痴男怨女的爱恨纠缠之刚烈，远胜过他和玉连城。也因此，让他的心又高高

悬了起来。他怎么能因为庄尔铭带走了玉连城就以为玉连城平安了?

连这样用心经营多年且富可敌国的言守阁,庄尔铭都能一把火烧了,还有什么疯狂事是他做不出来的?

他看向袁飞傲,紧张地说:"怎么办?必须立刻找到玉连城!"

"你知道他能去哪儿?"袁飞傲盯着他,"我们现在手里有些人,但是他也不会孤身上路。若是不能集中力量去击打要害,就有可能把他放跑。"

楚若溪咬着大拇指想了片刻,猛一抬头道:"他的大本营没了,如今只有一个地方能容身,就是京城!"

狂瀾 第三十六章

庄尔雅这些日子以来一直陪着楚霄在皇陵"修身养性"。每天教楚霄读书写字，貌似清闲，但她心中十分焦虑。

兄长庄尔铭离开之后就再也没有消息，连楚若溪和玉连城的下落也没有。她曾要亲信偷偷去打听过，也没有任何动静。她知道楚若溪肯定会回来的，纵然自己曾与他为敌，他也要回来为楚霄的皇权尽一份心力。

庄尔铭的野心越来越明显，连她都感觉到恐惧，无法控制，楚若溪又岂会坐视不理？那个人，向来是个外表看起来大大咧咧，轻浮放浪，但骨子里极其谨慎缜密的人。否则当初在皇宫中，自己一番计划布置不会终成流水，让他跑了。

但自己孤身一人，纵然楚霄是太子，孤儿寡母，哪有力气和大权独揽、雄霸政坛多年的哥哥相比？

本来还想指望袁飞傲，偏偏袁飞傲又告假出京。一切的一切都让人绝望，庄尔雅只能按兵不动，静静等待。

这天，楚霄在屋里写字写得有些烦了，要去外面走走，庄尔雅不放心，便陪着他出来。

皇陵很大，分东南西北四个方位。楚若涛的陵墓就在东边。

楚霄一出门就向着父皇的皇陵方向走，庄尔雅急忙喊道："霄儿，别走得那么急，这皇陵这么大，万一走丢了怎么办？"

楚霄回头笑道："母后放心，我认得路！"

"你怎么会认得路？"庄尔雅不信。

楚霄张开双臂给她指："您看，这皇陵是按照皇宫的方位建造的。在宫中，一直往东走，能走到父皇生前的寝宫，在这里一直往东走就能到父皇的皇陵！"

庄尔雅猛然一惊，站在原地举目看去——果然，这皇陵的东西南北四个方向的路线，与皇宫中的大路小径极其相似。难怪皇陵这么大，历代皇帝都被埋在东边，是因为皇帝生前议事就寝的守言宫就在东边。而她常居的辉月殿则在西边，那也正是昊夜历代皇后的皇陵所在。

原来，皇陵和皇宫竟有如此玄妙的关系！皇帝们是否梦想着自己死去后，依然可以在地宫之中像生前那样主持国事，掌控天下？

想到这里，庄尔雅忽然笑了起来，一边笑，一边擦着眼角笑出的泪水，多么执着于至高无上权力滋味的男人啊！即使到死，还舍不得放弃生前所拥有的一切。可是，这么多皇帝埋在一起，在地下是如何平均分配他们应有的权力的？难道要每天轮流在地府上朝吗？

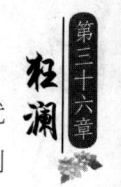

她年纪不大，却经历了别人一生都不会经历的爱恨情仇，对一切都已看淡，活着犹如行尸走肉，就只为了楚霄而坚持。今日压抑在心底的伤感化作笑声喷薄而出，这遏制不住的笑声让周围随行的人和楚霄都看傻了眼。

"母后，您怎么了？"楚霄忙扶住她，焦急地问，以为她病了。

庄尔雅将眼角的泪水擦干，甩头道："没事，我们去看你父皇好了。"

拉起楚霄的手，她忽然又站住，思虑了好一阵，问道："霄儿，你看父皇的皇陵布局和皇宫有什么不一样吗？"

楚霄想了想，说道："父皇的皇陵比皇宫中的守言宫多了一个出口。"

"哦？"

"就在西北角！"楚霄用手指着远处，"我上次还跑去看了一下，那边有个小门，不过锁着，大锁都生锈了。听人说，那个门已经废弃，很久不用了。我真想从那个门出去，不知道会去到哪儿呢？"

庄尔雅按捺不住心中的激动，握紧楚霄的手，说道："走，我们去看看！"

正如楚霄所说，在皇陵"守言宫"的西北角，有一扇不起眼的小木门，看上去像是建造时为了搬运材料而开辟的。皇陵建好后，木门就废弃不用了。但是整座皇陵中，其他类似的小门都已被拆除，砌墙封好，唯有这一扇门，就像是被人遗忘了似的，孤零零地藏在角落里。

庄尔雅回到永青堂，叫人找来了皇陵的建造图，图纸上却没有这道门的存在。她又找来此地熟悉皇陵结构的一名老太监询问，那老太监想了很久，说道："这小门的确很多年都不用了，大概是当年建好皇陵后忘了封砌吧。"

庄尔雅心中存疑，这么大的工程，不该留下这么明显的疏漏。她又问道："还有没有其他的地图？自皇陵向外延伸的地图。"

"有的，娘娘请稍等。"老太监跑出去翻找了一番，又拿来一张旧得纸页都泛黄脆弱的地图，他小心翼翼地将地图在庄尔雅脚前的地上铺开，说道："这地图上还有灰，娘娘请小心慢看。"

庄尔雅站在地图前，迅速地找到皇陵中对应守言宫的位置，沿着记忆中小门的方向，一路向西北看去，只见地图上重峦叠嶂，绵延不尽，隐隐约约似能在山林之中看到几排殿宇模样的房子。

她俯下身用手一指，问道："这是哪里？"

老太监顺着她手指的方向眯着眼看了好一阵，恍然大悟道："哦，这里是潜龙寺啊。当年也是皇家寺院，曾经香火鼎盛。后来因在别处另建新寺，这里就渐渐废弃不用

了,现在……应该不会有人住在那儿了吧?"

庄尔雅捏紧指骨,低声说:"那……给本宫备车,本宫要去那里看一看,此地既然距离皇陵最近,说不定……说不定有先人魂魄在寺中修行,我要为先帝亡灵上一炷香,为太子祈福。"

潜龙寺,这里是不是一个隐藏着秘密的地方?

庄尔雅走下马车,站在潜龙寺紧闭的寺门前久久没有去敲门。

忐忑,心中不确定。这里是她的救命稻草,还是索命的地狱之门?

一切只源于她的大胆猜测——那一晚,楚若溪和玉连城跳下地道逃跑,究竟消失在何处?那地道的入口就像是皇陵中那扇小门所在的位置。若他们逃跑的路线和皇陵之外的道路是相似的,那地道难道也会和潜龙寺暗中相连吗?

"娘娘,要不然,我们回去?"跟随她来的老太监看她一直没有动作,便小声提醒,"丞相大人说过,要娘娘不要离开皇陵太远……"

这句话却激怒了庄尔雅,"怎么?本宫的一举一动要你个奴才替丞相监视吗?"她几步走到门前,用力拍打着木门。

里面竟真的传来脚步声,随即有人打开门,一个小沙弥站在门后,讶异地看着面前这位一身素服却不失雍容华丽的美丽少妇,双手合十,躬身说道:"阿弥陀佛,请问女施主有何见教?"

庄尔雅看着那小沙弥,喉头哽咽了一下,艰难地问:"这里……还有谁?"

"还有我的师父。"

"再没别人了吗?"庄尔雅高声说,"我不信,我要进去看看!"说着,她推开那小沙弥,大步走了进去。

曾经浩大的皇家寺院,如今冷冷清清,地上虽然打扫得一尘不染,但是满目萧条。

庄尔雅站在空荡荡的院子里,不见人声衣影,暗自怅然若失。

此时身后传来脚步声,另有一位老人的声音:"阿弥陀佛,了空见过皇后娘娘。"

她浑身轻颤,赫然回头,只见身后那名老和尚笑盈盈地看着自己,虽然看破她的身份,却毫不惧怕地直视着她的眼。

她怔了怔,觉得这老和尚有些眼熟。

老和尚躬身道:"贫僧了空,娘娘应该没有什么印象了。但是当年先帝和荣王,曾经带皇后娘娘到贫僧的俗家寝宫玩过,皇后娘娘是否还记得……"

庄尔雅赫然想起来了,惊呼道:"您是……七皇爷!"

是的，庄尔雅幼年和楚家兄弟厮混在一起的时候，曾经和他们兄弟一起去过七皇爷的寝宫玩，印象中七皇爷是个很慈爱的老者，一生喜欢读佛经，却听说早已病故，怎么会化身为出家高僧独自居住在这荒废的寺院里？

看着庄尔雅惊诧得说不出话来的样子，了空微笑着问道："皇后娘娘是来找荣王的吧？"

庄尔雅再一震，仿佛自己的衣服都被人扒开，心底所有的秘密竟一览无余。她紧紧抓住自己的袖口，咬牙切齿地问："他们果然逃到这里了吗？叫楚若溪出来！"

"荣王已经走了很久了。"了空伸手向旁边一指，"皇后娘娘既然有缘到此，进屋和贫僧喝杯茶，如何？"

庄尔雅望着了空那炯炯有神的眼睛，心中疑虑繁杂，想着若是就此走了，不但不能知道答案，白来一趟，还要被外面的太监将这一路的始末细节告诉庄尔铭，便应道："好！"

小小的厢房，两杯不算名贵的清茶，了空和庄尔雅分坐两边。了空微笑道："不久之前，荣王也曾经坐在这个位置和贫僧喝茶聊天。"

庄尔雅的心怦怦直跳，情不自禁地伸手摸了一下身下的椅子。如今正值天寒，那椅子是冰凉的，可是……楚若溪曾经在这里坐过，这里，曾经有过他的体温啊……

她闭上眼，沉默良久后才缓缓睁开，说道："大师似是有很多话要对哀家说。是荣王猜到哀家会追到这里，所以让大师为他带话给哀家吗？"

了空摇摇头，"荣王并不知道娘娘会到这里，为娘娘留话的，是先帝。"

"陛下？"庄尔雅猛地从椅子上站起，直勾勾地瞪着了空，也顾不得长幼之序，用手一指，"好你个隐世高僧，居然如此妖言惑众，危言耸听！陛下缠绵病榻多年，如今更已去世，怎么会让你为他传话？你不要帮着楚若溪在我面前故弄玄虚，我可不怕他的手段！"

见她这样激动，了空倒是很镇定，心平气和地说："娘娘一定很好奇贫僧为何抛却皇家万千荣华，独自隐居于此，更不解贫僧为何说是先帝为您留话。其实很简单，因为贫僧是昊夜皇帝的替身佛。在先帝被确立为太子之后，贫僧便已被指定是先帝的替身佛了。娘娘肯定知道，先帝每年都要外出上香礼佛，但是他礼佛的地方除了那新修的皇家寺院之外，还有这。在这里，先帝和贫僧说过很多心里话。"

庄尔雅怔怔地听着，关于"替身佛"这个称呼，有些熟悉，又有些陌生。熟悉是因为她知道昊夜皇家有个传统，为了向上天祈福，祝祷皇帝和太子多福多寿，会派一个和皇帝或太子亲近的人出家为僧，或指定皇家寺院中的一位得道高僧为替身佛，延福延寿。

只是楚若涛从来没有和她说过，他也是有替身佛的，替身佛就是七皇爷。因为她向来对佛事不感兴趣，所以每年楚若涛外出礼佛，都不勉强她同行，她也就留在宫中没有跟随。

原来，这背后竟然还有这么一串她不知道的故事。可是……"陛下和你说过什么？"她咬着下唇问道。

了空举起茶杯，"娘娘何不喝了这杯茶，先静一静心，再听贫僧慢慢道来？"

庄尔雅按捺着性子，勉强喝了一口，但这茶的味道却让她一愣，"这是……虢国夫人？"

了空点头："娘娘果然喝出来了，正是'虢国夫人'。先帝说，这是娘娘最喜欢的茶，为了跟随娘娘的脾性，他也就改喝了这种茶，他说茶如其人，只可惜这名字取得不好。"

庄尔雅倏然脸涨得通红，明白其意了。虢国夫人是中原大唐有名的一个女子，有名在于她丧夫后，却与妹妹杨玉环的丈夫唐玄宗私通奸情。当年她因为爱这茶香中的妖娆口感，所以就顺口取了虢国夫人的名字。而今旁人或者说者无意，但她听者有心，这茶名竟像是在为她那段不可告人的隐秘恋情做注解。

将杯子放下，再无心饮下第二口，她板着脸说道："本宫不想听你讲什么茶道。纵然这茶是先帝送你的，但也不见得先帝真和你说过什么重要的话，你若再故弄玄虚吊人胃口，信不信我把你这寺院都拆了？"

了空再一笑："先帝没有和贫僧说过娘娘是这样火暴的脾气。先帝只说，娘娘是他今生最在意的人，也是最对不起的人。"

庄尔雅心头震动，面上依旧平静："本宫不懂这话的意思。"

"先帝说，他对娘娘用情之深，自认为无人可比，只可惜，万千情意却都像是沉入大海，并不能让娘娘为之所动。他知道娘娘心中的最爱并不是他，只可惜已无法成人之美，今生实在是有负于娘娘。"

"住口！"庄尔雅再度震怒，手指颤抖，"谁准许你在先帝去世之后，这样诋毁先帝和本宫的清誉？"

了空双手合十："贫僧只是如实传达先帝之语。先帝说过，娘娘本性天真浪漫，可惜这深宫禁苑束缚了娘娘的双足，皇后之尊又压制了娘娘的天性。他一生只想穷极所能将最好的给娘娘，但给得越多，就越让娘娘痛苦。他只愿一切从头来过，他拼得皇位不要，也要给娘娘一份寻常人都能享受的幸福。"

庄尔雅的脸色由白转红，双目充热，鼻翼微酸。

不错，这是楚若涛的口吻。那个老好人，那个娶了她，却不被她所爱的男人，不曾白首一生，却看透她心中所想的男人。

原来……她自以为隐藏得很好的秘密，所有人都知道了……楚若溪、庄尔铭、楚若涛，他们早就看穿她，看透她了。

幽愤在心中滋生，她痛恨自己被一群男人掌控于股掌却紧闭于心门之外的滋味。

当初楚若涛在她面前一本正经地怀疑楚若溪种种，难道那都是做戏给她看吗？

从头到脚的凉意让她的心似是又死了一次，盯着了空，说："还有什么可以吓到本宫的话，不妨一次说完吧。"

了空曼声道："先帝说过，庄家在朝中盘根错节多年，这些年庄尔铭已不仅仅是身居丞相之位，以国事为先，而是另有打算。因为庄家与娘娘的渊源，他不愿意伤娘娘的心，所以在他有生之年绝对不会为难庄家，让娘娘失了颜面。可为了太子，为了昊夜的基业，也不能将昊夜的江山拱手让给庄丞相。荣王是最能帮他保住昊夜江山的人，如果娘娘能摒弃心中杂念与荣王合作，也就是保住了太子的江山，请娘娘三思。"

庄尔雅听得咯咯笑起来："好啊，他楚若涛算计得一本好账！为了与我为善，就说不能在他活着的时候扳倒庄家，却又暗中安排楚若溪算计我娘家。凭什么还要我信任他，信任楚若溪？"

"因为先帝说娘娘纵然对他心中有怨，对荣王有怨，但归根结底娘娘是位母亲，母亲的一切都是献给儿子的。太子还年幼，根基不稳，庄尔铭的狼子野心昭然若揭，若荣王不能倚仗，娘娘怎能保证太子的安危？"

提到楚霄，庄尔雅的心中似是被人插了一把刀。是的，她可以恨楚若涛的故意隐瞒，恨楚若溪的花不解语，恨庄尔铭的玩弄权术，但是……楚霄是无辜的，楚霄是她最心疼的儿子，这世上最最在乎的人。如果楚若溪和庄尔铭真的要一决雌雄，楚霄就是他们争夺的焦点。如果，哥哥真的要造反，他岂会容得下楚霄的存在？

蓦然间，那种寒意席遍全身，让她不由得打起了寒战。

了空默默望着她脸上的神色变化，再说道："娘娘可知陛下把玉玺放在何处？"

庄尔雅警觉地盯着他："什么意思？"

"无论是太子登基，还是庄尔铭篡位，都需要一道诏书，借先帝之名所下的诏书，那诏书上就必须有皇帝的玉玺大印。先帝说，这玉玺所藏之地他只告诉过娘娘，因为他只信任娘娘。娘娘无论最终做何抉择，这玉玺，该由娘娘亲手交给您想选择的那个人……牵一发而动全身，娘娘可要三思而慎行。"

了空的一段话，让庄尔雅不得不再次正视自己目前所处的境况。

是的，楚若溪，庄尔铭，她必须立刻抉择要倒向哪一边。若是犹豫不决，拖延下去，那倒霉受制的就是楚霄。

历朝历代，幼主被杀，重臣篡位的事还少吗？难道她要亲眼看到楚霄浑身鲜血地倒在自己面前？

庄尔雅刚刚回到永青堂，却见所有丫鬟太监都在门口，马车也在那里等候，之前所穿衣物及所用之物都被装箱放入车上，一副要搬家的样子。

她一惊，怒道："谁要你们擅动东西的？"

一名宫女轻声说："丞相回京，派人来传话，说外面世道险恶，以防有人对皇后和太子图谋不轨，请您和太子即刻回宫。"

庄尔雅心头一紧——她并不知道庄尔铭之前出京了。那他去了哪里？为何刚回来就要让人把他们母子从这里搬回宫去？当然，一方面是为了继续监视，另一方面……是不是说楚若溪也已开始采取行动反击了？

可袁飞傲呢？此时此刻还联络不上袁飞傲的话，只怕就来不及了。

她心急如焚，却没有别的办法。上车时看到楚霄正兴奋地坐在车里，为能回宫而雀跃不已。

蓦然间，忧从中来，她一把抱住儿子，扑簌簌落下泪来。

庄尔铭知道楚若溪必然会从后面追击他，所以他也有应对的办法：从言守阁离开时，他命人准备了六辆同样的豪华大马车，煞有介事地带着众多护卫，分别从六个方向行进。而他自己，却带着玉连城，另外坐了一辆毫不起眼的蓝布小马车，也没有什么随行护卫，自官道大摇大摆地往京城走。竟这样成功地骗过了楚若溪的眼睛，悄无声息地回到了京城。

一回京城，他下的第一道命令就是：关闭京城所有城门，禁止一切人员进出，清点国库，确定粮仓储备。一切……似是为了一场大战做准备。

一时间，人心惶惶，流言四起。

玉连城被禁锢了双足，点了穴道，腰上绑了一条很细的链子，不到三尺长，却是用精钢制造，链子另一头就拴在庄尔铭的手腕上。显然，庄尔铭要和她"同生共死"，寸步不离地看守着她，以防她逃跑。

玉连城看着他下令布置一切，幽幽笑道："丞相，您已经乱了方寸。"

以庄尔铭的头脑和手中所握持的实力，本不该这样毛躁地展现出要和人决一死战的架势。看来上官嫣之死确实动摇了他的心。

但庄尔铭只冷冷道："我等得太久了,如今我的耐性已经磨光了,所以要速战速决。"

"究竟是什么让你起了篡位之心?是天性如此,还是对皇位旁观太久,产生了觊觎?"玉连城偶尔也会和他像谈心一样聊天。

庄尔铭的脸上许久不见笑意,只有淡淡的怅然和阴郁的幽恨,"是被逼无奈。"

"被逼无奈?"玉连城挑挑眉,"难道竟是有人逼着丞相要做一个篡权夺位的大奸臣吗?还是庄家早有家训,要后世子孙必须做遗臭万年的逆臣?"

这个问题,让庄尔铭保持沉默。直到玉连城将在丞相府度过第一夜,两个人共同睡在一张床上,但是都无睡意。玉连城怎么会忘记引起上官嫣自杀的原因是庄尔铭对自己的那一丝不轨杂念,所以暗中戒备,尽管这戒备并不能真正救她。

可是庄尔铭什么都没有做,他只是直勾勾地看着头上的帐幔,忽然回答了她白天提出的问题:"你问我为什么会被逼无奈走上这条路?是因为当年嫣儿救我的那场大火……"

"那场火?"

"那场火并非偶然,而是有人蓄意谋害。那背后主使,就是楚若涛的父皇!"

玉连城皱眉,以为他在说胡话。一国之君怎么会随便杀害重臣的儿子?

庄尔铭知道她不信,"楚若涛的父亲——景武皇帝,你也许听说过他登基的手段。"

玉连城当然知道,她甚至曾经拿景武皇帝的事情去教导楚若溪。

"他毕竟不是正经按遗诏登基,心中总有恐惧,怕人陷害,怕祖宗在天之灵不能庇佑,所以一天到晚求神问佛,只求心安。结果也不知道他从哪里找了一个老和尚算命,说昊夜皇权最大的祸患与'铭'字有关。他就想起我来了。"庄尔铭冷笑道,"我那时还年幼,又不是他手下的臣子,他不能光明正大找个名目来治我的罪,便叫人暗中纵火。我虽然福大命大保住了性命,却害嫣儿盲了双目。这个仇,你觉得我应该忍了?纵然不为我自己,为了嫣儿那双眼睛,我也不能忍!"

玉连城惊讶地问:"可你怎么知道是先帝……"

"你忘了我家几朝做宰相了吗?"庄尔铭冷笑,"那些朝中的文件,能见光的、不能见光的,我看过多少?纵然瞒得了一时,又岂能瞒得过一世?"

玉连城默默不言,暗中感慨:世间万事皆有因果。

玉连城淡淡说道:"若上官嫣之死还不能让你觉悟,那她的死也就真是白死了。"

明显感觉到链子那一端的身体在颤抖,她知道,上官嫣将成为庄尔铭一生的痛,上

官嫣的自杀比庄尔铭自行宣告失败更让他无法承受。

所以她觉得，这时候的庄尔铭也是可怕的，因为他好像什么都做得出来。

与虎同榻，坐卧岂能安心？

但几日的身体疲惫，终究还是让她在后半夜似睡非睡地迷瞪了一觉。醒来时，却见庄尔铭已经起床换衣，坐在桌边吃早饭了。而她的链子依旧拴在他的手腕上。

"如果要沐浴更衣，或者要小解，我可以叫丫鬟进来。"庄尔铭若无其事地说着让玉连城难免脸红的话。

玉连城苦笑，扶着床架坐起来，这时候只听外面有人说道："丞相，皇后娘娘来了。"

庄尔铭皱眉道："谁准许她出宫的？"

"皇宫的侍卫根本拦不住娘娘，娘娘以命相威胁，众人只好依了她。"

庄尔铭哼笑一声："到此时，她居然还是这样固执任性。她要来，就让她来吧。"

庄尔雅气势昂扬地大步走进院内，不等婢女通报，大步走进庄尔铭的卧室。

庄尔铭听得她进来，只懒懒地起身拱拱手："皇后娘娘驾临，微臣有失远迎。"

庄尔雅还未开口，却看到倚着床栏而坐的玉连城，讶异地用手一指："你……"然后再看向庄尔铭，她狐疑地看着两个人都是一副清早刚刚起床的样子，忽然狂笑起来："天爷啊！世间竟有这么可笑的事情！玉连城，我以为你是个多么刚烈自爱的女人呢，我以为楚若溪真是懂得识人辨人的，却没想到他爱上的竟然是个水性杨花的女人！"

玉连城听她讥讽，也不回嘴，只淡淡问道："丞相大人，涉及你们兄妹的私事，我一个外人还是不要听的为好。不知道可否先把我安置到别处单独关押？"

她这样一说，庄尔雅才留意到她和庄尔铭之间相连的那根精钢链子，一时语塞，更加狐疑地看着二人。

庄尔铭漫不经心地说："无妨，反正你也跑不了。皇后娘娘也不是外人，她原本和你男人是旧相好。你们俩也算是情敌了吧？"

庄尔雅的脸一沉："丞相大人请小心说话！我和荣王之间的事，涉及先帝之名，先帝去世，你少在这儿胡言乱语。"

庄尔铭打了个哈欠，"好，我今日也没空和你讲大道理，一会儿还要会重要的外客，你有什么事就快说吧。"

庄尔雅本来有一肚子的话要对庄尔铭讲，但说到底，那些话也无非是台面上的大道理。她虽然知道庄尔铭不可能听得进去，却还是想再做一次努力，用亲情感化他，免得到最后到了刀剑相向，无法收拾的地步。

但如今玉连城在这里,那些话她一句都说不出口。只是语塞了半晌,才咬牙说道:"你现在这样……若让上官嫣知道了,就不怕她失望伤心?"

庄尔铭侧过脸去:"她?不,她永远都不会失望伤心了。"

庄尔雅听得话音不对,还未询问,玉连城却幽幽说道:"上官嫣……已经死了。"

"嫣儿?"庄尔雅花容失色,惊呼道,"怎么会?"

她自幼和上官嫣认识,虽然上官嫣双目失明,但两个人在闺中也是很好的朋友,庄尔雅自幼朋友不多,上官嫣几乎是绝无仅有的一个,骤然听到密友去世,简直是她这些日子以来的又一个晴天霹雳。她震惊地瞪着庄尔铭:"为何?是谁害了她?"

"是她自寻死路。"庄尔铭烦躁地想终止这段对话。

庄尔雅呆呆地看着他,一步步走过去,一手扶在他的肩头上,"怎么?你的意思是……嫣儿是……"

"她是自杀的。"玉连城在旁边不紧不慢地补充道。

庄尔雅更加震惊得一时无语,好半晌才缓过神儿来:"为何?为何?嫣儿不是心中一直都惦记着你有朝一日能和她团圆,惦记着要和你在一起……去年她还给我写过信。说言守阁里的睡莲开得特别好,说她看不见了,只能听婢女们形容,她心中想着那睡莲的样子大概就像我一样。可为何……为何……"她一连四个"为何",一边说,眼泪已经滚滚而落,终于泣不成声,跌坐在旁边的椅子上。

"人已经死了,你哭也无用。"庄尔铭狠心骂道,"她自己活得不耐烦了,谁也拦不住。"

庄尔雅猛然站起身,瞪着他:"怎么你说到她的死竟然全无半点悲痛?该不会害得她自杀的人就是你吧?"

庄尔铭皱紧眉头,也不辩白。

庄尔雅立刻看明白了,冲过去用手狠狠地抽了他一记耳光,"这一巴掌是我为嫣儿打的!她为了你这个臭男人失去了多少?眼睛、青春、忍受孤独寂寞……她失去的还不够多吗?你还要这么残忍地逼她走上绝路?"

庄尔铭的眼中没有笑意,嘴角却微微上挑,哼哼笑着:"好,打得好,我就当是嫣儿打的吧……"

以前庄尔雅要打他,都能被他避过,这一次,他刻意没有躲避。他希望有个人打他一下,代替上官嫣狠狠地打他,看看能不能把他的心打醒,或者,就只是替上官嫣打他一下而已。他太需要这露骨的疼痛了,火辣辣,响当当的一巴掌,仿佛能直接打到他的灵魂上去。

　　他静静坐着，手掌抚摸过脸颊的肿热，深吸口气："好，这算是替她报了仇了……我不和你们女人计较。皇后娘娘，微臣请您先回宫去。以免乱党入城后，微臣难以护您周全。"

　　庄尔雅冷笑道："乱党入城？是城中有乱党吧？丞相突然下令关闭京师大门，惹得全城百姓惶恐。丞相可否给个解释，那乱党是谁？又在哪里？"

　　"乱党是谁，你我心中有数。"庄尔铭斜睨着玉连城，"我若不封城，任由他们大摇大摆，自由进出，我有十足的把握吗？楚若溪诡计多端，那袁飞傲又是个勇猛枭将，这两个人若疯了，城中有几人抵挡得住？"

　　"袁飞傲……"庄尔雅一惊之后，心中说不出是喜还是忧。袁飞傲已经和楚若溪联手了吗？

　　这两个人联手，则文有谋，武有将，庄尔铭必然不是对手。她这似忧似喜的表情一时没有遮掩住，被庄尔铭看在眼中，"皇后娘娘如果指望着他们两个人为你'护幼主、扶独孤'的话，我劝你还是死了心吧。这两个人虽然厉害，但他们都有弱点握在我手里。"他侧目看向玉连城，"如今玉城主在我手中，楚若溪便不敢轻举妄动。您和太子在我手里，袁飞傲就不敢轻举妄动。我虽然忌惮他们，但也并非无计可对。皇后娘娘是个聪明人，应该知道此时明哲保身的道理。"

　　庄尔雅呵呵笑道："丞相大人是劝我明哲保身，还是在威胁我们母子呢？但是我有件事要提醒丞相大人，历朝历代篡权谋位的乱臣贼子没有一个有好下场的。一旦事败，您不能指望您的亲外甥是未来的皇帝，就能免我庄家大罪，您可为庄家上下几百条人命想过后路？"

　　庄尔铭抬眼看她："最起码，看在他娘的分上，太子殿下不会下旨'诛九族'的。"

　　庄尔雅的细白牙齿紧紧咬着下唇，那里渗出的血珠将她苍白的嘴唇染上一抹艳红。"大哥，算我求你，收手吧。我也不希望霄儿登基的第一道圣旨是清算我们庄家的造反谋逆之罪。他还那么小，心中不该装满这些阴谋和杀戮。"

　　庄尔铭面无表情地说："可惜，当年老皇帝对我下手的时候，可没有想过不能让楚若涛的心中装满阴谋和杀戮。这是一报还一报，我们两不相欠。"

　　"难道牺牲了嫣儿，你觉得这代价还不够大？"庄尔雅忍无可忍地高声喊道。

　　庄尔铭闭上眼，身子向后一倒，头枕着椅背，幽幽说道："江山面前，女人……只是一个陪衬。我欠她的，下辈子会还她。但这一辈子，只属于我自己！"

　　庄尔雅终于明白自己已经和他无话可说了。她长长地吸气，吐气，几次之后才让自己激荡不已的心稍稍平静了一些。转身走到门口，又回头看看玉连城，她忽然咬牙说道："丞相大人，您若想不惊动四方，太太平平地登上这个皇位，唯一一招就是要霄儿登基之后的禅位诏书，但这诏书若无御印便不能成真。您可知，这玉玺大印在哪里？"

庄尔铭猛地睁开眼，只见她已袅袅婷婷地走出去，那结尾的话音犹自缭绕飘荡在屋内。

再转首去看玉连城，却见她的嘴角挂着一丝玩味的笑容，曼声道："令兄妹刚才这一场……也是一出好戏。"

霎时间，他的眸光阴鸷，急怒攻心。一个念头跳入脑海：原来，他算计半生，真正能搅乱他心神，刺中他要害的敌人并不是手握重兵的袁飞傲，或身居高位的楚若溪，而是上官嫣、庄尔雅、玉连城，这一个又一个的女人！

尘土

第三十七章

楚若溪和袁飞傲被挡在京城的大门之外。

袁飞傲并不担心如何攻破这道大门，"皇后曾经下旨封我为三军大将军，所以这方圆百里之内的官兵我都能调动。"

楚若溪并不乐观："皇后的旨意效力能有多大？在昊夜以前还没有皇后下旨的特例。纵然皇后下旨，庄尔铭扣着旨意不传抄各郡各省的驻军，便无人认可这道旨意。"

他想了想："当然，凭着将军的威望，肯定会有人愿意站在我们这边，只是我们也要顾虑人家的安危。庄尔铭一顶'乱党'的帽子扣下来，可不是谁都能吃得消的。路胜旗现在应该在这附近，不知道是城里还是城外。他家的军队历来是皇城周围的护城军，在言守阁的时候，上官嫣一直在企图说服拉拢路胜旗，也不知道他最终上套了没有。如果要控制京城的局势，将军务必要先控制住路胜旗！"

"嗯。"袁飞傲斟酌着说，"路家一直和我不对付，我和他家没半点交情，直接上门去谈估计不行。距此地两百里的郑常守军统领老冯是我家故交，我可以去那里调人。"

他们身后的马车内传出玉无双的声音："既然现在逼得庄尔铭把城门都关了，就说明他现在拿着我姐姐和太子皇后做要挟，已经决定鱼死网破了，我看你们不要强攻，只能智取。那路胜旗归根结底还是听庄尔铭的话，所以拿下庄尔铭是最重要的。"

"无双的话我同意。"楚若溪望着城门，"今晚我只能试着爬爬城墙了。"

玉无双从车窗探出头，微笑道："用不用我助你一臂之力？"

袁飞傲愠怒道："胡闹，你伤得那么重，折腾什么？"

"不需要我动手，我只是说几句话就好。不过……"她打量着楚若溪，忽然抿嘴偷笑，"荣王必须化化妆才行了。"

深夜，守卫在皇城上的小兵正在打瞌睡，忽然听到下面有人在急促地敲城门。

小兵一跃而起，不高兴地喊道："敲什么敲啊？封城了，谁也不许进来！没看到城门上的告示吗？"

"小哥，求您行行好，我娘病重，我和姐姐特意从外地赶来见我娘最后一面。"

这声音哀婉娇柔，就好像一根小小的羽毛撩拨着小兵的心，让他不由自主地向下张望。只见下面站着两名女子，因为天寒，都裹着厚厚的棉袍，但那女子微微仰起脸来，竟让小兵惊艳得张大嘴巴，说不出话来。

"和下面啰唆什么呢？"一名年长的士兵拍拍他肩膀，"丞相有令，不得放人入城，你管她们是谁呢。"

第三十七章 尘土

"是……是……是仙女……"小兵呆呆地指着下面。那年长的士兵笑道:"你见过仙女什么样吗?"他一边说着,一边低头去看,竟然也呆住了。

城门下的女子依然在声声哀恳:"小哥,我们一路走来,腰腿都要断了。外面天寒地冻,我身子娇弱,肯定是熬不过一夜的,烦请小哥破个例,我们两个弱女子肯定不是坏人。若能见我娘最后一面,定感谢您的大恩大德!"

"人家有急难,要不然……咱们就帮一下?"两名士兵情不自禁地互相对视了一眼,飞快地跑下城门,还彼此嘱咐:"今夜之事,可不能告诉徐队长!"

沉重的城门被拉开一条缝,勉强够一人通过,城门外的两名女子闪身进来,一个身材高挑,一个纤巧。

刚才一直在说话的那名纤巧美女连忙对两位小兵蹲礼致谢:"若不是要赶着去看望母亲,小女子还应再三感谢二位军爷,眼下身无长物,这样的大恩大德只能以此为报,还望二位军爷不要嫌弃。"说着她掏出两锭银子,每个足有十两沉。这样的阔绰谢银也让两名士兵眉开眼笑,但又生怕惊动了其他当班的士兵和队长,连声说:"你们两个快走吧!让人看见就要治我们俩的罪了。"

两个人不敢耽搁,连忙匆匆离开。

他们一直穿过两条街才在巷口拐角站定。

那高挑"女子"长出一口气,低声说:"无双,这回可怎么让你出去呢?"

这两个人正是隐姓埋名乔装改扮之后的玉无双和楚若溪。

楚若溪甚至换了一身女装以掩人耳目。他的容貌本就俊美,换上女装后在黑暗中不细看,不听他说话,他人很难分辨。

玉无双微笑道:"别为我发愁,京城这么大,我去哪儿不能住一住呢?"

"要是让你住在这里,袁飞傲就要和我急了。"楚若溪说道,"这样吧,你就说母亲病重,要请舅舅来主持大局,再混出去。"

"可我想留下来看着姐姐得救……"

楚若溪沉声道:"无双,我知道你心中惦念连城,正如她一直最惦念的人是你一样。只是现在我和袁飞傲都不能分心,你若留在京城,反而会让我们都绑手绑脚,更何况你重伤未愈,绝不能到处乱走。"

"好吧。"玉无双叹了口气,一把抓住楚若溪的手,"你要答应我,一定把姐姐平安救出来!"

楚若溪笑道:"当然,咱们还要互喝对方的喜酒呢。"

他目送玉无双回到城门,那两名小兵因为收了银两,又见她的确没有耽搁太久,不

似是在城中另有图谋,只说"这一去后再不可能让你带舅舅进来了"之类的话,玉无双故作梨花带雨状,那两个人心中不忍,只得二次打开城门,放她出去。

确认玉无双平安离开后,楚若溪才长出一口气。转过身环视着这熟悉而安静的京城,大街小巷,皆难见一个人影。

这是决战之前的宁静,而此时的丞相府,不知道是否也是这样宁静呢?

身边突然有个黑影一闪,啪嗒一声,半空中落下一个人,跪倒在他面前:"王爷!"

他凝眸看去,冷冷道:"黑木,这些日子你死到哪儿去了?"

黑木低头说道:"属下一直紧随庄尔铭的车队,因他看管森严,没有王爷的命令,属下不敢擅自行动。"

"玉连城呢?"楚若溪的心绪激动,"她是否平安?"

"庄尔铭应该是制住了玉姑娘的穴道,还用银链将其锁住,重兵看守,所以很难将她救出。"

楚若溪噙着冷冷笑意:"庄尔铭对我们家城城还真是'器重有加'。"稍一思忖,他说道:"你去联络禁宫侍卫长花康洪,告知他,我这几日要行动,让他随时做好准备。"

"是。"

"丞相府那边,若不能力敌,就继续密切监视。但倘若玉连城有个闪失……黑木,咱们主仆二人,就都给她陪葬吧。"

"是!"

丞相府。

路胜旗正在这里。

言守阁被大火焚毁的时候,路胜旗是暗中窃喜的。他被庄英杰哄骗着来到这座魔窟中,年少不禁撩拨,下场赌了几把,结果就欠下了巨额赌债。他本想拉着刘传南帮自己借贷,可刘传南也是一脑门儿官司,欠下的钱比他还多,到最后,就连长乐钱庄都抵押给了言守阁。

路胜旗心如死灰,只想着自己大概唯有一死才能摆脱言守阁的纠缠。但没想到言守阁突然失火,据说阁主就死在火海之中。既然如此,那他不就是脱困了?

他欢天喜地收拾行囊正准备离开,却不料被人堵在门口,告知:"主子爷要见你。"

主子爷？上官嫣不是已经烧死在大火中了？怎么又冒出个主子爷来？

他惴惴不安地去见那位"主子爷"，惊见对方竟然是庄尔铭！

对于言守阁和庄家的关系他当然早有耳闻，但还是没料到庄尔铭竟亲自现身到此。

庄尔铭见到他时只说了一句话："要想保住你们路家的脸面和你的小命，就和我回京城。"

路胜旗只得听从。

一路上，庄尔铭并未和他说太多话，直到回到京城，路胜旗得知庄尔铭下令封闭城门，才知道事情已经大到他都无法想象的地步。

"丞相，就算是为了防着荣王造反，也不必这样大动干戈，京师重地，戒备森严，会动摇百姓之心的！"路胜旗年轻气盛，一直都很不喜欢楚若溪，但是他更害怕看起来深不见底的庄尔铭。

庄尔铭冷冷一笑："小将军以为我就是防着荣王吗？要知道荣王有名无权，不过是个空头王爷，何须我这样大费周章？我惧的，是他身后的袁飞傲。"

提到袁飞傲，倒是让路胜旗产生了一分蔑视之心。"丞相，我实在是不理解，以袁飞傲那种粗人，一点儿兵法策论都不懂，打仗全凭勇猛往上冲，岂是为将之道的上上选？"

庄尔铭微笑点头："你说得不错。将分三等，袁飞傲这种凭借一介武夫热血，不懂兵法策论的只能是下等。能将兵书典籍熟背于心的，在战场上运用得当的勉强算个中等。真正的上等将军，是要在战场上既知己也能知彼，知天文，识地理，可随战场风云随机应变，甚至自创阵法战法。路小将军，请问你自认是第几等？"

路胜旗涨红脸，说道："在下……在下不敢说自己是上上之选，但也可以算得上是中等吧。"

"小将军太谦逊了。"庄尔铭摇摇头，"前不久的边关之战中足见你有上将之风，只是你还年轻，我不便立刻将你委以重用。你们路家一直被袁家压制，在朝中难以做擎天巨擘。在言守阁，我一直希望上官嫣多和你谈谈心，便是要你想明白这里面的道理。路家要出头，不能只任由别人将你们踩在脚下。路家人都是你这样的谦逊脾气，无论为将为臣，都只能做个中等。"

他一番话，说得路胜旗心情激荡，竟忘了自己在言守阁欠下巨额赌债的背后是庄尔铭怎样的处心积虑、陷害算计。他脱口问道："丞相的意思是，要我们路家敢于和袁家正面挑战……"

庄尔铭抬起手，止住他的话："我是一朝丞相，怎么会无端挑拨你们两大重臣之家

互相敌视？岂不是要动摇了朝廷根基？但现在有件天大的事情，我不知道该交给谁去办才好。想来想去，只有交付给你，因为只有路家是我信得过的。"

路胜旗脱口说道："丞相有什么要我办的，尽管开口！路家为了昊夜，没有什么是不能牺牲的。"

庄尔铭从旁边打开一个匣子，拿出两张纸，放在路胜旗的面前。路胜旗看到那两张纸，霎时脸色都变了。这两张纸，一张是他亲笔画押的赌债欠条，一张是他发誓效忠言守阁的誓词，都是最要他命的东西。

他脸色苍白，看着庄尔铭，只见庄尔铭神色淡淡地将那两张纸举在他眼前，十指一分——刺啦一声，将那两张纸一起撕开，然后三下两下，就将它们撕成了碎片。庄尔铭将那碎纸往地上一扔，说道："如今路小将军什么把柄都不在我手里了，我们只是以昊夜臣子的身份进行这场对话。我要和小将军说的，是一件极为隐秘的大事，请小将军千万不要外传！"

路胜旗全身绷紧，盯着庄尔铭的嘴唇，连气都不敢喘一下。

"先帝去世时，小将军知道谁在他旁边？"庄尔铭看着路胜旗茫然地摇头，缓缓吐出那个名字，"袁飞傲。当时先帝昏迷多日，袁飞傲从外面回来，坚持面圣，却在他面圣之后，陛下就突然驾崩。这件事，小将军不觉得蹊跷吗？"

路胜旗的眼光闪烁，激动地说："难道……难道是袁飞傲和荣王勾结……"

"不无可能。"庄尔铭一字一顿，"荣王心怀不轨多年，他在江湖上流窜时就勾结了一些奇人异士，前不久又拉拢古镜城的玉连城，现在更是连袁飞傲都收入麾下了。你想想，还有什么是他们做不出来的？而今我孤身护主，不封闭城门，还能怎样？"

路胜旗愤慨道："纵然乱世，又岂能容奸党横行？"

庄尔铭说道："所以我想请路小将军率领路家军，保卫皇城安危，不知道小将军可有这誓死护主的勇气？"

路胜旗早已被他激得热血沸腾，立刻答应："好！一切但凭丞相安排！"

庄尔铭递给他一块令牌："凭此令牌，小将军可以自由出入京城，只是切记做事不要一时冲动而大意鲁莽。敌方有个楚若溪，最是诡计多端之人，小将军单纯赤诚，莫中了对方的圈套。他日平定乱党，我定向太子和皇后请旨，为路家册封爵位，赐第一武将之名！"

他几番安抚，又许以重名，路胜旗果断站在他这边，领命而去。

庄尔铭转回内室，就见玉连城正安安静静地坐在屋子的一角，手中捧着他放在床头的一本《昊夜史记》，读得很是认真。

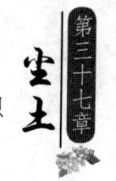

第三十七章

庄尔铭倚着门框抱臂看她,"我以为你刚才要嘶喊几声,给路胜旗通风报信,没想到你竟然这么沉得住气。"

"我纵然喊了也没有用,丞相已经把我定为逆臣乱党那一边的,他岂会听我的话?"玉连城抬起头,幽黑的眸子在灯火下尤其明亮,与她白皙柔美的皮肤交相辉映。那条链子就拴在床头的木架子上。

庄尔铭一手扶在她面前的桌子上,低头凝视着她:"我知道你还在等,等楚若溪来救你。我就是要看看,他到底有没有胆量来救你,我真怕他不敢来啊。"

玉连城淡淡笑道:"好,那我们就一起拭目以待。我想,他总会来的,就在丞相大人您,最猝不及防的那一刻……"

第二天,皇宫中有太监来传话,说是皇后召见丞相入宫商议要事。

因为之前庄尔雅以玉玺之事暗示过庄尔铭,所以庄尔铭也不能不将此事放在心上。思虑再三之后,他决定入宫见她。但是为保安全,这一次他没有带上玉连城。

庄尔雅在守言宫内等他。

这里曾经是历代皇帝的寝宫,这里有无上王权和无上威仪。这里是昊夜群臣朝拜的地方,是昊夜百姓敬畏之处。

这里,是庄尔雅和庄尔铭来过无数次的地方,是他们都再熟悉不过的地方。

当庄尔铭来到这里时,只见正门内,正殿门前的院子里,端然摆放着一张龙椅。这龙椅,就是每天皇帝上朝议事所用的,却不知为何被庄尔雅命人搬到这里来。

庄尔铭看到那龙椅时,剑眉上扬,这才看向从殿门内走出的庄尔雅。"皇后是在考虑垂帘听政,还是要自己当女皇了?"他揶揄道。

庄尔雅扶着那龙椅的椅背,轻声说:"大哥,我知道你觊觎这皇位,不如你现在来坐坐看,这皇位有没有你想象的那样舒服?"

庄尔铭眯起眼,哼哼一笑:"不必了,我纵然有朝一日做皇帝,也不是坐这一张龙椅,自然会请名工另制。"

庄尔雅一笑:"原来你也是个没胆的人,平日虚张声势,不过吓唬胆小之辈罢了。"

庄尔铭冷笑道:"尔雅,原来你把我叫到这里来是为了讥讽我?我记得你叫人传话时,说是有要事要和我商量,我们不妨打开天窗说亮话——玉玺在哪里?"

"在殿内。"庄尔雅娉婷转身,走到殿门口时回头嫣然一笑,"你敢进来拿吗?"

庄尔铭毫不犹豫地跟着走了进去。

殿内光线昏暗，只有正面桌上的一个玉匣子被阳光直射，显得莹润夺目。

庄尔铭双目一亮，当下便要过去取。庄尔雅横挡在他面前，说道："且慢！大哥，咱们今日把话说清楚。你拿走玉玺，是不是立刻要写一道诏书，说霄儿自愿让王位与你？"

"我会有那么性急吗？"庄尔铭哼道，"那岂不是让天下人都看出我的心思了？你放心，这件事，我虽然想速战速决，但就算是解决了楚若溪和袁飞傲，霄儿这个太子还是可以再当几年的。"

庄尔雅苦笑道："但总有一天，会有一道诏书，言明霄儿天资不佳，没有能力继承大位，但国不可一日无主，所以禅位给你，从此楚氏王朝变庄氏王朝，对吗？"

庄尔铭叹道："尔雅，这件事最不该着急的人就是你。霄儿是我的亲外甥，你是我的亲妹妹，无论如何，我会保护你们母子的安全。纵然霄儿禅位给我，你也照样做你的皇太后，霄儿照样可以享受荣华富贵。我治国这么多年，身为一国丞相，我为昊夜做的事情比楚若涛为昊夜做的事情还要多，这些你都是看在眼里的。要当这昊夜的皇帝，我和霄儿，谁更有这个资格？"

"但你不是天命所归。"庄尔雅恨声道，"我不懂，究竟是什么迷了你的心窍？是什么让你执着于皇位？即使你不登基，不篡位，你依然是一人之下万人之上的丞相大人，朝中谁不敬畏你，谁不要看你的脸色行事？我们庄家依然是昊夜第一臣家啊！"

"第一臣家，归根结底，还是臣，不是主。"庄尔铭冷冷道，"我只能说我厌倦了，厌倦每日早朝时对上面那位无能帝王的跪拜，厌倦了用自己的笔管别人的江山。既然上天赋予我这种才能，便是告诉我，这昊夜应该是属于我的。尔雅，这才叫天命所归！"

他的手掌越过庄尔雅的肩膀，抓起那个玉匣子，忽然觉得这匣子很轻，里面不像是放着玉玺。

打开一看，里面只有一个酒瓶。

庄尔雅凄然一笑，从桌上拿起一双酒杯，"我知道我说不过你，说不服你，其实今日，只是想和你喝一杯离别酒。"

"离别酒？"庄尔铭玩味着这个词，"莫非你要和我恩断义绝？"

庄尔雅取出那酒瓶，往杯中倒酒，"是我要带着霄儿离开这里。我要守着霄儿和先帝的皇陵，一辈子在那里不理世事了。"

"你竟然连楚霄的前途都可以放弃了？"庄尔铭看着碧莹莹的酒液，微微一笑，"好吧，既然你想通了，也省得我再和你啰唆。你放心，我不会对楚霄动手的。只是玉玺……"

庄尔雅凝眸望着他："曾几何时，我们兄妹之间，只能谈利益，不能谈真情了。大哥，还记得我出嫁前你曾经对我说，希望我嫁得好，既然选择了嫁他，就不要后悔。那时候我心里想，你是真的疼我，怕我受委屈。可是为了庄家，你又希望我能成为太子妃，成为皇后……"

庄尔铭也望着她："尔雅，我们兄妹一场，总是缘分，我当然希望你幸福快乐，可是你……却选择了一条自己不喜欢的路。既然如此，哥哥帮你改变它吧。"

说罢，接过她手中的那个杯子。

此时庄尔雅双目含泪，手指微颤，"大哥，真希望我们还是小时候的样子，那时候无忧无虑，还有嫣儿……我们在府里共度的那段时光……"

庄尔铭的眼帘一垂："总有一天，我们会在一起的。"说罢，他将杯子举到唇边，啜了一口，又问道："尔雅，你就要这样泪眼蒙眬地看着哥哥把这杯酒喝完吗？"

庄尔雅微微一笑，和着泪水把酒饮下了。

一双空空的酒杯同时落在桌上，庄尔铭看着她："玉玺在哪里？"

庄尔雅摇摇头："我不能说。"

庄尔铭盯着她，半晌，忽而冷笑一声："尔雅，你今天把我叫来，说了一大通话，归根结底，是要我喝了这杯酒吧？"

庄尔雅的脸色渐渐褪去血色，低声道："对不起……大哥，除此之外，我别无他法可以救庄家。"

"只可惜，你纵然用了这个办法，也救不了庄家！"庄尔铭后退一步，一手按在腰部，忽然低头张口，竟将所有喝下的酒液倒吐回酒杯中。

庄尔雅瞬间就愣住了。

"玩毒，尔雅，你不是行家，就不该在我面前班门弄斧。"庄尔铭举起自己的右手小拇指，指甲盖竟是银的！"我执掌朝政这么多年，总会遇到几个不自量力要取我性命的，明枪易躲，暗箭难防，你以为我不要防备下毒吗？这些年，所有我吃的东西，都要先用指甲试一试。"望着妹妹渐渐惨白的脸色，庄尔铭的神情冷凝，"所以，尔雅，你救不了楚家，你只能害得自己要和楚霄骨肉分离了。今日这酒，果然是离别酒！"

他冷笑一声："至于玉玺，有没有它对我也没有那么重要，你纵然今日不给我，我早晚也能从皇宫中找到。我劝你还是先去找御医把你身体内的毒解了，若晚了，哥哥就只能再给你办一次轰轰烈烈的大葬了！"

他拂袖而去，庄尔雅呆呆地看着他的背影，泪水已经湿透胸前的衣襟。

　　楚霄在写字,听到外面的宫女们正在说话:"这一次丞相到底要做什么?听说是荣王造反,可荣王怎么会……他是皇帝的亲弟弟啊。"

　　"但太子年纪这么小,要等到太子成年登基还要好多年呢,荣王要是想取而代之也很说得通。当初先祖皇帝不就是……"

　　楚霄在屋内怒道:"两个道听途说就嚼舌的丫头!自己去找太监总管领三巴掌!"

　　外面的宫女吓得连忙跑掉了。楚霄一生气丢开毛笔,跳下凳子,说道:"天下人都喜欢在背后说人家的坏话,哼!可是自己却不先做好人。"

　　这时候,他的房门被人推开,两名侍卫一左一右走进来,躬身说道:"请太子殿下移步。"

　　"又让我去哪儿啊?不是刚刚搬回来?"他不解地起身跟着那两个人往外走。刚走到门口,却被人当头罩下一个布袋,然后脚下一空,就不知道到什么地方去了。他只觉得自己被那个人架着跑了很久,四周似是一片空洞,脚步声还伴随着回音,仿佛是在一个洞穴之中。他本要喊叫,但是他也是个懂得审时度势的聪明孩子,知道自己再怎么喊叫也没用,只得先任由对方摆布,静观其变。

　　等到头上的布袋被人摘掉之后,他眼前一亮,赫然看到的是对着他微笑的楚若溪。

　　"皇叔!"楚霄欣喜若狂地一下子跳起,紧紧抱住楚若溪,"您怎么来了?"

　　楚若溪抱着他,轻轻拍着他的后背,"皇叔来迟了,但是还好还来得及,这几日,你要先住在这里,听了空大师的话。"

　　楚霄环顾四周,发现自己在一座空荡荡的寺院里,旁边还站着一个白须飘飘的老僧,不解地问:"为什么我会到这儿来?"

　　"因为……皇城内有坏人。"楚若溪不知道该怎么给他解释。

　　楚霄却眸色流动,脱口问道:"皇叔说的是丞相吗?"

　　楚若溪沉默了。

　　楚霄坚定地说:"丞相肯定是坏人!父皇大丧之后,他就把我和母后软禁在皇陵了,我要去哪里都被人限制,试问我堂堂皇太子,怎么能这样被人拘管着?而且只要一提起他母后就神色黯然,哼!所以他就是坏人!"

　　楚若溪抚摸着他的头,"霄儿年纪还这么小,有些事三言两语的确说不清楚。但你可以放心,这位了空大师,是咱们楚家皇族的长辈,论辈分,你应该叫他一声皇太爷。"

　　楚霄拉着他的袖子,问道:"皇叔,我母后呢?您不要把她也救出来吗?"

　　"你母后……是丞相的亲妹妹,她不会有事的。"楚若溪相信庄尔雅是站在庄尔铭

那边的,而楚霄不同,所以他自地道潜回皇宫,联络到他早已安插在侍卫中的花家人之后,趁着楚霄身边暂时无人,便将他带到了潜龙寺里来藏身。

至于庄尔雅,她又岂会愿意再见到他?纵然见了,也是个你死我活的结局吧?

楚霄拼命拽着他袖子,"不行不行,皇叔你必须去救母后!把母后一个人留在皇宫太危险了!你去救母后!去救母后啊!"

听着楚霄的声声哀恳,楚若溪无奈地说:"好,我去救她,但倘若她不肯跟我来,你不要怪我。"

"不会的,母后会听皇叔的话的!"楚霄眉开眼笑地说,"我在这里会乖乖等着的!"

如果不是楚霄一再哀求,楚若溪是不会再次冒险入宫去见庄尔雅的。

最后一次见她,庄尔雅处心积虑要杀玉连城。他们几个人的恩怨,不会随着楚若涛的离世而终结。

站在楚若溪的角度,他是一定要扶持楚霄登基称帝的,但是庄尔雅是楚霄的母亲,她与他日后如何相处?能将那过去的恩怨情仇一笔抹杀吗?

狭长的密道很长,长得好像这辈子都走不完。当楚若溪走回到守言宫的地下时,他默默伫立良久,才终于下定决心,推开头顶的那块青砖。

他没有想到守言宫里有人。他以为皇兄去世之后,这里会被冷落空置,最多有几个值守的宫女太监而已。但是他刚刚走出地道入口,就见正殿门里似乎躺着一个人。而守言宫的宫门却敞开着,不知道是有人刚刚进来,还是刚刚出去。

他一惊,谨慎小心地向着殿门走了几步,留意观察周围是否有埋伏。确认四周安静无异样,他又往殿门口靠近了一些,一眼看到倒在门内的那个人头上的金色凤冠。

他的心头"嗵"的一声,似被人用锤子重重地砸了一下,也顾不得什么,冲过去将那倒在地上的人一把扶起。是的,没有错,那人竟然真的是庄尔雅。

"尔雅!"他一边呼唤,一边以手搭脉,而庄尔雅的嘴角已经流出一行鲜血,双目紧闭,脸色发青,显然是中毒了。

"尔雅!"他手忙脚乱地将她抱起,放到内殿的床上,试图以真气为她逼出毒气。但那毒气太霸道,已融入她的血液,岂是用真气能逼得出来的?

但是在他内力的作用下,庄尔雅还是缓缓睁开眼。看到他时,庄尔雅的脸上露出梦一般的笑容:"若溪……没想到……还能再见到你……"

"谁干的?"楚若溪沉声问,"是庄尔铭?"

庄尔雅摇摇头:"是我作茧自缚。"她凄然苦笑:"本想着能一了百了,可惜,被他识破了。"

楚若溪急问道:"解药呢?"

"没有解药……这是宫中女人……为了防止宫变国破……留以自裁的……岂会有解?"她的双目流下两行清泪,痴痴地看着楚若溪,"真好,临死之前能见你最后一面……也不枉我……痴恋一生。"

楚若溪的心中酸楚,与她的过往纠缠似是在这一刻化作尘土,眼中飘荡的都是她五岁时坐在地上哭的样子,那时候他叫她"爱哭鬼",那时候的他没想到她会和他们兄弟二人在日后结下那么深的渊源……

"霄儿……大哥不会放过霄儿的……"庄尔雅紧紧抓着他的袖子,吃力地说。

楚若溪看着她的动作,想起这袖子刚刚也被楚霄抓过,更加伤感,柔声安抚:"你放心,我已经把霄儿救走了,他现在很安全,没有人会伤害到他,我一定会把他扶上宝座,让他做一个比皇兄更成功的皇帝。"

庄尔雅的嘴角浮起一丝笑意,却满是苦涩:"可怜他小小年纪,就要无父无母,你……一定要对他好,他是真心喜欢你,爱戴你的……"

"我知道,你放心。"楚若溪的眼眶发热,此时此刻,他不知道还可以说什么话来安抚这个即将辞世的少时玩伴。

"这里……"庄尔雅用力敲敲床板,"玉玺,在下面……"她使劲喘息了几口气,努力说道:"大哥……已经不近人情了……先帝……我是说……你的父皇,也可能是死在他的手里,陛下曾经怀疑过,但查无实据……陛下到最后甚至不敢假手他人开方配药,也是如此……怪我,总以为和他是一母同胞,他必会手下留情……"

庄尔雅一边说着,一边笑着,笑中带泪:"好傻,对吧?我一直是个很傻的女人,是非不明,黑白不辨,贪慕虚荣却不承认……又在奢望根本不属于我的东西……"

"尔雅……你忘了你也有幸福的。"楚若溪柔柔说道,"大哥爱你,霄儿孝顺,这是很多人求都求不来的。"

"是啊,陛下爱我……"她痴痴地看着头顶雪白的帐幔,仿佛看向另一个虚无缥缈的世界,"陛下以真心待我,我却不能以真心相还。好了,如今我去还他,去还他……若涛……都还了吧……"

她喃喃自语着,眼角流下了最后一滴泪,终于……再也没有了声音。

楚若溪浑身冰凉,身体僵硬得像是化作了一块石头。

此时殿外有脚步声传来,还有宫女说话:"怎么皇后娘娘一直没有出来?太子失踪

第三十七章 尘土

必须立刻报知娘娘啊！"

楚若溪没有回头，只静静听着那两名宫女跑进来。

一眼看到他的背影时，两个宫女都惊呼出来："你……你是谁？"

楚若溪缓缓回头，面色铁青，那两个宫女吓得手足无措地跪倒："荣王，奴婢不知道是您……"

对于楚若溪现在到底该是什么身份，她们虽然道听途说，却也不敢不敬。

楚若溪冷冷看着两个人，问道："庄尔铭呢？"

"丞相？丞相大人刚刚离宫回府了。太子失踪，奴婢正要禀报皇后……"

"皇后刚刚薨了。"楚若溪声音沉郁，似是从地狱传来，"去告诉庄尔铭，太子在我手中，玉玺在我手中，他若是想和我决一雌雄，明日我在丞相府外等他！"

庄尔铭没想到楚若溪居然这么堂而皇之地就现身了，而且是在皇宫之中。

显然，上次帮他逃跑的那条密道，这一次再次帮助他杀了个回马枪。他真应该早点下令把密道堵死，结果竟便宜了楚若溪。

想了许久，他才缓缓回头去看玉连城，玉连城的脸上有着难以掩饰的激动。显然，楚若溪的现身让她既兴奋，又担心。

"你猜，他为何敢来丞相府见我，却不是在皇宫中？"他主动问她。

玉连城淡淡道："皇宫中有你的心腹埋伏，他当然不会在那里见你。"

"难道这里就不是我的地盘吗？"

"这里……"玉连城想了想，说道，"丞相府外毕竟是片开阔的地方，他若不能力敌，还有退路。"

庄尔铭笑了："没想到你这么诚实，不错，我也觉得与此有关。不过，你似乎漏说了一条，他这么安排，一定还和袁飞傲暗中勾结好了。既然他都能进城，那袁飞傲也必定能进来。"

"袁飞傲再神勇，也不过是一介匹夫，加上楚若溪，双拳难敌四手，在丞相面前，并无胜算。"玉连城平静地否定了他的想法。

庄尔铭摸了摸下巴，"是啊，你说得没错。难道袁飞傲准备在外面攻城配合？"

"丞相不是已经安排好了路胜旗护卫皇城吗？袁飞傲要拿下路胜旗也非一朝一夕之事吧？"

庄尔铭再笑："真有趣，为何你说的话让我觉得句句有理？"

"那是因为我的话的确是在为王爷分析现状，并无偏颇。"

庄尔铭走到她面前，一手托起她的下巴，直视着她的双眼——玉连城的眼神清澈坦荡，没有半点故作姿态的狡黠。他冷笑一声："作为他的女人，你冷静得让我都有些害怕，虽然你说的话貌似句句是真理，但是我不得不更加小心提防。出入皇宫对楚若溪来说大概太过自由和容易，所以他把营救你也看成是小菜一碟，但是我向你保证，到丞相府前决斗，对他来说绝对是个错误！因为他只要来了，就只有死路一条。而你，会亲眼看着他死在你面前！"

在去往郑常的路上,袁飞傲和玉无双所乘坐的马车并不显眼地混在官道上的各种人迹之中。

玉无双忧心忡忡地问:"去郑常一定能借得到兵吗?如果借不到怎么办?"

袁飞傲说:"管郑常的老冯是我爹多年的老部下,看着我长大,虽然我们俩名为上下级,实际上他就像我的叔叔一样,不会不出手的。"

"但现在并非与外敌作战,而是内乱,对方难道不会考虑明哲保身?我觉得你还是小心谨慎为妙,毕竟庄尔铭谋划了这么久,也不知道这个老冯会不会也已被他拉拢过去了,你冒冒失失跑去求人家,如果中了奸计……"

听她唠唠叨叨,袁飞傲笑道:"女人真是啰唆,把什么事都想得那么复杂。"

玉无双愁眉不展道:"男人就是想得少,不计后果,所以才会有这么多动荡。楚若溪若非周虑不全,怎么会害我姐姐被庄尔铭抓住?庄尔铭若非不想后果,怎么会害得上官嫣自焚而亡?如今你也是这样……"

"等等!"袁飞傲一抬手,挡住她后面的教训,用手一指窗外,"你看那骑马的人,是不是很眼熟?"

玉无双不解其意地向窗外看,只见外面一乘人马正飞速地和自己的马车擦身而过,骑在最前面的那位意气风发的年轻人,看起来真是眼熟!

"路胜旗?"她又惊又喜,"怎么会在这里遇到他?"

袁飞傲知道路胜旗曾到古镜城求亲,见玉无双也认出来了,便说道:"路胜旗一定是奉命回城调兵守卫京师的,没想到倒和咱们一前一后碰上了。这回倒好,省得我费力去郑常了。"

玉无双秋波闪烁,微笑道:"擒贼先擒王,你要徒手去拿下他吗?他身边的亲随貌似也有七八个呢。"

"但都不是路家的人。"袁飞傲一眼看过去,那些跟随路胜旗的人穿的都是京师禁军的衣服。若不是路胜旗手边无人,所以暂时从禁军借调,就是庄尔铭安排保护,或者是监视他用的。

这千载难逢的机会就在眼前,袁飞傲岂能错过?

玉无双看他一脸兴奋,蠢蠢欲动的样子,就叹气道:"莽夫,你要是现在就跳出去,惊动了左右,回头报知了庄尔铭,岂不是大事都毁了?"

"那你要怎样?"袁飞傲这些日子以来,知道玉无双也是个鬼灵精,脑子里总有些奇奇怪怪的小计谋,且颇为好使。

玉无双问道:"能赶到他们前面吗?"

"坐马车是肯定追不上的。不过天要黑了,他们肯定要入住附近的客栈,天亮再走,那就追得上了。"

玉无双娇笑着问:"那……将军和我合演一出英雄救美,如何?"

袁飞傲不解地挠挠头:"什么意思?我救你?"

玉无双的纤指一戳他的胸口:"木头,是让路胜旗来救我。"

路胜旗本来是想一鼓作气赶回连容的,那里是他们路家军的大本营。他出来多时,一直没敢告诉父亲自己在外面所做的一切,尤其不敢告诉父亲自己去言守阁豪赌的事情,只是写信推说自己从古镜城出来之后,得到陛下的密函,有重要事务要办,但要严守秘密不能先行禀告。

因为他以前一向老实听话,父亲对他很信任,便没有追问。如今离家数月,终于返家,还从庄尔铭手中领了一项"重任",总算是能对父亲有所交代。

但是要通宵赶路赶回连容的计划却被一座桥打断了——通往连容的一座老桥,因为建造年头久远而垮塌,不便由此通过。如果绕路,就要多绕行百里,深夜行进实在是不方便,路胜旗只得令所有随行人先找一家客栈住下,隔天再走。

路胜旗离开京城的时候,庄尔铭"送"给他八名亲随作为他的贴身护卫。路胜旗心中也明白,庄尔铭终究还是对自己不放心的,这几个人与其说是护卫,不如说是监视盯梢的人,所以心中也有些厌烦。

当他入住房间后,听得那几个人在他的房门前窃窃私语,他立刻怒了,说道:"你们若要商量什么大计,就离我远些!"然后拉开门下楼去。

客栈大堂,也没有几个客人,路胜旗和店小二要了一壶酒,几个菜,就坐下来闷头吃。

这时候,由远及近,就听到有女子惊呼:"你要做什么?放开我!"紧接着,一个身材纤细的女子颤颤巍巍、跌跌撞撞跑进来,见到屋内有人,就一把抓住他,说道:"请先生救我!"

路胜旗定睛一看那女子面容,不禁脱口惊呼:"玉……玉姑娘?"

身为古镜城的座上宾,他怎么能不认识自己心中最美的那个女子玉无双?只是万万没想到会在此时此地见到对方。他还没看明白眼前情形,就见一个满面虬髯的大汉耀武扬威地走进来,满口南方粗话:"小娘儿们跑得那么快,能跑出个屁来?老子看上你是你的狗屎福气!跟我走!保你还有口饭吃!"

路胜旗心中也自命侠义,虽然和玉家说不上是恩怨还是过节,但是玉无双在他心中

一直是倾国倾城的弱女子,眼看此情形应该是玉无双遭了难,来不及问缘由,先得救下对方再说。

于是他怒喝道:"大胆狂徒,敢在昊夜土地上施暴!以为昊夜没有王法了吗?"他拍案而起,已经抽剑在手。

楼上那几名亲随听到动静立刻下楼,围在周围。

那大汉看着他们人多,也不畏惧,只哼道:"一群小毛孩儿,也敢装狗屁大侠。不过是也看上这丫头有些姿色,但她终究是我先看上的人,你们让开,别怪我黑蜈蚣心狠手辣!"

"真是放肆,给我拿下!"路胜旗长剑一指。如果是他自己的手下,必然此时听他的号令行事。但庄尔铭派的这几个人并不是真的要听命于他,骤然见他惹出事端,总觉得哪里不对,可也来不及思虑,所以人人都慢了一步,没有立刻行动。

路胜旗见支使不动这几个人,顿时觉得在佳人面前颜面扫尽,怒喝一声,自己举剑疾刺。

没想到这个"黑蜈蚣"的身手还挺敏捷,一跳就避了开去,嘴里还骂着:"黄口小儿,三脚猫的功夫也敢和老子卖弄!"

路胜旗心中震怒,剑下风头更紧,那八名亲随中也有两个人从左右两边包抄过来,出手夹击。

黑蜈蚣见情势不妙,骂了句:"老子最讨厌以众欺寡,真不要脸!"然后就冲出客栈,不知去向了。

路胜旗放下剑,侧身去安抚哭得梨花带雨的玉无双:"玉姑娘,你怎么会沦落到这里?"

玉无双本就如娇花软玉一般,此时哭得伤心,那倾国倾城的姿容更是让人怜惜,恨不得伸手将她揽在怀中安抚,只是路胜旗还强自按捺,才不至于出格。

玉无双一边抽泣一边断断续续地说:"我们古镜城被人毁了,我出来找大哥的,路上几番遭遇坏人垂涎我美色,保护我的手下渐渐失散,我一路打听着想去京城告御状,不料走到这里,又遭遇这种歹徒,多谢路小将军仗义援手的救命之恩。"

说着,她竟然哭晕过去。

路胜旗连忙将她抱起带上楼,周围的护卫小声提醒:"路小将军,此时是非常时刻,这女子突然冒出来,不可不防。"

"她是一介落难弱女子,半点武功都不会,能有什么需要防备的?"路胜旗心中厌烦这些人,便挥手赶道,"你们先出去,叫店家去找个大夫来!"

屋内，便只留下他和玉无双两个人。

路胜旗坐在玉无双的身边直勾勾地看着她——这个美丽的姑娘，曾经差点就成为他的妻子。还以为从古镜城离开之后，他们今生无缘，可是没想到会在这里重逢。

说实话，当初收到古镜城的邀请函时，父亲并不同意他去，但是他觉得既然对方信函中明确写着"非当世才俊不得入城"，这样倍加肯定的话对于他来说就充满了诱惑力。等到见到玉无双的时候，他又充满了渴望和幻想。

人与人的缘分，也许并没有他所想的那么功利和浅薄呢……

情不自禁地，他伸出手去，轻轻触碰到玉无双的脸颊。忽然间，屋外似乎有什么动静。

他烦躁地回头喊道："有完没完？你们还怕我跑了吗？"

外面又恢复了一瞬的平静，接着，房门被人轻轻叩响，路胜旗走到门口，一手拉开门，喝道："你们到底……"

话未说完，剩下的话已经哽到喉间吐不出来，因为一把锋利的长剑正抵压在他的喉骨前，有人在他耳边低声说："不要喊叫了，你的手下已经被我撂倒，若是不想伤及无辜，就乖乖退回屋内去……"

路胜旗一步步向后退，那人一步步从黑暗中转身出来，直到两个人都走入房内，房门一关，路胜旗的后背一麻，像是被蚂蚁叮了一口似的，整个人瞬间酥麻下去，像一摊烂泥一样站不起来。

站在他面前居高临下望着他的，正是刚才那个捉拿玉无双的虬髯大汉，而此刻笑吟吟地从他背后转过来，脸上泪痕已干，手中还握着一个奇奇怪怪小黑管的玉无双，也全然没有了刚才的弱不胜衣，楚楚可怜。

"确定外面那八个人都没事了吗？"玉无双靠近那大汉问道。

大汉哼了一声："捆得像粽子，撂着像年糕，睡得像死猪，当然也不会有事。"

路胜旗不知道自己是被什么刺中，连舌头都麻得动不了了，只能愤怒地瞪着玉无双和这个虬髯大汉，心知着了他们的道，可也没办法反抗。

玉无双在他面前蹲下来，笑眯眯道："路小将军别生气，我们不会伤害你，只是让你休息一下，暂时先不要急着回家。"

她挥动了一下手中的小黑管，"这是我用来防身的暗器，那根细细的针上喂了一点儿麻药，你放心，也不会伤害你的性命和武功，只是让你三四天没什么力气罢了。"

那虬髯大汉拉起她，"和他说这些干什么？眼下怎么办？把他捆着拉去郑常好了。"

玉无双笑道："庄尔铭想借路家的手来制约你，现在路小将军就在我们手里，但路家并没有采取行动，所以皇城看似坚固，其实是随时可以洞穿的豆腐，只要路胜旗一直被咱们扣在手里，荣王就能腾出手来去做事。若是你真对老冯有信心，嗯……迅速借调一支人马，在不惊动路家的情况下，闪电突袭京城，只要在城外造造声势，庄尔铭就肯定坐不住了！"

路胜旗瞪着那虬髯大汉，此时才觉得对方有些眼熟，那双虎目中透出的不怒自威，尤其像，像是……袁飞傲？

是的，这只施小计就把他困在笼中的人自然就是玉无双和袁飞傲。

现在庄尔铭外援已断，优势正在渐渐向着楚若溪的方向倾斜。

这一晚，楚若溪陪着楚霄入睡。

庄尔雅遇害的事情楚若溪思虑再三，并没有拖延隐瞒，而是直接告诉了楚霄。楚霄大哭一场，最后在楚若溪的怀中哭得又困又累，才缓缓睡去。

楚若溪轻轻拍着楚霄的手臂，哄着他睡得更沉。

了空出现在屋门口，望着他们说道："楚家子孙多劫难，但是让他这么小的年纪就要承受这些大人都不见得能承受的事情，实在是太残忍了。"

楚若溪道："虽然令人悲痛，但亦是他的成长之始，我其实想让他记住的是坚强，还有信任，并不想让他记得的都是人心险恶，互相残杀。可是如果我们遮着藏着，不将真相告诉他，自以为是保护他，那许多年之后，当他知道真相的时候，会恨我。"

了空望着他："明天你有必胜庄尔铭的把握吗？"

"说实话，没有。"楚若溪苦笑，"原本我以为我有玉玺和玉华景的金锁在手，这一金一玉可以让他和我谈条件，但是当尔雅死在我面前的那一刻，我才终于明白，庄尔铭这个对手的可怕，在于他做事没有任何底线。我的父皇和皇兄的死都有疑点，尔雅临终前也说过，或许与他有关，他的恋人死在他面前，他没有收手，他的妹妹死在他面前，他也无动于衷，上可弑君父，下可断亲情，将三纲五常都可以视若无物的人，还会怕什么？"

"倒也未必。"了空淡淡道，"人心中的恐惧会藏得很深，你外表看到的那个他，未必是真实的他。攻敌之策，以攻心为上，力拼只会两败俱伤。"

楚若溪若有所悟，低头思忖良久。

这一夜，明月高悬，万籁俱寂。

这是如此安静的一夜，但到了明日，又该是怎样的惊涛巨浪呢？

第三十八章

清晨的丞相府门前，重兵把守。府内府外，墙上墙下，都是人马，其中尤以弓箭手居多。可以想见，哪怕是一只飞鸟从此处飞过，都会被射成刺猬。

府内，架起了一个高高的火台，玉连城被绑缚其上，火台下方已经堆满了干燥的木柴黑炭，只要有一点儿火星，就可以引起大火。而四支绑裹着油布包的火引子就放在旁边，随时待燃。

庄尔铭怡然自得地坐在玉连城的身后，静静地等候着楚若溪的到来。

他抬头看着玉连城，说道："今天你就能和情人永远在一起了，对你来说，这该是值得庆祝的一天，我很想敬你一杯酒，可惜你绑着手，不能喝，我只能替你喝了。"说着，自饮了一杯。

玉连城低垂眼帘看着他："即将对敌，你却饮酒，不怕酒醉误事吗？"

"小酌怡情，更何况今日我不必亲自动手，这一杯酒只是提前饮下的庆功酒而已。"庄尔铭慢悠悠地又喝下一杯。

玉连城俯视着他，忽然问道："你不要为皇后祭上一杯吗？"

庄尔铭的手在空中顿住，抬眼看她："谁告诉你的？"

玉连城淡淡道："我日日跟在你左右，还能不明白你在忙什么？昨日宫中数次来人，又是内宫统领，又是司礼太监，你们神神秘秘地说了半日，到了晚上，那太监再来，已经是一身缟素了。皇帝大丧之后，虽然太监应该穿孝服，但是白天黑夜差了这么多，显然是宫中又有什么重要的人物去世了。这个人，若非太子，就是皇后。若是太子，你现在应该欢欣鼓舞，连楚若溪的事情都丢到一边去了，可你偏偏没有。这个人不如太子重要，却又如此显赫，便只有皇后了。"

庄尔铭无声一笑："我一向知道你是个聪明的女人。"

玉连城虽然猜中，但情绪立刻黯然："真是皇后？好歹是你的亲妹妹，她怎么会死？她死了，你又怎能如此平静？"

"她死是她自寻恶果，和嫣儿一样傻！我又为何不能平静？"庄尔铭说着，已经喝下了第三杯酒。

玉连城看着他，"你也不见得有你表面装得这般镇定，若真是镇定，何必借酒壮胆，借酒浇愁？你明知道大敌将至，纵然口渴也该以清茶静心，酒，只能乱神。"

庄尔铭的脸色一沉，将酒杯丢下，"你死到临头了还如此话多。"

玉连城却笑道："丞相大人应该庆幸还有个我这样喋喋不休地和您说话，今日之后，您就是孤家寡人了，身边既无亲朋，更无知己，纵然有满腹心事，能与何人诉？"

此时外面有士兵走进，双手捧着一个很大的盒子，说道："丞相大人，有人送来这

件东西,说是荣王赠予您的。"

一直在等候消息的两个人都神情一震,庄尔铭盯着那士兵手中的盒子,喝道:"止步!放下!送东西的是什么人?"

"看上去只是个寻常人,放下东西就走了。"士兵将盒子放在地上。

庄尔铭看了玉连城一眼,蔑笑道:"故弄玄虚。打开。"

盒子并无机关,打开之后,里面原来是一副棋盘。棋盘上,还有百余颗棋子端然在上,似是被人用什么东西牢牢粘在了上面,所以这样移动都没有掉落一颗。

庄尔铭走近看了一眼,脸色微变,自语一句:"哼,借棋说话,自以为风雅。"他又看着玉连城,"这棋被你们破过吧?"

玉连城居高临下也已看清,棋面正是当初她和楚若溪在言守阁初遇上官嫣时所见的那个。点点头,说:"丞相是要我现在给您再破解一遍吗?"

"不必了。"庄尔铭冷笑道,"那时不过是偶然翻到宫中一本秘书,得知这棋面和皇宫密道有关,让我很想知道棋面的破解之法。不过如今对我来说也无所谓了,有没有密道,密道的出口在哪里,都已不重要,重要的是……你们两个就在我眼前。"

楚若溪送来棋盘之后,许久都没有动静,直到午时,才再度有人捧着一个巴掌大的盒子走进来,说道:"丞相,又有路人送来东西,说是荣王给您的。"

庄尔铭对这个游戏饶有兴味,说道:"他若是想用这些东西打动我的话,那还真得有些分量才好。"

这个小盒子打开,里面是明晃晃的一枚金锁。

庄尔铭从盒子中拈起这枚金锁,在阳光下掉过来看了看底部,上面有"景字通利"四个字。他面上一喜,回头问道:"这个莫非就是……景字号老板的金印?"

玉连城没想到楚若溪会把这东西送来,凝眸细看,虽不愿意点头,但还是勉强眨了一下眼。

她若是立刻点头认可,庄尔铭本来还怀疑有假,因为她神色讶异,表态勉强,庄尔铭相信这东西是真的无疑,心中暗喜。但是,他不愿意表露出来,便握着那金锁冷笑道:"楚若溪是越来越蠢了吗?在言守阁时,他原本有机会拿着金锁和我换你的命,但是现在,一切已经迟了。普天之下,莫非王土,若我做了昊夜的王,那景字号的钱便都姓庄了。"

"钱庄归为国库?这想法虽然不错,可是怎么可能顺利执行?"玉连城淡淡地给他泼了冷水,"钱庄垮台,多少百姓或显贵的银子都被丞相独吞,他们血本无归,您以为

他们就肯吗？到时候要反您的就不是楚若溪一人，而是全昊夜的百姓了。丞相也是聪明人，为何要做这种傻事？"

"你以全昊夜人来威胁我，以为我会怕吗？"庄尔铭对于她的警告嗤之以鼻，"我统领昊夜朝务这么多年，昊夜理财之复杂，绝非一个小小的古镜城可以相提并论。你也少在这里胡言乱语，企图扰乱我心。你现在应该害怕才是，因为楚若溪接连送了两份大礼给我，偏偏我不能领情放你，此时他还能有什么法宝可用呢？"

法宝，还是有的。第三件东西送来时，天色已近黄昏，玉连城一日滴水未进，身子也渐渐乏力，整个人的精神都变得萎靡颓废下去了。

庄尔铭看在眼中，更加嘲讽："看看，你的男人到底是个缩头乌龟。"

说话间，再度有士兵捧进来一个乌黑的木盒。

庄尔铭眯起眼看着那木盒，"黔驴技穷，还敢再用？难道这第三件东西就能买动我心吗？"

第三件礼物的确是个重礼——正是庄尔雅曾用来诱杀他的诱饵：昊夜的传国玉玺。

昊夜的玉玺是由红玉雕刻，上刻九尾蟠龙一条，寓意着昊夜国运绵长，永昌不衰。这红玉是绝世难觅的一块至宝，蟠龙又是由昊夜有名的雕刻大师巧手雕凿，不要说一时间难以仿造，就是再给上十年八年去寻玉，都很难寻到一块相似的红玉。

对这块玉玺，庄尔铭极其熟悉，稍稍用眼睛打量一遍，便可断定其是真是假。显然，这是真正的玉玺。

玉玺都已送出，可见楚若溪是真的将自己的底牌都拿出来交换了，可惜……依然难动他心。

庄尔铭凝视着那玉玺很久，才将玉玺缓缓放入盒内，小心翼翼地抱在手边，对玉连城说道："这三件礼物，一件比一件重，无论哪一件都抵得过世人千条万条的性命，楚若溪肯把它们一一交出来换取你一人性命，倒也看得出他对你算得上情深意重。"

"丞相错了。"玉连城凝视着他的眼，"这三件东西，抵不过任何人的性命，它们不过是在宣扬一个人的贪婪和欲望能达到怎样穷无尽的地步。只是权势也好，富贵也罢，最后，不论是谁也不过是归于一抔黄土，所以，金锁只是金锁，玉玺也只是玉玺，而那棋局……终究不过是一盘棋。"

庄尔铭仰天大笑道："你今日就像是个修行了几十年的老和尚，喋喋不休地妄图给旁人指点迷津，只是忘了，要度化世人之前，先要度化的是你自己。贪嗔痴欲，哪一个你能断得了？你若是断不了，又凭什么叫我断？"

玉连城笑得像一朵安静的幽昙花:"我不想断掉贪嗔痴欲,因为有贪心才会有夙愿,有嗔怒才会有自省,有痴念才会有执着,有欲望才会有幡然悔悟。可惜丞相大人只知道贪嗔痴欲,却忘了和贪嗔痴欲对应的还有四个字:爱恨情仇。丞相如今没了爱你之人,也没有你爱之人,只有仇恨,以后几十年,不过像是带了血的行尸走肉,人生还有生趣?"

"生趣?自然有。"庄尔铭款步走到那绑了油布包的木棍之前,打着火石,点燃油布包,擎握一支在手,冷冷看着她:"今日我万千痴欲都已在手,所有情仇也将随这一夜的火光寂灭,剩下的,就都是生趣!"他抬手去点高台下的柴木。忽然从远处隐隐约约飘来一道歌声。

庄尔铭的手在空中一停,冷笑着问:"这是楚若溪的另一道诡计吗?"

这歌声渐渐飘近,渐渐清晰,玉连城侧耳倾听,不由得跟着低声吟唱起来:"人我相思门,知我相思苦。长相思兮长相忆,短相思兮无穷极。早知如此绊人心,何如当初莫相识。"

庄尔铭浑身战栗,猛地抬头盯着她:"你在唱什么?"

"李太白的《三五七言》,丞相难道没听过?"玉连城悠悠说道,"对哦,你怎能知道,这是上官嫣在言守阁远远思念你的时候才会吟唱的诗句。那一日,她请我弹琴,奏的是《摄情咒》,她含泪唱的,正是这一首。"

庄尔铭通体泛起寒栗。他怎能不知道这是上官嫣最爱唱的一首诗?纵然是每年难得一见的团圆,她也会悄悄在他怀中叹息着吟唱这首诗,仿佛在抱怨他的狠心,抱怨他们长久的分离,抱怨那不知道要等到何时才能实现的长相守……

"去!看看是什么人在外面唱歌?"庄尔铭蓦然跳起,挥臂对手下人狂吼。

丞相府外,很多人都听到这首歌,越来越多人停下脚步侧耳倾听,人们好奇地窃窃私语:"这歌声怎么似是来自四面八方?难道这不是人在唱吗?"

"不是人唱?难道还能是鬼唱的?"

那歌声就这样似远似近地在四周飘动,因为人心惶惶,而显得更加诡秘。

庄尔铭的神情僵硬如石,木然地听着手下人的汇报,良久,他狞笑道:"装神弄鬼,难道我就会怕吗?"

可就在此时,外面又有人传话道:"不知道是哪里来的奇怪女人,像个女鬼似的,就坐在东南山头的那处望夫亭里。一身黑衣,披头散发,脸上也不知道是什么伤,可怕得很。"

这样的话,原原本本被汇报到庄尔铭的耳朵里,庄尔铭咬着后槽牙,脸色越来越难

看，他强作镇定道："都是一派胡言！朗朗乾坤，哪里来的女鬼？"

玉连城幽幽道："乱世之中，岂能没有孽情？"

庄尔铭愤而回头，怒吼道："你以为他这样帮你拖延时间，我会看不出来？他既然要做缩头乌龟到现在，我就成全了你们！"说罢，将那火把猛地丢在柴火堆上，干柴烈火，还有早已浇洒上的新油。冬日风急，那火势一起，立刻便围着玉连城烧成一个巨大的火笼。

猛然间，被层层死士守卫的丞相府墙头露出一道人影，那人影虚无缥缈般在墙头上飘荡，似是无脚无根，御风而行。

众人看得呆住，不知道该说什么。玉连城在火光之后大声喊道："嫣儿妹妹？是你吗？"

那鬼影似是幽幽一叹，歌声再起，却是这样近，清晰得每一个字都可以听到："入我相思门，知我相思苦。长相思兮长相忆，短相思兮无穷极。早知如此绊人心，何如当初莫相识。"

庄尔铭手指鬼影，喊道："把这个装神弄鬼的东西给我射下来！"

百箭齐发，全都向鬼影的方向射去。但让人惊愕的是，这鬼影在箭雨中，依然若无其事地飘来荡去，那歌声依旧响彻丞相府，毫不停歇。仿佛所有的箭羽都只射中了一个空空的影子。

霎时，连庄尔铭都被震惊了。

烈火中，忽然听得玉连城一声尖叫："尔铭……尔铭……我好疼……火好大……你快跑……不……我不想死……"

庄尔铭从心里往外钻出的惊惧感似要生生将他撕裂，玉连城凄厉的尖叫声已不是属于她的，更像是上官嫣的泣诉。

当年她在烈火中救他，后来，她在烈火中自焚，一切不堪回首的往事，都与眼前烈火围困玉连城的场景重叠。

他大吼着："灭火！立刻灭火！"同时自己冲了上去，不顾一切地用手中的剑柄向两边挑翻烧着的木炭和柴火。

同一时刻，从天际那边，传来隆隆的擂鼓之声，还有巨大的呐喊之声。

守在门口的士兵慌张地跑进来，喊道："丞相大人，袁飞傲率军攻城了！"

"路胜旗呢？"庄尔铭喊道。

"路家军未见人影。"

"混账！王八蛋！胆小鬼……"庄尔铭气得破口大骂。

刚才还在声嘶力竭泣诉的玉连城缓缓抬起头来,满眼的忧伤和眼泪,像是从另一个世界里来,定定地看着庄尔铭,"大哥,你为何不肯收手?"

庄尔铭倒退几步,脸上已经没有一丝血色。

玉连城的神色哀怨凄婉:"为何你一定要和霄儿争天下?为何你一定要赶尽杀绝?大哥,我们自幼一起长大,嫣儿之死,还不能让你幡然醒悟吗?"

这话,就如同庄尔雅之前对庄尔铭说的话,每一句都像刀子插在庄尔铭的内心深处,四周风声凄凄,远处鼓声阵阵,面前的玉连城一身白衣,长发飘散,眼神幽怨而迷离,似是从地狱中重生。

"尔雅……"他不可思议地瞪着面前的玉连城,又像是在看自己已经去世的妹妹。

玉连城拼命地喘息,拼命地摇头,仿佛有什么力量要从她的体内生生挤出来似的,她痛苦地扭动着身体,一会儿是声声哀叫着:"尔铭……我好疼……浑身都着了火似的……"一会儿又字字哀求,"大哥,求你放手吧,为了我们庄家……"

庄尔铭望着她那反复变化的神情,耳畔听着她一句比一句凄厉的呼唤,那远处的鼓声,更像是催命符一般的丧钟,让他步步倒退,双手紧捂着耳朵,仰天长啸一声,挥起手中的宝剑,在面前狠狠地舞动着:"我是天命所归,纵然是鬼,能奈我何?"

"天命从不归你!"四面八方,仿佛有无数人在喊着,"你注定没有天子之命,一切只是你痴心妄想罢了!你双手沾满血腥,斩情灭性,难逃大限之期!"

庄尔铭嘶吼着:"不!天命归我!天命归我!我就是天命……"

就在他近乎癫狂地乱砍之时,从墙外迅速跃入几十道黑影,与院内最近的一圈死士战作一团,有道黑影迅疾如闪电般蹿上火台,一剑砍断了所有绑缚在玉连城身上的绳子,紧紧抱住她的腰肢。

"城城,坚持住,我这就带你出去!"他低声在她耳畔呼唤。

玉连城疲惫地看他一眼,嘴角却是笑意:"你再不来,我就装不了多久了。那鬼影是你的计策?"

"雕虫小技而已。"他带了三分得意。身为灵玄子的弟子,旁门左道会得不少,却没有用武之地。而这一次正好用上他所学的奇门之术,借着夜色装神弄鬼。此技并不算难破,只是对方先被攻心,难以看破障眼法。

他向来会模仿人的声音,学女子歌声,借内力和风声制造气氛在先,用黑布竹枝做成人形鬼影在后,同时叫花家人在府外宣扬鬼影之说,蛊惑人心。而两计共用并能成功的前提,就是先用那三件大礼降低庄尔铭的戒心,让庄尔铭以为他躲在暗处不敢现身,并已黔驴技穷,他才好出奇制胜。

只是没想到,玉连城反应极快,在烈火困身之时,还能配合他装鬼哭喊,迷惑庄尔铭的心神,终于让看似强大的庄尔铭逐渐陷入了现在的癫狂之境。

但此地不宜久留,花家的人战斗力并不如正规军强,现在之所以一时把控了局面,是因为整个场子都被这一场装神弄鬼震慑住了,但倘若他们反应过来,就有可能被对方反制,所以他必须迅速带玉连城离开。

虽然楚若溪解开了玉连城的穴道,但她毕竟被束缚太久,血脉不通,连走路都艰难。楚若溪将玉连城背在身后,用腰带将彼此绑在一起。

外面越来越乱,袁飞傲的大军应该已经攻破了城门,潮水一般的大军冲了进来,和庄尔铭埋伏在丞相府外面的大军打斗在了一起。

庄尔铭在这混乱中忽然抬头看向已经把自己和玉连城绑成连体婴一般的楚若溪,狞笑一声,挥剑疾刺。

楚若溪身上背了一个人,行动就慢了些,稍稍往旁边一偏,没有完全偏开,那一剑就刺进了他的肩膀。

楚若溪闷哼一声,一手死死握住剑刃,以防剑刃穿过自己刺到背后的玉连城。

玉连城又是心疼又是焦虑,她的体力未复无法帮他,也只得伸出手去同样握在剑刃上。

"放手!"楚若溪怒喊道,不是冲着庄尔铭喊,而是冲着玉连城喊。他最怕玉连城受到伤害。这么久以来她为他吃了多少苦,他不知道,也不敢想,可就在刚才,他目睹她几乎被烈火焚身,三魂七魄都快被吓出了躯壳。而今,他看着彼此的血液顺着剑刃混合在一起一滴一滴滴落,分不出彼此。泪水顿时冲出眼眶,楚若溪再度大喊:"玉连城!你给我放手!不然我这辈子都不娶你了!"

玉连城含泪一笑,五指却握得更紧。

庄尔铭欲拔剑,竟拔不出来,他扬起左手重重地拍向楚若溪的胸膛,楚若溪胸前门户大开,左手握着剑刃,右手又要顾及玉连城,根本腾不出手来防御。

就在这千钧一发之时,庄尔铭像是被什么东西从后面袭击,整个人突然如没了骨头一般,软软地倒了下去。

一道鬼影从天而降,将他一把抱起,然后迅速隐没在黑暗之中。

楚若溪看呆了,指着那影子消失的方向说:"那个人……那个人……怎么好像……好像……"

玉连城喘了口气:"好像是上官嫣。"

袁飞傲的声音在此时从府外传来,惊天动地:"三军大将军袁飞傲在此捉拿叛贼乱

党,如有反抗者,就地格杀!"

随着庄尔铭的消失,袁飞傲的出现,这混乱的丞相府终于失去了抵抗的核心力量,全体弃械投降。

楚若溪和玉连城受伤的手紧紧握着,久久不愿分开。

玉连城趴在楚若溪的肩膀上,能听到他激动的心跳,仿佛可以透过背脊,跃动到她的心里。

这是让人振奋的心跳,这是让人重生的力量!

曲终 第三十九章

　　庄氏之乱是昊夜国历史上有名的一次内乱。史书记载：昊夜丞相庄尔铭密谋篡国，筹划已久，终败于荣郡王楚若溪和靖边将军袁飞傲之手。决战之夜后，庄尔铭不知所终。荣郡王主持大局，将庄氏一干乱党下狱定罪，整肃朝野，为皇后举办大丧，并照顾先帝遗孤，太子楚霄学文习武，直至十六岁登基为帝。

　　荣郡王楚若溪，现在已经是摄政王了。他每天都很忙，公务繁杂得让他天天跳着脚哀号："我连自己的婚事都没工夫办了！"

　　每次听到他的这句哀号，玉无双就笑着对玉连城说道："姐，这个男人非要每天这样和你撒一次娇吗？"

　　玉连城微微一笑："那是他的乐趣，随他去。"

　　玉无双眨着眼笑问："也是你的乐趣吧？"

　　玉连城推她一把，"在姐姐身边待不了多久了，你还有心情和我开玩笑？不好好想想自己能不能当好将军夫人？"

　　"当将军夫人有什么难的？"玉无双把脊梁一挺，"我天生就是将军夫人的命！"

　　玉连城扑哧一笑："真不要脸，大姑娘一点儿都不知道害羞。等你出嫁那天，我看大概都不用袁飞傲掀开盖头，你就自己抢着掀了吧？"

　　两姐妹粲然笑着，彼此呵着痒，滚作一团。

　　此时窗外的两个男人听到两个女孩子的闺房密语，都苦笑着摇摇头。

　　楚若溪望着袁飞傲，说道："无双体弱多病，城城一向很担心她的身体，南方气候若是不适应她，我就再调你们回来。"

　　袁飞傲则哼声道："派我去训练南方水兵的是你，说要调我回来的也是你。摄政王果然权力大啊。"

　　楚若溪笑道："南方水军疲软，不是你一向在朝中吵吵嚷嚷要去练兵吗？以前边境不稳，内政不安，皇兄不敢答应你。如今外乱平复，内政顺和，我若是再不让你去训训那些懒骨头，怎么能显出你大将军的手段和能耐？"

　　袁飞傲哈哈笑道："原来你小子以前也把我的话放在心里啊。那为什么我说一件你就反驳一件，我举荐一个，你就打压一个？"

　　"袁将军虽然一腔热血，但不见得事事都立时可行。我反驳你，为的也是昊夜的江山大局，又不是非要和你一人作对。"

　　"哼，说漂亮话谁不会啊，反正你现在是摄政王，你说什么都对。"

今时今日,两个人虽然难免斗嘴,但政见统一,再不是当年那剑拔弩张之态了。

"关于庄尔铭的下落……至今都没有消息吗?"袁飞傲想起庄尔铭的失踪还是觉得蹊跷和担心,"这家伙是个狡猾的人,骗了我们那么多年,这一回不知道是不是又躲在哪里偷偷谋划呢。"

"他的根基已失,再没有东山再起的实力了。所以……"楚若溪遥望着远方,"无论他在哪里,都应该在默默忏悔。若是上天有好生之德,也许,会给他一个截然不同的后半生。"

袁飞傲狐疑地看着他:"你这话里怎么好像还藏着什么话没说啊?"

楚若溪微微一笑,回头看向窗内那笑靥如花、相映如画的两姐妹,恰巧玉连城抬头看他,四目相对,彼此笑眼盈盈,对视的双眸中都是彼此的倒影。

也就在此时,距离京师五百里外的一座无名青山之中,两间简陋的小茅屋里,有一个男子正痴痴地站在窗前,望着远处正渐渐落下的夕阳,喃喃自语着他每天重复无数遍的话:"天命归我……天命归我……我就是天命。"

站在他身后的一黑一紫两人,也不知伫立了多久。那黑衣人身材纤瘦,用黑布将自己的全身都包裹起来,仿佛怕被人看到一分一毫。

紫衣少女轻声说道:"阁主,不该让主子爷休息一会儿吗?"

"就让他再站一会儿吧。还能看到落日,就是他的幸福了。我希望他的心中能多记得一些温暖。"黑衣女子声音沙哑,缓缓伸出的一只手上布满疤痕。

她从后面将那男子的腰紧紧环抱住,隔着黑布,将脸贴在他的后背上,柔声低语:"愿得一人心,白首不相离。尔铭,我们终于在一起了……"

夕阳的余晖,照在他们身上,那萧瑟的背影被拉得很长。

紫衣女子痴痴地看着他们交叠的身影,忽然落下泪来。

——全文完——

意林品牌书系推荐

意林女生文学·《小小姐》品牌书系　中国女生文学第一品牌，纯正、阳光、向上，优质女孩必选文学读物

萌灵小说系列
《悠莉宠物店Ⅰ》	18.80
《悠莉宠物店Ⅱ》	18.80
《悠莉宠物店Ⅲ》	19.90
《悠莉宠物店Ⅳ》	19.90
《悠莉宠物店Ⅴ》	19.90
《封印之书·九尾狐》	19.80
《封印之书·独角兽》	19.80
《玛丽晴异闻录》	19.90
《薇妮天使旅行》	19.90
《苍岛有风①·人鱼过境》	19.90

冒险励志系列
《迷藏·海之迷雾》	18.80
《迷藏Ⅱ·月影迷踪》	19.90
《花与梦旅人Ⅰ》	19.80
《花与梦旅人Ⅱ》	19.90
《花与守梦人①·大公的苏醒》	19.90
《花与守梦人②·占星师的眼泪》	19.90
《萌侦探纪事Ⅰ》	18.80
《萌侦探纪事Ⅱ》	19.90
《萌侦探纪事Ⅲ》	19.90
《萌侦探纪事Ⅳ（大结局）》	19.90
《迷宫街物语》	19.80
《艾蜜儿宇航日记》	19.90

幸福蔷薇系列
《蔷薇少女馆Ⅰ》	18.80
《蔷薇少女馆Ⅱ》	18.80
《蔷薇少女馆Ⅲ》	19.80
《蔷薇少女馆Ⅳ》	19.90
《蔷薇少女馆Ⅴ》	19.90

浪漫古风系列
《七寻记Ⅰ》	18.80
《七寻记Ⅱ》	19.90
《七寻记Ⅲ》	19.90

果绿年华系列
《蝴蝶飞过旧时光》	19.80
《第一女执政官》	19.90
《风之少女琪琪格》	19.90
《霓裳小千金》	19.90
《两生花开时》	22.00

月舞流光系列
《前方江湖请绕行》	19.90
《三色堇骑士之歌》	19.90
《守望彼岸星海》	19.90

萌淑女驾到系列
《萌淑女驾到之美女训练营》	19.80
《萌淑女驾到之天使候补生》	19.80
《萌淑女驾到之人鱼的信奉》	19.90
《萌淑女驾到之天鹅公主成人礼》	19.90

星愿大陆系列
《星愿大陆①：天命巫女》	19.90
《星愿大陆②：白银蔷薇》	19.90
《星愿大陆③：幻月手杖》	19.90
《星愿大陆④：永恒星钻》	19.90
《星愿大陆⑤：夜之王子》	19.90

浪漫星语系列
《处女座：完美年华初相见》	20.90
《天蝎座：假面黑桃Q》	20.90
《双子座：闯进你的孤单星球》	20.90
《巨蟹座：追梦的水晶鞋》	20.90
《天秤座：优雅走过下雨天》	20.90
《白羊座：裙摆是花开的地方》	20.90
《摩羯座：寄给青春一座城》	20.90

淑女风尚馆·气质养成系列
《我要我的淑女范儿》	18.80
《优雅女孩的秘密》	18.80
《清新森女在路上》	18.80
《俏女孩的甜美主义》	18.80

小MM迷你爱藏本
《蝴蝶停在十六岁》	18.80
《焦糖玛奇朵天使咒》	18.80
《那一年，花开半夏》	18.80
《雨季微凉时》	18.80
《只穿一天公主裙》	18.80
《月色银蔷薇》	18.80
《傲娇公主的美丽回旋》	18.80
《花田明月照年少》	18.80

重磅作家系列
《薄荷香女孩》	19.80
《不说再见好吗（上）》	17.90
《不说再见好吗（下）》	17.90
《风走过树林》	17.90
《忆棠的夏天》	17.90

唯美新漫画系列
《钢琴小淑女（第一季）》	17.90
《钢琴小淑女（第二季）》	17.90
《钢琴小淑女（第三季）》	17.90
《钢琴小淑女（第四季）》	17.90
《最佳女主角（第一季）》	18.80
《七寻记·鎏金龙纹镯（漫画版）》	15.00
《七寻记·夔龙黄玉佩（漫画版）》	15.00
《天鹅座·鹅黄》	18.80
《天鹅座·柳青》	18.80
《天鹅座·冰蓝》	18.80
《天鹅座·禧红》	18.80

绘色缤纷系列
《淑女绘·花的学校》	22.00
《淑女绘·童话诗人》	22.00

《淑女绘·雪花的快乐》	22.00	《蝴蝶蓝（第二季）·紫莲山庄》	19.90
日光倾城系列		**班花朵朵系列**	
《巧克力色微凉青春Ⅰ》	20.90	《班花朵朵①·我是艺术生》	20.90
《巧克力色微凉青春Ⅱ》	20.90	《班花朵朵②·电影初体验》	20.90
《浅蓝色时光舞步Ⅰ》	20.90	《班花朵朵③·偶像保卫战》	20.90
纯美小说系列		**小MM四周年主题书**	
《少女果味杂志书①：甜心草莓号》	14.80	《现在是女生时代！》	28.80
《少女果味杂志书②：蜜桃慕斯号》	14.80	《现在是女生时代！②·我们闺蜜吧》	28.80
《少女果味杂志书③：焦糖布丁号》	16.80	《现在是女生时代！③·女生都是小怪物》	28.80
《少女果味杂志书④：香草海绵号》	16.80	**欢乐联萌系列**	
《少女果味杂志书⑤：可可森林号》	18.80	《养只萌呆镇镇宅①》	19.90
《少女果味杂志书⑥：果果米苏号》	18.80	《养只萌呆镇镇宅②》	19.90
《少女果味杂志书⑦：香橙泡芙号》	18.80	《养只萌呆镇镇宅③》	19.90
《少女果味杂志书⑧：樱桃芝士号》	18.80	《养只萌呆镇镇宅④》	19.90
《少女果味杂志书⑨：蓝莓布朗号》	18.80	《养只萌呆镇镇宅⑤》	19.90
《少女果味杂志书⑩：薄荷方糖号》	18.80	《萌师上线，顽徒请签收①》	19.90
《少女果味杂志书⑪：樱花紫苏号》	18.80	**天使在身边系列**	
《少女果味杂志书⑫：柠檬红茶号》	18.80	《路过心上的哈士奇》	20.90
《少女果味杂志书⑬：红豆奶昔号》	18.80	《当心！浣熊出没》	20.90
《少女果味杂志书⑭：芒果西多号》	18.80	《萌动之森①·雪地精灵伶鼬》	20.90
蝴蝶蓝系列		**公主天下系列**	
《蝴蝶蓝（第一季）·千面桃花姬》	19.90	《清河公主·洙宛传》	22.80

《意林·轻小说》·轻文库品牌书系　　引领校园小说阅读新潮流

绘梦古风系列		《可可少女梦想纪》	25.00
《公主驾到》	23.80	《后天男神Ⅰ》	25.00
《花颜错》	23.80	《后天男神Ⅱ》	25.00
《山寨世家》	23.80	《后天男神Ⅲ》	26.80
《倾世迷迭书》	23.80	《世界第一的公主殿下Ⅰ》	23.80
《凤九卿（一）》	23.80	《世界第一的公主殿下Ⅱ》	23.80
《凤九卿（二）》	23.80	《挥手告别小时光》	23.80
《凤九卿（三）》	23.80	《少年站在云之彼岸》	23.80
《凤九卿（四）》	23.80	《我的青春，以你为名①偶像来了！》	23.80
《凤九卿（五）》	24.80	**奇幻仙境系列**	
《凤九卿（六）》	24.80	《彼渡少年与妖怪契约》	23.80
《美人千千泪西楼》	23.80	《神典·末夜公主》	23.80
《郡主驾到·壹》	24.00	《御灵骑士团·诺茵与彩狸》	23.80
《郡主驾到·贰》	24.00	《逆世界之瞳》	23.80
《木兰帝（上）》	23.80	《玫瑰帝国·荆棘鸟之冠》	25.80
《木兰帝（下）》	23.80	《玫瑰帝国·黑羽蝶之翼》	25.00
《俏娇小仙闹皇宫》	23.80	《玫瑰帝国·白蔷薇之祭》	26.80
《连城赋（上）》	23.80	**暗影迷踪系列**	
恋之水晶系列		《终极推理事件簿》	22.80
《致淡玫瑰色的你》	22.80	《超级学园探案密码》	22.00
《宁负流年不负君》	22.80	**新炫武侠系列**	
《世界第一的假面殿下》	25.00	《邻家武圣》	23.80
《脱线萌星易容记》	25.00	**星光璀璨系列**	
《指尖花凉忆成殇》	22.00	《轻星球·仙女星云号》	19.80
《欢歌犹在意微醺》	22.00	**灵气少女系列**	
《见习保镖呆呆兽》	25.00	《星有灵犀遇见你》	20.80

《萌熊改造计划》	20.80	私人定制少女馆	
《守护极速甜心》	20.80	《恋恋星煌十二宫》	25.00
《元气星女倾城记》	20.80	《守护十二生辰石》	25.00
《公主病》	20.80	暖爱青春馆系列	
轻舞飞扬系列		《少年北顾,唯愿君安(上)》	25.00
《毛毛熊的浪漫樱花雨》	19.80	《少年北顾,唯愿君安(下)》	25.00
《发梢轻绾茉莉香》	19.80	《若你离去,后会无期》	22.80
《迷迭香在青春里绽放》	19.80	《想你的时候,抬头微笑》	22.80

《意林·小文学》品牌书系　　　阳光阅读·快乐写作

成长物语系列		爆笑学园系列	
《艾丽鲨半成年》	19.90	《鬼马女神捕①:绝密卧底(上)》	14.80
《换双翅膀飞翔》	19.90	《鬼马女神捕①:绝密卧底(下)》	14.80
《琥珀青春》	19.80	《鬼马女神捕②:绝命预言(上)》	14.80
魅力悦读系列		《鬼马女神捕②:绝命预言(下)》	14.80
《程家兄妹·永不毕业的少年》	19.90	《天神学院·魔女见习生》	19.90
幻之星球系列		动物奇缘系列	
《地球假日①:寻找洛神》	19.90	《萌兽报到,请多关照》	19.90

轻文库·恋之水晶系列·公主篇
世界第一的公主殿下Ⅲ

定价:26.80元

定价:23.80元/本

总有很多**童话故事**,
从推开一扇门开始……

《**世界第一的公主殿下**》系列,
用梦想编织一段**少女寻梦囧途**。

一切尘埃落定,少女终将称王。

我无意争芳,
但若命运使然,
傲立独秀又怎样?

毕业不是结束,
梦想新旅程即将起航!